El legado

Primera edición: octubre de 2022
Título original: *The Legacy*

Diseño de cubierta: Taller de los Libros
Imagen de cubierta: MJTH - Shutterstock
Corrección: Marta Araquistain

Publicado por Wonderbooks
C/ Aragó, 287, 2.º 1.ª
08009, Barcelona
www.wonderbooks.es

ISBN: 978-84-18509-45-2
THEMA: YFM
Depósito Legal: B 18524-2022
Preimpresión: Taller de los Libros
Impresión y encuadernación: Liberdúplex
Impreso en España – *Printed in Spain*

ELLE KENNEDY

#KISSME

EL LEGADO

Traducción de
Iris Mogollón

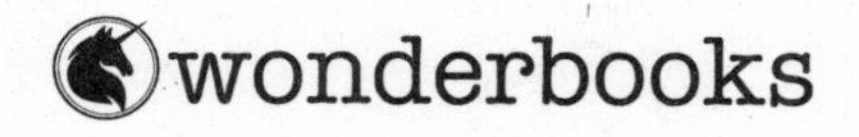

PARTE I

EL PACTO

CAPÍTULO 1

LOGAN

—No me quita el ojo de encima.

—Claaaaro que sí, tío.

—¡No para de mirar hacia aquí! Me tiene ganas.

—Ni de coña, ¿cómo va a estar una chica como ella mirando a un viejo como tú?

—Solo tengo veintiocho años.

Contengo la risa. Llevo veinte minutos escuchando a este trío de corredores de bolsa. Bueno, no sé si son realmente corredores de bolsa, pero llevan trajes a medida y están bebiendo licores caros en el distrito financiero de la ciudad, así que lo más probable es que trabajen por aquí.

Yo, por otra parte, soy el típico atleta corpulento que viste con vaqueros rotos y una sudadera de Under Armour y bebe cerveza al final de la barra. He tenido suerte de encontrar un sitio; esta noche, el local está abarrotado. Con las vacaciones en pleno apogeo, los bares de Boston están repletos de clientes que se han tomado unos días libres del trabajo o la universidad.

Los tres tíos a los que estoy espiando apenas me han mirado cuando me he deslizado en el taburete más cercano para escuchar mejor su estúpida conversación.

—¿Cuál es la puntuación final de Baker? —pregunta uno de ellos.

Él y su amigo rubio estudian al hombre de pelo oscuro al que acaban de llamar anciano.

—Ocho por ciento —dice el primero.

El rubio es más generoso.

—Diez por ciento.

—Vamos a hacer una media y a darle un nueve. Tendría una probabilidad de nueve a uno.

Pensándolo mejor, quizá no trabajen en finanzas. He tratado de entender su método para calcular sus probabilidades, pero parece completamente arbitrario y no se basa en ningún cálculo matemático real.

—Que os den a los dos. Tengo muchas más posibilidades —protesta Baker—. ¿Habéis visto mi reloj? —Alza la muñeca izquierda para mostrar un flamante Rolex.

—Nueve a uno —repite el primero—. Lo tomas o lo dejas.

El señor Rolex refunfuña, irritado, mientras deja unos billetes en la barra. Los otros dos hacen lo mismo.

Por lo que he deducido, su juego consiste más o menos en lo siguiente:

Paso 1: uno de ellos elige a una de las mujeres que hay en el bar.

Paso 2: los otros dos calculan (si se le puede llamar así) las probabilidades de que el primero consiga su número.

Paso 3: dejan un montón de dinero en efectivo sobre la barra.

Paso 4: el chico se acerca a la chica e, inevitablemente, esta lo rechaza. Él pierde el dinero apostado, pero lo recupera en la siguiente ronda, cuando también rechacen a su amigo.

Un juego absurdo y estúpido.

Doy un sorbo a mi cerveza y observo divertido cómo el señor Rolex se acerca a una mujer impresionante con un vestido de diseño ajustado.

La chica frunce el ceño cuando lo ve acercarse, lo que me indica que sus amigos están a punto de ganar la apuesta. Estos tíos podrán permitirse trajes caros, pero no están ni de lejos en la misma liga que las mujeres de este bar. Y las mujeres con clase tienden a no tolerar a los imbéciles inmaduros, porque saben que merecen algo mejor.

La mandíbula del señor Rolex está tensa cuando vuelve al grupo con las manos vacías. Sus amigos se ríen y recogen las ganancias.

Justo cuando el rubio está a punto de elegir un nuevo objetivo, dejo mi vaso de cerveza en la elegante barra y pregunto con cierto retintín:

—¿Puedo jugar?

Tres cabezas se vuelven en mi dirección. El del Rolex observa mi atuendo informal y esboza una sonrisa de suficiencia.

—Ya... lo siento, colega. No puedes permitirte este juego.

Mientras pongo los ojos en blanco, saco la cartera del bolsillo y rebusco en ella, lo que les permite ver que está rebosante de billetes.

—Déjame intentarlo —insisto amablemente.

—¿Has estado ahí todo el tiempo, escuchándonos? —pregunta el rubio.

—No habéis sido muy discretos, que digamos. Y, de todos modos, me gusta apostar. Me da igual cuál sea la apuesta, siempre me apunto. Dicho esto, ¿qué posibilidades creéis que tengo con... —Mi mirada recorre lentamente la abarrotada sala—... ella —termino.

En lugar de seguir mi mirada, tres pares de ojos se quedan mirándome a mí.

Me evalúan durante un rato, como decidiendo si voy en serio o les estoy tomando el pelo. Así que me bajo del taburete y me acerco a ellos.

—Miradla. Está buenísima. ¿Creéis que alguien como yo podría conseguir su número?

El señor Rolex es el primero en bajar la guardia.

—¿Ella? —pregunta, señalando de forma no muy discreta a una chica guapa que le está pidiendo una bebida al camarero—. ¿Te refieres a esa santita?

No le falta razón. Desde luego, desprende cierto aire de inocencia. Tiene un perfil delicado, con un puñado de pecas salpicándole la nariz, y su pelo castaño claro está suelto alrededor de los hombros en lugar de recogido en un peinado elaborado como los de algunas de las otras chicas del bar. A pesar de su ajustado jersey negro y su falda corta, es más una «vecinita de al lado» que un «pivonazo».

El amigo de pelo oscuro deja escapar un resoplido.

—Ya, buena suerte con ella.

Arqueo las cejas.

—¿Qué pasa? ¿Crees que no tengo posibilidades?

—Tío, mírate. Eres como... un atleta, ¿no?

—Eso, o está tomando esteroides —bromea el rubio.

—Soy atleta —confirmo, pero no ofrezco más detalles. Está claro que estos tíos no son aficionados al *hockey;* de lo contrario, me habrían reconocido como el último fichaje del equipo de Boston.

O tal vez no. No es que haya pasado un montón de tiempo en el hielo desde que me ascendieron de la cantera del equipo para jugar con los profesionales. Todavía estoy tratando de demostrar mi valía ante el entrenador y mis compañeros de equipo. Aunque es cierto que me anoté una asistencia en el último partido; eso estuvo bien.

Pero un gol habría estado mejor.

—Creo que una chica tan dulce como esa se sentirá demasiado intimidada —me informa el señor Rolex—. Las probabilidades de que consigas su número son... de veinte a uno.

Sus compañeros están de acuerdo.

—Un veinticinco por ciento de posibilidades —dice uno. Una vez más, sus cálculos carecen de sentido.

—¿Y qué pasa si quiero algo más que su número? —los desafío.

El rubio contiene la risa.

—¿Quieres saber tus probabilidades de llevártela a casa? Cien a una.

Vuelvo a observar a la chica morena. Lleva unos botines de ante negro con tacones gruesos y cruza una pierna sobre la otra mientras sorbe su bebida con delicadeza. Es una preciosidad.

—Doscientos dólares a que consigo que me meta la lengua hasta la garganta en menos de cinco minutos —presumo, exhibiendo una sonrisa arrogante.

Mis nuevos amigos estallan en carcajadas de incredulidad.

—Eh, claro que sí, hermano —se ríe el señor Rolex—. Por si no te has dado cuenta, las mujeres de este antro tienen mucha clase. Ninguna se enrollaría contigo en público.

Dejo dos billetes de cien sobre la barra.

—¿Tienes miedo de mi destreza sexual? —digo en tono burlón.

—¡Ja! Está bien. Veo tu apuesta —dice el rubio, que coloca dos billetes sobre los míos—. Adelante, ve a que te den calabazas, donjuán.

Alzo mi vaso y apuro el resto de la cerveza.

—Una ayudita líquida para aumentar la confianza —le digo al trío; el señor Rolex pone los ojos en blanco—. Ahora, mirad y aprended.

Les guiño un ojo y me alejo.

Al instante, la chica se fija en mí. Un asomo de sonrisa, atenuado por la timidez, se dibuja en su boca. Joder, menudos labios. Gruesos, rosados y brillantes.

Cuando nuestras miradas se cruzan, es como si el resto de las personas del bar desaparecieran. Sus ojos marrones son bonitos y expresivos, y en este momento lo que expresan es un dulce deseo que me acelera el pulso. Estoy atrapado en su órbita; mis piernas se aceleran, como si tuvieran vida propia.

Un segundo después, estoy a su lado y la saludo con un áspero «hola».

—Hola —responde.

Tiene que inclinar la cabeza para mirarme, porque está sentada y soy bastante más alto que ella. Siempre he sido corpulento, pero he ganado todavía más músculo desde que empecé a jugar al *hockey* a un nuevo nivel. Patinar con los profesionales es físicamente exigente.

—¿Puedo invitarte a una copa? —le ofrezco.

Ella levanta su copa; está llena.

—No, gracias. Ya tengo una.

—Entonces te invito a la siguiente.

—No habrá una próxima. No me fío de mí misma.

—¿Por qué?

—Me emborracho rápido. Una copa me pone contenta. —Sus labios se curvan ligeramente—. Dos me llevan a hacer cosas malas.

Mi polla no puede evitar reaccionar ante su comentario.

—¿Cómo de malas? —pregunto, arrastrando las palabras.

Aunque se sonroja, no rehúye la pregunta.

—*Muy* malas.

Le sonrío y le hago una señal al camarero con un gesto rápido y exagerado.

—Otra copa para la señorita —le digo.

Se ríe, y el sonido melódico me produce un cosquilleo que me recorre todo el cuerpo. Me atrae muchísimo.

En lugar de ocupar el taburete vacío que hay a su lado, permanezco en pie. Pero me acerco un poco más, y su rodilla roza ligeramente mi cadera. Juraría que oigo cómo deja escapar un pequeño jadeo por el leve contacto.

Echo un vistazo por encima del hombro y veo a mis nuevos amigos observándonos con gran interés. El señor Rolex señala su reloj dramáticamente, como si quisiera recordarme que el tiempo corre.

—Oye… —Acerco los labios a su oído para que me escuche. Esta vez veo su respiración entrecortada. Sus pechos turgentes se elevan cuando aspira profundamente—. Mis colegas me han dado un veinticinco por ciento de posibilidades de conseguir tu número.

Me mira con un brillo de regocijo en los ojos.

—Vaya. No tienen mucha fe en ti, ¿no? Lo siento.

—No lo sientas. He vencido mayores obstáculos. Pero… déjame decirte un secreto. —Mi boca roza el lóbulo de su oreja mientras susurro—: No quiero tu número.

Me mira con sorpresa.

—¿No lo quieres?

—No.

—Entonces, ¿qué quieres? —Alza su bebida y le da un sorbo apresurado.

Lo pienso por un momento.

—Quiero besarte.

Suelta una carcajada.

—Sí, claro. Lo dices porque esperas que lo haga, y así puedas demostrar a tus amigos que no eres un pringado.

Miro por encima del hombro. El señor Rolex exhibe una sonrisa de satisfacción. Vuelve a dar toquecitos a su reloj. Tic-tac.

Mis cinco minutos están a punto de terminar. Mi propio reloj indica que solo me quedan dos.

—No —le digo—. No quiero besarte por eso.

—Oh, ¿en serio?

—En serio. —Me muerdo el labio inferior—. Quiero besarte porque eres la mujer más *sexy* de este bar. —Me encojo de hombros—. Y, de todas formas, es obvio que tú quieres lo mismo.

—¿Quién lo dice? —pregunta, desafiante.

—Lo dice el hecho de que no has dejado de mirarme la boca desde que me he acercado.

Ella entrecierra los ojos.

—Verás, esta es la cuestión. —Acaricio ligeramente su delgado brazo con las yemas de los dedos. No estoy tocándole la piel directamente, pero se estremece de todas formas—. Mis amigos creen que eres una chica tímida e inocente. Me han advertido de que te sentirías intimidada por alguien como yo. Un tío rudo y bruto. Pero ¿sabes lo que pienso?

—¿El qué? —Su voz suena entrecortada.

—Creo que te gusta lo rudo y bruto. —De nuevo, me inclino más hacia su oreja. Lleva un *piercing* de diamante, y no puedo evitar pasar la punta de la lengua por él.

La oigo respirar con fuerza de nuevo y siento una punzada de satisfacción.

—No creo que seas inocente en absoluto —continúo—. No creo que seas una buena chica. Creo que ahora mismo lo único que quieres es meterme la lengua en la boca, clavarme las uñas en la espalda y dejar que te folle aquí mismo, delante de todos.

Ella gime en voz alta.

Una sonrisa engreída empieza a dibujarse en mis labios; justo entonces me agarra por la nuca y tira de mí hacia abajo para besarme con fuerza.

—Tienes razón —murmura contra mis labios—. No soy una buena chica en absoluto.

Mi polla está dura incluso antes de que su lengua entre en mi boca. Y cuando lo hace, deslizándose por mis labios entreabiertos, soy yo quien suelta un gemido. Sabe a ginebra, a sexo; le devuelvo el beso con avidez, sin dejar de ser consciente de los fuertes silbidos y gritos que nos rodean. Estoy seguro de que algunos de ellos vienen de mis amigos corredores de bolsa, pero estoy demasiado ocupado para disfrutar de su asombro.

Mientras mi lengua se desliza sobre la de la chica, clavo delicadamente una pierna entre sus suaves muslos. Quiero que sienta lo duro que estoy.

—Dios mío —murmura. Se aparta; sus ojos brillan de pura lujuria—. ¿Nos vamos de aquí y terminamos esto en un sitio más privado?

—No. Ahora —digo con voz ronca.

Parpadea.

—¿Ahora?

—Ajá. —Apoyo una mano en su pequeña cintura, acariciándola de forma provocadora—. He oído que en el aseo de mujeres los lavabos son muy amplios...

Ella presiona su palma contra mi pecho, pero no para apartarme. También me provoca, mientras su mirada ardiente recorre todo mi cuerpo. Luego inclina la cabeza y pregunta:

—¿Qué diría tu novia sobre eso?

Le dedico una sonrisa seductora.

—Diría... «date prisa, John, tengo que correrme».

Grace vuelve a gemir.

—Eso es lo que pensaba —me burlo, pero mi chica no parece inmutarse.

A veces es difícil creer que esta chica es la misma estudiante de primer año, nerviosa y balbuceante, en cuyo dormitorio acabé de forma accidental. Que la dulce Grace Ivers de la que me enamoré es esta mujer intrépida que tengo delante, la chica *sexy* que está a punto de dejar que la folle en el baño.

Es cierto que fue Grace quien eligió este bar, y que se informó sobre el nivel de limpieza de los baños antes de aceptar el juego de rol de esta noche. Así que, sí, sigue siendo esa chica rara a la que conocí años atrás. Pero resulta que también es mi atractiva novia, hambrienta de sexo.

Le tomo la mano para bajarla del taburete. Todavía estoy duro como una piedra y necesito hacer algo al respecto. A juzgar por su respiración entrecortada, ella está tan excitada como yo.

—Entonces, ¿qué dices? —le pregunto, frotando el interior de su mano con el pulgar.

Grace se pone de puntillas sobre sus botas de tacón y presiona los labios contra mi oído:

—Date prisa, John, tengo que correrme.

Contengo una risa desesperada mientras la sigo hacia el pasillo trasero. Antes de entrar en el baño, lanzo una última mirada por encima del hombro. Los corredores de bolsa me miran boquiabiertos, como si fuera un extraterrestre. Señalo el dinero que hay en la barra y hago un gesto elegante con la cabeza, como si dijera: «Quedáoslo».

No necesito ganar una estúpida apuesta. Ya soy el hombre más afortunado del bar.

CAPÍTULO 2

LOGAN

—No tenías que haberte molestado, de verdad —insiste el padre de Grace mientras vuelvo a colocar el capó de su todoterreno en su sitio—. No es que no te lo agradezca, pero me siento como un auténtico tonto del culo por obligarte a trabajar en Nochebuena.

Me esfuerzo por contener la risa mientras me llevo un trapo limpio a la barbilla para limpiar los restos de aceite de motor. Aprecio mucho a Tim Ivers, pero hay algo realmente desconcertante en oír a un hombre hecho y derecho decir cosas como «tonto del culo».

Llevo cuatro años saliendo con su hija, y podría contar con los dedos de una mano las veces que le he oído alguna palabrota, un contraste drástico con mi propia infancia. Crecí con un padre alcohólico; de cada dos palabras que decía, una era un taco. Mi pobre madre tuvo que reunirse con mi maestra de la guardería en una ocasión porque yo había llamado a otro niño «puto caraculo».

Qué días aquellos... Los más malos e infelices.

Por suerte, ahora todo es distinto. Mi padre lleva casi cuatro años sobrio y, aunque no hemos arreglado del todo las cosas, al menos ya no le odio.

Siendo sincero, actualmente veo al padre de Grace como una figura paterna. Es un tío decente, si uno pasa por alto el hecho de que prefiere el fútbol al *hockey*.

Pero nadie es perfecto.

—Tim, amigo mío. No voy a dejar que mi casi padre pague a un tipo para cambiar el aceite cuando yo puedo hacerlo gratis —le informo—. Crecí trabajando en nuestro garaje. Podría hacer esto con los ojos cerrados.

—¿Estás seguro? —insiste, recolocándose las gafas de montura metálica sobre el puente de la nariz—. Sabes que nunca me aprovecharía de ti, hijo.

«Hijo». Joder, eso siempre me mata. No hay ninguna buena razón para que Tim me llame así. No es que Grace y yo estemos casados ni nada parecido. Cuando empezamos a salir, pensé que tal vez era el tipo de hombre que llamaba «hijo» a cualquiera más joven que él. Pero no. Solo me lo dice a mí. Y no puedo negar que me encanta oírlo.

—Sé que no lo haría; por eso me he ofrecido —le aseguro—. Y como ya he dicho antes, no se atreva a ir a ese concesionario sacacuartos para hacer reparaciones nunca más. Mi hermano se ocupará de todo sin cobrarle ni un centavo.

—¿Cómo está tu hermano? —El padre de Grace cierra el coche antes de dirigirse a la puerta del garaje.

Lo sigo hasta la entrada, donde el aire frío me refresca la cara al instante. Todavía no ha nevado en Hastings este invierno, pero Grace dice que el pronóstico anuncia una gran nevada para mañana por la mañana. Es perfecto. Me encantan las Navidades blancas.

—Jeff está bien —respondo—. Me ha encargado que os desee unas felices fiestas. Lamentan no haber podido venir a cenar esta noche.

Mi hermano y su esposa, Kylie, están pasando las vacaciones en México este año, con la familia de Kylie. Es el cuarenta aniversario de bodas de sus padres, así que decidieron celebrarlo a lo grande viajando a un lugar más cálido. Mi madre y mi padrastro, David, cenarán con nosotros esta noche, lo que será divertido. A Grace y a mí siempre nos divierte ver a su conservador padre, biólogo molecular, conversar con mi increíblemente soso padrastro, que es contable. El año pasado hicimos una apuesta para ver cuántos temas aburridos podían discutir en una noche. Grace ganó con un total de doce. Yo había apostado a diez, pero subestimé la recién descubierta fascinación de Tim por las botellas de leche antiguas, y la nueva colección de elefantes de cerámica de David.

—Josie también siente no poder asistir —dice Tim, refiriéndose a la madre de Grace, que vive en París. Aunque Tim y Josie se divorciaron hace años, siguen muy unidos.

No como mis padres, que no pueden estar en la misma habitación, incluso ahora que mi padre ha dejado la bebida. Grace y yo hemos tenido un montón de conversaciones sobre lo que sucederá cuando nos casemos; digo «cuando», no «si», porque, obviamente, lo nuestro es para siempre y ambos lo sabemos. Pero este asunto nos preocupa: no tenemos claro cómo manejaríamos el tema de las invitaciones. Al final, siempre terminamos por decidir que probablemente nos fugaremos para evitar todo el drama, porque no hay manera de que mamá asista si viene papá.

No es que culpe a mi madre. Papá convirtió su vida en un infierno mientras estuvieron casados. Fue ella quien tuvo que lidiar con años de berrinches de borracho, de desmayos y rehabilitaciones al tiempo que trataba de criar a dos hijos prácticamente sola. No creo que cambie de opinión. Ya es un milagro que Jeff y yo hayamos encontrado la forma de empezar a perdonarlo.

—¿Sabes ya si tu agenda te permitirá viajar a París con Grace este verano? —pregunta Tim mientras rodeamos el lateral de la casa hacia el porche.

—Todo depende de si el equipo llega a los *playoffs*. A ver, por un lado, pasar dos meses en París suena muy bien. Pero, si puedo ir, sería solo porque no hemos llegado a la postemporada y eso sería una putada.

Tim se ríe.

—¿Ves? Si jugaras al fútbol, la temporada terminaría en febrero y podrías hacer el viaje…

—Un día de estos, señor, lo ataré a una silla y lo obligaré a ver partidos de *hockey* en bucle hasta que no tenga más remedio que aficionarse.

—Seguiría sin funcionar —dice alegremente.

Sonrío.

—Debería tener más fe en mis habilidades de tortura.

Justo cuando llegamos a los escalones del porche, una gran furgoneta marrón se detiene en la acera frente a la casa. Por un segundo pienso que son mamá y David, hasta que veo el logotipo de la empresa de mensajería UPS.

—¿Siguen haciendo entregas? —pregunta Tim con sorpresa—. ¿A las seis de la tarde, en Nochebuena? Pobre hombre.

Pues sí, pobre hombre. El repartidor parece exhausto mientras avanza hacia nosotros. Lleva una caja de cartón en una mano y un voluminoso teléfono en la otra.

—Hola, amigos —saluda al alcanzarnos—. Felices fiestas, y disculpad las molestias. Sois mi última entrega del día: un paquete para Grace Ivers.

—Felices fiestas —dice Tim—. Es mi hija. Está dentro, pero puedo ir a buscarla si necesita que firme algo.

—No hace falta. Cualquier firma de un familiar servirá.

Nos entrega el teléfono y un bolígrafo de plástico. Una vez el padre de Grace ha garabateado su firma, el repartidor se despide de nosotros y regresa rápidamente a la furgoneta, sin duda ansioso por llegar a casa y ver a su familia.

—¿De quién es? —pregunto.

Tim lee la etiqueta.

—No hay nombres. Solo un apartado de correos de Boston.

El paquete mide unos sesenta centímetros y, cuando Tim me lo entrega, me doy cuenta de que no pesa demasiado. Entrecierro los ojos.

—¿Y si es una bomba?

—Entonces explotará y moriremos, y los átomos de los que estamos compuestos encontrarán nuevos usos en otro lugar del universo.

—¡Y feliz Navidad para todos! —digo con exagerado entusiasmo navideño, antes de poner los ojos en blanco—. Es usted un auténtico aguafiestas, señor, ¿lo sabía?

—¿Qué es eso? —pregunta Grace cuando entramos en el salón de la gran casa victoriana.

—No estoy seguro. Acaba de llegar. —Le tiendo la caja—. Para ti.

Grace hace ese gesto tan adorable de morderse los labios que indica que está pensando. Su mirada se dirige al árbol profusamente decorado y a los montones de regalos perfectamente envueltos que hay debajo.

—No creo que podamos ponerlo ahí debajo —decide finalmente—. Mi trastorno obsesivo-compulsivo nunca me permitiría aguantar hasta mañana por la mañana sabiendo que hay una estúpida caja bajo el árbol que no parece mágica.

Resoplo.

—Puedo envolverla, si quieres.

—No queda papel de regalo.

—Entonces usaré papel de periódico. O papel vegetal.

Mi novia me mira fijamente.

—Voy a fingir que no acabas de decir eso.

Su padre se ríe, porque es un traidor.

—Está bien, entonces ábrela ahora —le digo—. Ni siquiera sabemos de quién es, así que, técnicamente, podría no ser un regalo de Navidad como tal. Parte de mí piensa que es una bomba, pero no te preocupes, preciosa, tu padre me ha asegurado que, si explotamos, nuestros átomos podrán reutilizarse.

—A veces no te entiendo —responde Grace con un suspiro, y se marcha contoneándose a la cocina para buscar unas tijeras.

Admiro su trasero; esos *leggings* de color rojo brillante le sientan muy bien. Los ha combinado con un jersey de rayas rojas y blancas. Su padre lleva un jersey similar, pero el suyo es verde y rojo, con una representación mal tejida de un reno; cuando ha entrado antes con el jersey puesto, he pensado que era un gato. Al parecer, su exmujer le tejió esa cosa tan horrible cuando Grace era pequeña. Como alguien que no ha disfrutado de demasiadas fiestas agradables en familia, tengo que admitir que me gustan mucho las extrañas tradiciones de los Ivers.

—Muy bien, vamos a ver qué tenemos aquí. —Grace suena emocionada mientras corta la tira de cinta de embalar de la caja.

Yo me pongo en guardia, porque no he descartado del todo la idea de que esto pueda ser un intento de asesinato.

Abre las solapas de cartón y saca una pequeña tarjeta. Frunce el ceño.

—¿Qué dice? —le pregunto.

—Dice: «Te he echado de menos».

Se me disparan todas las alarmas. ¿Qué coño? ¿Quién cojones le envía a mi novia regalos con tarjetas que dicen «Te he echado de menos»?

—Tal vez es de tu madre —sugiere Tim, que parece igualmente perplejo.

Grace mete la mano en el interior y rebusca entre un mar de papel de embalaje. Frunce el ceño todavía más cuando sus dedos topan con lo que hay dentro. Un momento después, su mano emerge con el premio. Todo lo que vislumbro es un destello de blanco, azul y negro antes de que Grace suelte un grito y deje caer el objeto como si quemara.

—¡No! —gruñe—. No. No. No. No, no, no, *no*. —Su mirada rabiosa se vuelve hacia mí. Apunta su dedo en el aire—. Deshazte de él, John.

Oh, Dios. Al acercarme a la caja, me doy cuenta. Ahora tengo una idea bastante clara de lo que contiene, y... sí.

Es Alexander.

El padre de Grace arruga la frente cuando levanto el muñeco de porcelana.

—¿Qué es eso? —pregunta.

—No —sigue diciendo Grace mientras me señala—. Lo quiero fuera de aquí. Ahora.

—¿Qué quieres que haga exactamente? —contesto—. ¿Tirarlo a la basura?

Ella palidece ante la sugerencia.

—No puedes hacer eso. ¿Y si se enfada?

—Por supuesto que se enfadará. Míralo. Siempre está enfadado.

Mientras intento no estremecerme, me obligo a mirar la cara de Alexander. No puedo creer que hayan pasado casi siete maravillosos meses desde que lo vi por última vez. Encabezaría cualquier lista de muñecos antiguos inquietantes. Sobre las facciones de porcelana, tan blancas que parecen antinaturales, hay unos grandes ojos azules sin vida, unas cejas negras extrañamente gruesas, una diminuta boca roja y una mata de pelo negro con un marcado pico de viuda. Lleva una túnica azul, un pañuelo blanco en el cuello, una chaqueta, unos pantalones cortos negros y unos lustrosos zapatos de color rojo.

Es la cosa más espeluznante que he visto nunca.

—Se acabó —dice Grace—. Ya no puedes ser amigo de Garrett. Lo digo en serio.

—En su defensa, fue Dean quien empezó con esto —señalo.

—Tampoco puedes ser amigo de Dean. Puedes quedarte con Tucker, porque sé que odia esto tanto como yo.

—¿Y crees que a mí me gusta? —La contemplo boquiabierto—. ¡Mira esta cosa! —Sacudo a Alexander delante de Grace y esta se agacha y lo esquiva para evitar sus rechonchos brazos, que se agitan con el movimiento.

—No lo entiendo —dice Tim, acercándose al muñeco—. ¡Esto es increíble! Mira qué detalles —exclama con admiración mientras su hija y yo lo contemplamos con horror.

—Maldita sea, papá —suspira Grace—. Ahora conoce tu tacto.

—¿Sabéis si lo fabricaron en Alemania? —Continúa examinando a Alexander—. Parece de fabricación alemana. ¿Siglo XIX?

—Me inquieta mucho su extenso conocimiento de los muñecos antiguos —le digo con sinceridad—. Y no estamos bromeando, señor. Suéltelo antes de que deje huella en usted. Es demasiado tarde para nosotros, ya nos conoce. Pero usted aún está a tiempo de salvarse.

—¿De qué?

—Está embrujado —responde Grace con aire sombrío.

Asiento con la cabeza.

—A veces pestañea.

Tim pasa los dedos por los párpados móviles de Alexander.

—Este mecanismo tiene siglos de antigüedad. Si los ojos se abren y cierran por voluntad propia, es probable que se deba al desgaste.

—Deja de tocarlo —suplica Grace.

En serio. ¿Es que quiere morir o algo así? Es decir, sé que Garrett quiere, porque claramente sabe que lo mataré la próxima vez que lo vea. Aprecio a Garrett Graham como a un hermano. Es mi mejor amigo. Somos compañeros de equipo. Es la hostia. Pero ¿cómo nos hace esto en Navidad?

Lo admito: abusé del privilegio de que me diera una llave de la casa donde Garrett vive con su novia Hannah, y hace unos meses les colé a Alexander durante el cumpleaños de esta. Pero, aun así…

—¿Os importa si le hago unas fotos y trato de descubrir cuánto vale? —pregunta Tim, dejando salir al académico friki que hay en él.

—No te molestes. Costó cuatro de los grandes —le respondo.

Arquea las cejas, sorprendido.

—¿Cuatro mil dólares?

Grace asiente para confirmarlo.

—Esa es otra razón por la que no podemos deshacernos de él. No parece buena idea tirar tanto dinero.

—Dean lo compró hace un par de años en una subasta de antigüedades —explico—. El anuncio decía que estaba embrujado, así que pensó que sería divertidísimo regalarle el muñeco a la hija de Tuck, que por aquel entonces era un bebé. Sabrina se puso como loca; esperó a que Dean y Allie viajaran a la ciudad, un par de meses después, y pagó a un trabajador del hotel donde se alojaban para que dejara el muñeco sobre la almohada de Dean.

—Allie me contó que gritó como una niña cuando encendió la luz y vio a Alexander allí —añade Grace entre risas.

—Y ahora es como una tradición —termino yo, entre sonriendo y resoplando—. Básicamente, nos enviamos a Alexander unos a otros cuando la otra persona menos se lo espera.

—¿Qué dijo el vendedor al respecto? —pregunta Tim con curiosidad—. ¿Sabéis si eso tiene un pasado?

Grace niega con la cabeza.

—Papá, por favor, deja de llamarlo «eso». Puede oírte.

—Venía con una especie de tarjeta informativa —respondo, encogiéndome de hombros—. No recuerdo quién la tiene ahora. Pero, básicamente, se llama Alexander. Pertenecía a un niño llamado Willie que murió en la ruta de California durante la fiebre del oro. Al parecer, toda la familia murió de hambre, excepto Willie. El pobre chico vagó durante días en busca de ayuda y al final se cayó por un barranco, se rompió una pierna y se quedó allí hasta que el frío acabó con él.

—Lo encontraron sosteniendo a Alexander contra su pecho —continúa Grace, con un escalofrío—. El vendedor de muñecos psicóticos dijo que el espíritu de Willie entró en Alexander justo antes de morir.

Los ojos de Tim se abren de par en par.

—Por Dios. Eso es triste de cojones.

Lo contemplo, boquiabierto.

—Señor, ¿acaba de decir un taco?

—¿Cómo no iba a hacerlo? —Pone a Alexander de nuevo en la caja y cierra las solapas—. ¿Por qué no lo llevamos al ático? Jean y David llegarán en cualquier momento. Será mejor no exponerlos a esto.

Asiento con decisión y Tim Ivers se marcha con la caja en la mano. Sinceramente, no sé si habla en serio o solo nos está siguiendo la corriente.

Mis labios se contraen de risa mientras me dirijo a Grace.

—Listo. Alexander ha sido desterrado al ático. ¿Te sientes mejor?

—Sigue en la casa, ¿verdad?

—Bueno, sí…

—Entonces, no. No me siento mejor.

Sonriendo, la agarro por la cintura y la atraigo hacia mí. Me inclino para rozar sus labios con los míos.

—¿Qué tal ahora? —murmuro.

—Un poco mejor —me concede.

Cuando la beso de nuevo, se derrite contra mi cuerpo y me echa los brazos al cuello. Joder. Echo mucho de menos esto cuando estoy de viaje. Sabía que la vida como jugador de *hockey* profesional sería dura, pero no había previsto cuánto iba a echar de menos a Grace cada vez que tuviera que irme de la ciudad.

—Odio que tengas que marcharte otra vez —dice contra mis labios. Evidentemente, sus pensamientos se hacen eco de los míos.

—No me voy hasta dentro unos días —le recuerdo.

Se muerde el labio y presiona la mejilla contra mi pectoral izquierdo.

—Sigue sin ser tiempo suficiente —dice en voz tan baja que apenas la oigo.

Respiro el dulce aroma de su pelo y la abrazo con más fuerza. Tiene razón. No es tiempo suficiente.

CAPÍTULO 3

GRACE

Poco después de Navidad, Logan se marcha durante cinco días para jugar unos partidos fuera de casa, en la Costa Oeste. Por supuesto, tenía que pasar: los problemas con los horarios se han vuelto prácticamente rutinarios para nosotros.

¿Empiezan las vacaciones de la universidad y yo vuelvo a casa? Logan se ha ido.

¿Logan tiene un par de noches libres y está en casa? Yo estoy en el campus de la Universidad de Briar, en Hastings, a cuarenta y cinco minutos de distancia.

Elegimos nuestra acogedora casita porque está exactamente a mitad de camino entre Hastings y Boston, donde patina el equipo de Logan. Sin embargo, los inviernos en Nueva Inglaterra pueden ser imprevisibles, así que, si el tiempo es una mierda, nuestros desplazamientos al trabajo suelen alargarse, lo que reduce el precioso tiempo que pasamos juntos. Sin embargo, hasta que me gradúe, este es nuestro acuerdo.

Por suerte, en mayo me gradúo oficialmente, y estamos emocionados con la idea de buscar un nuevo hogar en Boston. Aunque… no sé qué haremos si consigo un trabajo fuera de la ciudad. Ni siquiera hemos hablado de esa posibilidad. Espero que no tengamos que hacerlo.

Aunque estamos en las vacaciones de Navidad, la emisora de radio y televisión del campus sigue abierta y funcionando con normalidad, así que voy a trabajar el día después de que Logan se marche. Este año soy la encargada de la emisora: es un puesto que implica mucha responsabilidad y un montón de estúpidos trámites interpersonales. Constantemente debo lidiar con los egos y las difíciles personalidades de «los talentos», y hoy no es diferente. He gestionado y resuelto pequeñas emergencias, incluida la mediación en una discusión sobre higiene personal entre Pace y Evelyn, copresentadores del programa de radio más popular de Briar.

Lo único bueno de mi agitada mañana es el *brunch* con mi antigua compañera de piso, Daisy. Cuando por fin llega el momento de reunirme con ella, prácticamente tengo que correr hasta el Coffee Hut.

Milagrosamente, nos ha conseguido una pequeña mesa en la parte de atrás. Una gran hazaña, teniendo en cuenta que esta cafetería siempre está llena, sin importar el día o la hora que sea.

—¡Hola! —saludo alegremente mientras me quito el abrigo.

Daisy se levanta de un brinco para abrazarme. Lleva un rato en la cafetería y está calentita; yo soy una estatua de hielo tras mi gélido recorrido por el campus.

—¡Ay! ¡Estás helada! Siéntate, te he pedido un café con leche.

—Gracias —digo, agradecida—. Solo tengo una hora, así que empecemos a comer ya mismo.

—Sí, señora.

Poco después estamos sentadas examinando la carta, que no es demasiado extensa, porque la cafetería solo sirve sándwiches y algunas pastas. Después de que Daisy se acerque al mostrador para pedir, damos sorbos a nuestras respectivas bebidas mientras esperamos.

—Pareces estresada —observa con franqueza.

—Estoy estresada. Acabo de pasar la última hora explicándole a Pace Dawson por qué tiene que volver a usar desodorante.

Daisy palidece.

—¿Por qué ha dejado de hacerlo?

Me froto las sienes, que me palpitan por todas las estupideces con las que acabo de lidiar.

—Para protestar por la contaminación de plástico en nuestros océanos.

—No lo entiendo —se ríe.

—¿Qué es lo que no entiendes? —pregunto con sarcasmo—. Su desodorante viene en un envase de plástico. El océano está lleno de plástico. Ergo, para protestar por esta tragedia, tiene que apestar el estudio.

Daisy casi escupe su café.

—Vale. Sé que es asqueroso trabajar con él, pero debes admitir que todo lo que sale de la boca de ese chico es oro puro.

—Evelyn finalmente se ha plantado y amenaza con dejar el trabajo si no vuelve a usar desodorante. Así que he tenido que sentarme y mediar hasta que Pace ha accedido a la petición de Evelyn, con la condición de que done doscientos dólares a una organización benéfica para la conservación de los océanos.

—No tenía ni idea de que le importara tanto el medio ambiente.

—No le importa. Su nueva novia vio un documental sobre ballenas la semana pasada, y supongo que le cambió la vida.

Una vez que nuestra comida está lista, seguimos poniéndonos al día mientras damos cuenta de unos sándwiches. Charlamos sobre las clases, su nuevo novio y mi nuevo puesto en la emisora. Al final, sale el tema de mi relación, pero cuando digo que todo va bien, Daisy se da cuenta de que no estoy siendo sincera; se me da fatal fingir.

—¿Qué pasa? —pregunta de inmediato—. ¿Te has peleado con Logan?

—No —le aseguro—. Para nada.

—Entonces, ¿qué ocurre? ¿Por qué has sonado tan… desaborida cuando te he sacado el tema?

—Porque las cosas están un poco desaboridas —confieso.

—¿Cómo de desaboridas?

—Es solo que estamos muy ocupados. Y él siempre está viajando. Este mes ha pasado más días fuera de la ciudad de los que ha pasado en casa. La Navidad estuvo genial, pero fue demasiado corta. Tuvo que marcharse inmediatamente después de las vacaciones.

Daisy me lanza una mirada compasiva mientras da un mordisco a su sándwich de atún. Mastica lentamente, traga y pregunta:

—¿Qué tal el sexo?

—En realidad, nos va bien en ese tema. —Muy bien, de hecho. De pronto recuerdo la noche en que fingimos ser desconocidos en aquel bar. Me recorre una punzada de calor al pensar en ello.

Fue un polvo increíble. No tenemos la costumbre de follar en sitios públicos, pero cuando lo hacemos... Joder, es muy *sexy.* Nuestra vida sexual siempre ha sido fantástica. Supongo que eso es lo que hace que la distancia que nos separa sea tan difícil de llevar. Cuando estamos juntos, todo es tan apasionado y perfecto como al principio. Nuestro problema es encontrar tiempo para estar juntos. El tiempo no abunda en nuestras circunstancias. No soy infeliz con Logan. En todo caso, quiero más de él. Echo de menos a mi novio.

—El tiempo que pasamos separados se hace muy duro —le digo a Daisy.

—Ya me imagino. Pero ¿cuál es la solución? No va a dejar el *hockey,* ni tú la universidad cuando solo faltan cinco meses para terminar el último curso.

—No —concuerdo.

—Y no quieres romper.

Me horrorizo.

—Por supuesto que no.

—Quizá deberíais casaros.

La idea me arranca una sonrisa.

—¿Ese es tu consejo? ¿Casarme?

—A ver, las dos sabemos que al final va a suceder. —Se encoge de hombros—. Tal vez un compromiso más permanente haría más llevadero este estresante periodo transitorio. Por ejemplo, cada vez que sientas la distancia, no tendrás que preocuparte por si os alejáis demasiado porque contaréis con una base extra sólida para manteneros estables.

—No es mala idea —admito—. Y, desde luego, quiero casarme con Logan. Pero nuestro problema es el tiempo. Aunque quisiéramos fugarnos, ¿cuándo sacaríamos un hueco? —Suspiro, sintiéndome desdichada—. Siempre estamos ocupados, o en diferentes estados.

—En ese caso, supongo que no tienes más remedio que aguantarte —concluye Daisy.

Tiene razón.

Pero es difícil. Lo echo de menos. No me gusta llegar a casa después de las clases y encontrarme con el apartamento vacío. No me gusta tener que encender la televisión para poder ver a mi novio. No me gusta empollar para los exámenes y estar demasiado cansada para salir al cine o a cenar con él. No me gusta que Logan regrese a casa después de un partido especialmente duro y se arrastre hasta nuestra cama, magullado, dolorido y demasiado agotado incluso para dejarme abrazarlo.

Sencillamente, no hay suficientes horas en el día, y es aún peor ahora que dirijo la emisora. Cuando empecé la universidad, no estaba segura de lo que querría hacer después de graduarme. Al principio, pensé en ser psicóloga. Pero en segundo conseguí un trabajo como productora de un programa de radio en el campus, y me di cuenta de que me gustaría ser productora de televisión. Más concretamente, quiero producir las noticias. Ahora que he elegido una carrera, es más difícil faltar a clase o llamar al trabajo para decir que estoy enferma si a Logan le quedan un par de horas libres repentinamente. Los dos tenemos otros compromisos que nos importan. Así que, como dice Daisy, tenemos que aguantarnos.

—Lo siento —digo—. No quiero ser tan pesada. Logan y yo estamos bien. Es solo que a veces es difícil...

Mi teléfono emite un pitido para avisar de un mensaje entrante. Miro la pantalla y sonrío al ver el mensaje de Logan. Me informa de que el equipo ha aterrizado sano y salvo en California. Ayer hizo lo mismo cuando llegaron a Nevada. Le agradezco que me mantenga al día de este modo.

—Un momento —le digo a mi amiga mientras escribo una respuesta—. Voy a mandarle un mensaje rápido a Logan para desearle buena suerte en su partido de esta noche.

Me responde al instante.

Logan: Gracias, cariño. Desearía que estuvieras aquí.
Yo: Yo también.
Logan: ¿Te llamo después del partido?
Yo: Depende de lo tarde que sea aquí cuando llames.
Logan: ¿Intentarás quedarte despierta? Anoche solo hablamos como dos minutos :(
Yo: Lo sé. Lo siento. ¡Hoy me tomaré un litro de café para estar más despierta!

Pero, aunque cumplo la primera parte de esa promesa —beber café como una loca—, la cafeína solo hace que me quede dormida más rápido cuando vuelvo a casa por la noche. Estoy agotada. Apenas tengo energía para cenar y ducharme.

Cuando Logan me envía un mensaje a medianoche para hablar, ya estoy profundamente dormida.

CAPÍTULO 4

LOGAN

Grace: ¿Cómo fue la rueda de prensa?
Yo: Bien. Me equivoqué en un par de preguntas y hablé durante demasiado tiempo. G responde a todo de forma breve y rápida. Pero es un profesional.
Grace: Seguro que lo hiciste genial <3
Yo: Bueno, el entrenador no me llevó aparte después para echarme del equipo, así que supongo que pasé la prueba de los medios de comunicación.
Grace: Si te echa del equipo, le daré una paliza.

Sonrío mirando al teléfono. Acabo de llegar al hotel después del partido de esta noche contra San José y todavía me siento lleno de energía. En un rato, el cansancio llegará de golpe, como un maremoto, pero la adrenalina de un partido suele tardar en desaparecer de mi organismo.

Yo: De todos modos. BDHDM.
Grace: ¿BDHDM? Estoy demasiado cansada para intentar descifrar eso.
Yo: «Basta de hablar de mí». Cuéntame tu día.
Grace: ¿Podemos dejarlo para mañana? Ya estoy en la cama. Es la 1 de la madrugada :(

Compruebo la pantalla de mi teléfono. Joder. Por supuesto que está en la cama. Puede que solo sean las diez de la noche aquí, pero en la Costa Este hace rato que ha pasado su hora de acostarse.

Me imagino a Grace bien abrigada y calentita bajo nuestras sábanas de franela. Hace mucho frío en Nueva Inglaterra en este momento, así que probablemente esté durmiendo con sus pantalones a cuadros y esa camisa de manga larga con las palabras «¡PODER DE ARDILLA!». Ninguno de los dos sabe lo que significa, porque la camiseta tiene una piña estampada. Sin embargo, no llevará calcetines. Duerme descalza sin importar la temperatura que haga, y sus pies son siempre como pequeños témpanos de hielo. Cuando estamos acurrucados en la cama, los presiona contra mi pantorrilla, porque es así de malvada.

Me froto los ojos con cansancio. Joder. La echo de menos.

Escribo: «Te echo de menos».

No responde. Debe de haberse quedado dormida. Me quedo mirando el teléfono un rato, esperando una respuesta, pero no llega. Así que abro otro hilo de chat y le envío un mensaje a Garrett.

Yo: ¿Un trago rápido en el bar?
Garrett: Claro.

***

Nos reunimos en el vestíbulo y encontramos un rincón tranquilo en el bar del hotel. No está nada concurrido, así que nuestras cervezas no tardan en llegar. Brindamos con ellas y cada uno da un trago; el mío es más largo que el suyo.

Garrett me contempla por un instante.

—¿Qué te pasa?

—Nada —miento.

Entrecierra los ojos, desconfiado.

—Te juro por Dios que, si estás a punto de echarme la bronca otra vez por lo de Alexander, me niego a escucharlo. Entraste en nuestra casa y lo plantaste allí para asustar a Wellsy. Si crees que voy a disculparme por habértelo enviado en Navidad, ni lo sueñes, chaval.

Mientras trato de no reírme, lo miro inclinando ligeramente la cabeza.

—¿Has terminado?

—Sí —resopla.

—Bien. Porque yo también me niego a disculparme. ¿Sabes por qué, «chaval»? Espera, ¿ahora nos llamamos así entre nosotros? No lo entiendo, pero bueno, vale. En cualquier caso, todos hemos tenido que sufrir en las espeluznantes manos de porcelana de Alexander. El cumpleaños de Hannah, casualmente, coincidió con tu turno de tormento.

La indignación de Garrett se disuelve en una sonrisa.

—¿A quién se lo vas a enviar ahora?

—Estaba pensando en que sería un buen regalo de boda para Tuck. —Nuestro mejor amigo, Tucker, se casará por fin con la madre de su bebé esta primavera, después de vivir en pecado tres años, el muy capullo blasfemo. Me sorprende que él y Sabrina hayan tardado tanto tiempo en casarse, ya que llevan prometidos una eternidad, pero creo que Sabrina quería terminar primero la carrera de Derecho. Se gradúa en Harvard en mayo.

—Tío. No. —Veo cómo Garrett se pone lívido—. No se hacen esas putadas en las bodas de la gente.

—¿Pero se pueden hacer en Navidad? —le contesto.

—Durante los cumpleaños y las Navidades, las chicas son felices y agradables. En las bodas se vuelven locas. —Niega con la cabeza en señal de advertencia—. Sabrina te arrancará las pelotas si haces algo así.

Quizá tenga razón.

—Vale. Se lo enviaré a Dean. Se lo merece más.

—Estoy contigo, hermano.

Una joven atractiva de pelo oscuro pasa por delante de nuestra mesa y se detiene a mirarnos cuando advierte quiénes somos. Me preparo para que se quede boquiabierta y pegue un grito, y para que le pida un autógrafo o un *selfie* al gran Garrett Graham. Pero, a su favor, se muestra tranquila.

—Buen partido el de esta noche —dice con cierta vacilación; su mirada asombrada se desplaza entre Garrett y yo. Los dos alzamos nuestras botellas.

—Gracias —responde Garrett con una sonrisa amable.

—De nada. Disfrutad de la noche. —Se despide con la mano y sigue caminando, con los tacones de aguja golpeando el suelo de mármol del vestíbulo. Se detiene en el mostrador del vestíbulo para hablar con el recepcionista mientras no deja de mirarnos por encima del hombro.

—Oh, mira eso, superestrella —me burlo—. Ya ni siquiera te piden *selfies*. Estás viejo y acabado.

Pone los ojos en blanco.

—Tampoco he visto que te pida uno a ti, novato. Y ahora, ¿vas a decirme de una vez por qué estoy aquí abajo, bebiendo contigo, en lugar de estar durmiendo?

Doy otro trago a mi cerveza y dejo la botella lentamente sobre la mesa.

—Creo que Grace quiere romper conmigo.

Mis palabras quedan suspendidas en el aire entre nosotros.

Garrett parece sorprendido. Luego, sus ojos grises se suavizan con un brillo de preocupación.

—No me había dado cuenta de que teníais problemas.

—No los tenemos, en realidad. No hay peleas ni enfados ni engaños, no tiene nada que ver con eso. Pero está la distancia —confieso. No hay mucha gente con la que me sienta cómodo pidiendo consejo, especialmente sobre problemas de faldas, pero Garrett sabe escuchar y es un muy buen amigo.

—Distancia —repite.

—Sí. Literal y figurada. Y solo hace que empeorar. Empezó cuando jugaba en Providence, pero su horario no era nada comparado con esto. —Hago un gesto vago a nuestro alrededor. Ni siquiera recuerdo el nombre de este hotel. Joder, algunas noches no recuerdo en qué ciudad estamos.

La vida de un jugador de *hockey* profesional no es todo lujo y *glamour*. Se viaja mucho. Se pasa mucho tiempo en aviones y en habitaciones de hotel vacías.

Y, de acuerdo, tal vez esto sea como si alguien llorara porque sus zapatos de diseño le aprietan demasiado. A llorar a la llorería, ¿no? Pero aparte del dinero, esta vida pasa factura, física y mentalmente. Y, al parecer, también emocionalmente.

—Sí, no es fácil adaptarse —admite Garrett.

—¿Wellsy y tú tuvisteis algún problema cuando te incorporaste a la liga?

—Por supuesto. Estar en la carretera todo el tiempo crea tensión en la relación.

Trazo la etiqueta de mi cerveza con el dedo índice.

—¿Cómo puedo destensarla?

Se encoge de hombros.

—No puedo darte una respuesta exacta. Mi único consejo es que paséis tiempo juntos tan a menudo como podáis. Vivid todas las aventuras posibles...

—¿Aventuras?

—Sí. A ver, Wellsy y yo apenas salíamos de casa durante los primeros meses. Estábamos tan cansados que solo nos sentábamos a ver Netflix, como un par de zombis. No era bueno para nosotros, y no creo que sea bueno para ninguna relación, la verdad. Estábamos encerrados en casa. Ella tocaba la guitarra y yo me quedaba frito en el sofá, y sí, a veces es agradable saber que ella está ahí, que compartís el mismo espacio.

Sé exactamente lo que quiere decir. Si estoy viendo la televisión y Grace está estudiando en la mesa del comedor, a menudo la miro y sonrío al ver la pequeña arruga de concentración que le sale en la frente. A veces tengo la tentación de acercarme y besar ese ligero surco, suavizarlo con mis labios. Pero la dejo con su trabajo, sonriendo para mis adentros y disfrutando simplemente del hecho de que esté cerca de mí.

—Pero otras veces sientes que estáis lejos el uno del otro, incluso aunque estéis juntos —continúa Garrett. Toma otro sorbo de cerveza—. Ahí es cuando necesitas inyectar algo de emoción en la relación. Salid a pasear. Explorad un nuevo barrio, probad un nuevo restaurante. Tenéis que seguir creando recuerdos y compartiendo experiencias. Buenas o malas, os unirán más.

—Hacemos cosas atrevidas —protesto.

—¿Como qué?

Le guiño un ojo.

—Juegos de rol, por ejemplo.

—Eso está bien. Pero no estoy hablando de sexo. El sexo no está de más, obviamente, pero... se trata de convertirla en una prioridad. Demostrarle que el *hockey* no es todo tu mundo, incluso cuando parezca que lo es. Y si todo lo demás falla, una semana en el Caribe hace maravillas.

—Tronco, ¿cuándo tendremos tiempo para eso? Apenas sacamos una o dos noches libres, nunca tendremos toda una semana.

—Podéis arreglaros. Tenemos dos noches libres la semana que viene, por Nochevieja —me recuerda—. Hay muchos sitios cerca de casa a los que podéis ir.

—¿En serio? En Nueva Inglaterra. En invierno.

—*Tronco* —me imita—. Mira en Airbnb. Encontrarás montones de pequeños refugios de esquí y hoteles, todos ellos a pocas horas en coche.

—Cierto. —A Grace le gusta esquiar…

Lo pienso. Pronto tendremos esas pequeñas vacaciones, seguidas de otro largo periodo de partidos fuera de casa. Definitivamente, quiero; no, *necesito* pasar tiempo con mi chica antes del próximo viaje de trabajo. Me temo que, si no lo hago, la distancia entre nosotros seguirá creciendo. Hasta que al final sea demasiado grande como para salvarla.

Sigo preocupado cuando nos marchamos a nuestras habitaciones, media hora después. Por suerte, se me ha pasado el subidón del partido y ahora estoy agotado, así que sé que me quedaré sopa en cuanto mi cabeza toque la almohada. Mañana tenemos un vuelo temprano a Phoenix.

—Hasta mañana —dice Garrett antes de desaparecer tras una esquina. Todo el equipo tiene habitaciones en la misma planta, pero la de G está al otro lado de los ascensores.

—Hasta luego, hermano.

Saco la tarjeta de la habitación del bolsillo trasero y la paso por el pomo de la puerta, que se abre con un clic. Tengo la sensación de que algo va mal porque estoy caminando en la oscuridad. Recuerdo claramente haber dejado las luces encendidas cuando he bajado a reunirme con Garrett. Ahora, las sombras me envuelven, erizando los pequeños pelos de mi nuca.

La siguiente señal de alarma es el suave crujido de la cama.

Espera. ¿Me he equivocado de habitación? No, eso es imposible. He usado mi propia tarjeta para entrar…

—Vamos, superestrella. No me hagas esperar toda la noche —dice una voz femenina y gutural.

Doy un respingo. ¿Qué *coño* está pasando?

La adrenalina me recorre las venas mientras golpeo la pared tratando de pulsar el interruptor. La luz inunda la habitación, iluminando claramente a la mujer desnuda que está tumbada en mi cama de matrimonio como si posara para un calendario erótico. Apoya la cabeza en un brazo, y el pelo oscuro le cae en cascada sobre el hombro, extendiéndose por la almohada. Las tetas, las piernas y la curva de su culo asaltan mi vista antes de que pueda forzar la mirada hacia su rostro. La reconozco al instante.

Es la chica del vestíbulo.

—¡Qué cojones! —gruño—. ¿Cómo has entrado aquí?

La intrusa parece indiferente a la rabia que hay en mi voz.

—Tengo mis recursos —dice con falsa modestia.

No puedo creer que esta mierda esté ocurriendo. Me froto las sienes, que de repente me laten con fuerza.

—De acuerdo. Mira. No te conozco, ¿de acuerdo? Sea lo que sea lo que pensabas que ibas a sacar de esto, no va a suceder. Es hora de que te vayas.

Sus labios se curvan en un mohín exagerado.

—No puedes hablar en serio —se queja—. Soy tu mayor fan. Solo quiero mostrarte mi agradecimiento.

—Paso, gracias. —Me cruzo de brazos—. ¿Te vas a ir por tu propio pie o tengo que llamar a seguridad?

Veo un destello de suficiencia en sus ojos.

—No creo que irme sea una opción, cariño.

Para mi estupefacción, observo cómo levanta ligeramente la cabeza y me muestra el brazo en el que se había apoyado. O, mejor dicho, la muñeca, que está esposada a la cabecera de la cama.

Esto *tiene* que ser una puta broma.

—¿Dónde está la llave? —pregunto, armándome de la poca paciencia que me queda.

Baja la mirada hacia su propio cuerpo; la sonrisa lasciva que me dedica me dice todo lo que necesito saber.

No. Ni de coña. No voy a lidiar con esto esta noche.

Sin mediar palabra, atravieso la habitación a grandes zancadas hasta el sillón donde he dejado mi abrigo, y recojo también mi bolsa de lona del suelo.

—¿A dónde vas? —exclama ella, sorprendida.

—Lejos —respondo, tajante. Me dirijo hacia la puerta y añado por encima del hombro—: No te preocupes, avisaré a recepción de que estás aquí.

Lo último que oigo antes de que la puerta se cierre tras de mí es: «¡Vuelve aquí, John Logan!».

Joder, esto es increíble.

En el pasillo, suelto una sarta de improperios en voz baja y, rodeando los ascensores, me dirijo a la habitación de Garrett. Estoy demasiado cansado como para aguantar esto. La idea de volver abajo y tener que explicar la situación en recepción, pedir que llamen al gerente, que me busquen otra habitación, arriesgarme a que llamen al entrenador o a alguien del equipo para que firme o alguna mierda parecida. Olvídalo. Es demasiado esfuerzo, y me costará una hora de sueño.

—¿Me estás acosando? —refunfuña Garrett al abrir la puerta y encontrarme allí. Va sin camiseta, está descalzo y lleva unos pantalones a cuadros.

—Esta noche duermo aquí —murmuro sin dar más explicaciones, y me abro paso hasta entrar en su habitación. Dejo mis cosas en una silla—. Pero antes tengo que usar el teléfono.

—¿Hablas en serio?

Ignorando su protesta, cojo el teléfono y llamo a recepción. Una voz masculina un poco demasiado entusiasta me taladra el oído.

—¿Qué podemos hacer por usted, señor Graham?

—Hola, en realidad soy John Logan, un compañero de equipo de Garrett. Se supone que estoy en la habitación 52-12, pero hay una mujer desnuda esposada a mi cama...

Garrett suelta una exclamación de sorpresa y luego una carcajada, que amortigua un poco tapándose la boca con el antebrazo.

—Como la única tarjeta de la habitación está en mi bolsillo —continúo con voz tensa—, solo puedo suponer que un empleado le ha dado acceso a mi habitación. O que ella ha robado una tarjeta, de alguna forma. En cualquier caso, no os deja en muy buen lugar.

Sentado en el borde de la cama, Garrett se parte de risa.

—Oh, vaya —dice el empleado del hotel—. Lo lamento muchísimo, señor Logan. Enviaremos a alguien de seguridad a su habitación de inmediato y podrá volver allí tan pronto como…

—No pasa nada, me quedaré aquí con el señor Graham —interrumpí—. Pero sí, por favor, envíen a alguien a mi habitación. Tenemos que coger un vuelo temprano, así que, si los de seguridad necesitan hablar conmigo sobre esto, los buscaré antes de que nos vayamos.

Cuelgo sin despedirme; sé que es de mala educación, pero ahora no solo estoy cansado, sino también de mal humor, y no quiero hablar más esta noche. Con nadie.

—¿Tienes una manta de sobra? —Señalo el armario con la cabeza mientras me quito los zapatos.

Garrett se levanta para comprobarlo. Un momento después, me lanza un edredón y una almohada, que llevo al pequeño sofá bajo la ventana. Ahí las piernas me quedarán colgando, pero en este momento no me importa. Solo necesito dormir.

—Te juro por Dios que las fans de la liga profesional son de otro nivel —me quejo.

—Oye, es un rito de iniciación, tío. No eres jugador de *hockey* profesional hasta que una chica loca y desnuda se cuela en tu habitación de hotel. —Un sonriente Garrett me observa preparar mi cama improvisada—. Bienvenido a la liga.

CAPÍTULO 5

GRACE

¿Tiene #Wesmie competencia?

Alerta: ¿¡nueva pareja!?

Vale, no nos hagamos ilusiones, señoras y señores, pero ¿podría ser posible? ¿Ryan Wesley y Jamie Canning, el adorado matrimonio de jugadores de hockey buenorros de Toronto, tiene competencia? ¿¡Están el delantero estrella de Boston, Garrett Graham, y la estrella emergente, John Logan, ENROLLADOS!?

Mirad estas fotos filtradas del San José Marriott y decidnos qué pensáis… ¿Dos amigos que comparten inocentemente una habitación de hotel debido a un percance, o compañeros de equipo pillados en una situación comprometida después del partido del sábado por la noche entre San José y los visitantes de Boston?

La historia oficial es que una fan enloquecida se coló en la habitación de John Logan, pero nuestra fuente en el SJ Marriott insinúa que esto podría ser una gran tapadera para disfrazar el hecho de que GG y JL están, en realidad, juntos.

«Se les vio en el ascensor y parecían muy a gusto juntos», informó la fuente anónima a Hockey Hotties. *«Varios huéspedes dijeron haberlos visto».*

Y las cámaras de seguridad del hotel muestran a la pareja (¡¡¡omg!!!) compartiendo una romántica noche de copas en el bar del vestíbulo, de madrugada.

Ah, ¿y hemos mencionado que también fueron «compañeros de piso» en la universidad?

¡Lo único que sabemos seguro es que los estamos shippeando MUY FUERTE! ¿Y vosotros? ¡¡¡Comentad abajo lo que pensáis!!!

Creo que nunca había puesto los ojos en blanco con tanta fuerza. *HockeyHotties.com* no es precisamente un ejemplo de excelencia periodística, pero me parece que su contenido es cada vez más ridículo. Hago clic en las fotos que acompañan al artículo y me río a carcajadas cuando las veo.

Hay dos fotos pixeladas de Logan y Garrett en un ascensor, a un metro de distancia el uno del otro. Y unas cuantas fotos de ellos en un bar del vestíbulo, entrechocando botellas de cerveza en un brindis. Bebiendo. Con el ceño fruncido, discutiendo sobre algo. Garrett sonriendo por algo que Logan acaba de decir.

En otras palabras: nada escandaloso.

Mientras tanto, en la enorme pantalla plana de nuestro salón se está disputando el partido Boston-Nueva York. Levanto la vista del móvil y veo a mi novio patinar en directo. Como siempre, está muy *sexy* con su equipación.

Mi móvil me avisa de que he recibido un nuevo mensaje. El chat del grupo de chicas echa humo desde que Hannah ha enviado el enlace a ese divertidísimo artículo.

Allie: ¿Por qué esta periodista usa tantos signos de interrogación y exclamación? ¡Es! ¿¡Muy!? ¿¡Molesto!? Y lo dice una chica a la que le encantan los signos de exclamación.

Me río. Allie está saliendo con Dean, el antiguo compañero de equipo de Logan; es un pequeño tornado rubio de energía, y tiende a usar muchos signos de exclamación en sus mensajes.

Sabrina: Creo que la pregunta más importante es: ¿qué van a hacer Hannah y Grace ahora que sabemos que sus novios follan en secreto en los ascensores?
Hannah: Me siento muy traicionada.
Yo: Ya ves. ¿¿¿¡Han estado acostándose juntos todo este tiempo y ni siquiera nos han dejado mirar!???
Hannah: !!!
Sabrina: !!?!!
Allie: !!!??

Mi mirada se desvía hacia el partido. Todavía me resulta surrealista ver a Logan en la televisión. Ahí está el hombre al que amo, en la pantalla grande, a la vista de todos. Unos cuantos partidos más como el de esta noche y el nombre de Logan estará en los carteles que sostienen todas esas mujeres del público. Ahora mismo, la cámara muestra uno con la inscripción: «¡GARRETT, SOY TUYA!». Logan marcó su tercer gol de la temporada durante la última jugada de poder del equipo. Ahora está de nuevo en el hielo, atacando la red. El corazón se me sube a la garganta al ver cómo su palo golpea el disco contra la portería. El portero lo para. Uf. Nueva York se hace con el rebote y se aleja con el disco.

Hannah: Ahora en serio, G me contó lo de la chica que se coló en la habitación de Logan. Esa mierda es lo peor. La última vez que nos pasó, yo estaba EN LA HABITACIÓN cuando la acosadora de turno se coló. Fue ese fin de semana en Nueva York, ¿te acuerdas, Allie? Fuimos a aquel restaurante con tu padre.
Sabrina: ¿«La última vez»? ¿Cuántas veces se ha colado una loca en las habitaciones de hotel de Garrett?
Hannah: Llevamos tres. No es para tanto: la mujer de Shane Lukov me contó que llevan unas trece.
Allie: Joder. Las tías están locas.

Tengo que admitir que cuando Logan me llamó a la mañana siguiente del partido contra el San José para contarme aquello, no me hizo ninguna gracia. No suelo ser celosa, pero la idea de que otra mujer esté desnuda en la cama de mi novio... me despierta ciertos instintos asesinos. Que Hannah me informe de que es algo que pasa a veces me reconforta un poco, supongo.

Yo: No sé... ¿Podemos estar seguras de que HABÍA una acosadora en el hotel? Quiero decir, según HockeyHotties.com, es una tapadera para el sórdido romance de G&L.
Hannah: Bien dicho.
Allie: !!?!!!

Me despido rápidamente de las chicas antes de guardar el móvil y coger el portátil. Mi profesor de psicología nos ha enviado una lista de lecturas para el próximo semestre, así que he pensado en avanzar trabajo durante las vacaciones. Cada vez es más difícil compaginar la carga de deberes de las clases con las responsabilidades laborales de este año. Me muero de ganas de graduarme de una vez.

Miro el televisor para ver cómo van, pero el resto del partido no es muy competitivo. Boston les está dando una paliza a sus contrincantes. Logan recibe un buen golpe en la tercera parte, pero se levanta y sigue patinando, lo que me indica que está bien.

Mientras escucho la rueda de prensa después del partido, alterno entre mirar mi portátil y desplazarme distraídamente por mi *feed* de Insta para ver qué hace mi madre. Mamá se pasa el día pintando en su estudio, viajando cuando no se siente creativa y publicando constantemente fotos de sus aventuras. Esperaba con muchas ganas que pudiera venir a casa por Navidad, pero tenía la inauguración de una galería programada para esa semana. Así que ahora no la veré hasta después de la graduación, cuando me quede con ella en París durante un par de meses.

¿Cómo de triste es que mi vida sea tan agitada que tenga que enterarme de las aventuras de mi madre a través de las redes sociales? Me anoto mentalmente que debo llamarla mañana. Con la diferencia horaria, es demasiado tarde para llamar ahora.

Justo después de la medianoche, Logan entra a trompicones por la puerta. Mi parte favorita de que juegue en casa es verlo regresar a una hora más o menos normal.

—Hola, preciosa —dice cuando me ve en el sofá. Ha salido con algunos compañeros de equipo después del partido, y adivino por su expresión aturdida que está borracho.

—Hola. —Apago el televisor con el mando a distancia; estaban dando viejos episodios de *Friends*—. ¿Cómo tienes el brazo? El golpe que te has llevado en la tercera parte parecía doloroso.

Logan flexiona su esculpido antebrazo y gira la muñeca.

—Todo bien —me asegura—. Soy invencible. —Se acerca para besarme. Como siempre, mi corazón da un vuelco en el momento en que nuestros labios se tocan.

Quiero muchísimo a este chico. Me prometí a mí misma que no sería la típica novia pegajosa y llorona que se queja de la frecuencia con la que viaja su novio. Y no me malinterpretéis, *no* me quejo. Entiendo que su horario es brutal, de verdad. Pero eso no significa que no odie cada segundo que estamos separados.

—¿Qué tal tu noche? —me pregunta mientras se deja caer a mi lado.

—Aburrida. Lo único que he hecho ha sido estudiar. —Le sonrío—. Aunque ha mejorado después de que Hannah me contara tu romance prohibido con Garrett.

Logan resopla.

—Has visto esa estúpida publicación en el blog, ¿no? Lukov nos la ha enseñado en el vestuario después del partido, y todos se lo han pasado en grande tomándonos el pelo. Nuestro defensa, Hawkins, no paraba de preguntar cuándo sería la boda. Grygor se ha ofrecido a oficiarla.

—Qué amable por su parte.

—He tenido que romperle el corazón y decirle que no habrá boda, por muy buenas que sean las mamadas de G.

—Guau. Garrett se toma el tiempo de complacerte con mamadas, ¿y ni siquiera piensas casarte con él? No tienes corazón, Johnny. No tienes corazón.

John se parte de risa y se deja caer, apoyándose en los codos.

—Ya, lo siento. Pero es que ya estoy planeando casarme con otra persona.

—Oh, ¿en serio?

—En serio. —Sonríe—. Por cierto, eres tú.

—Oh, en serio —vuelvo a decir.

—En serio. —Sus profundos ojos azules brillan con intensidad—. Te dije hace mucho tiempo que eres la persona con la que quiero pasar el resto de mi vida, Gracie Elizabeth. Algún día me casaré contigo.

El placer hace que me sonroje. Logan no es el hombre más romántico del planeta, pero cuando expresa sus sentimientos, va con todo.

—¿Quién dice que quiero casarme contigo? —Inclino la cabeza en señal de desafío.

—No te atrevas a fingir que lo nuestro no es para siempre.

Se me escapa una sonrisa. Tiene razón. No soy tan buena actriz.

—Desde luego que lo nuestro es para siempre —digo con firmeza—. Pero no olvides que nos fugaremos para casarnos.

—Perfecto. Así mi madre no acabará en la cárcel por asesinar a mi padre y podremos gastar todo el dinero de la boda en una luna de miel increíble.

—Por si sirve de algo, el otro día Daisy también me dijo que deberíamos casarnos.

—¿Sí? ¿Y qué le dijiste?

—Le dije que, aunque quisiéramos, sería un milagro que pudiéramos encontrar el momento —confieso con una sonrisa resignada.

—Oooh. Habrá tiempo. Lo prometo. Ahora ven aquí y cuéntame cómo te ha ido el día —dice mientras tira de mí para acercarme a su lado.

Apoyo mi cabeza en su ancho pecho mientras nos tumbamos en el sofá y charlamos sobre nuestro día. Es evidente que el suyo ha sido más emocionante que el mío, pero Logan me escucha describir el programa de radio que produzco como si le estuviera contando una historia de aventuras maravillosa. Está tratando de compensarme, lo sé. Y sé que se siente fatal por estar fuera todo el tiempo, o por estar demasiado cansado, a veces, para prestar atención cuando le hablo de la uni o del trabajo.

—Mañana por la noche no trabajas, ¿verdad? —pregunta, cortándome en mitad de una frase.

—No, la emisora cierra por Nochevieja. No tengo que volver hasta el viernes.

—Perfecto. —Oigo la satisfacción en su voz.

Irguiéndome en el sofá, analizo su expresión.

—¿Por qué te interesa tanto mi horario?

A Logan no se le da bien ocultar sus emociones. Me doy cuenta de que está luchando por contener una enorme sonrisa.

—¿Qué pasa? —pregunto con suspicacia.

—Creo que la verdadera pregunta es: ¿quién va a ir a dónde?

—Eso no tiene ningún sentido. —A veces, este chico resulta exasperante con sus acrónimos aleatorios y acertijos crípticos.

Finalmente, deja escapar una brillante sonrisa.

—Significa que mañana nos vamos —anuncia mientras se sienta también—. Te voy a secuestrar durante dos días.

Lo miro, sorprendida.

—¿De verdad?

—De verdad de la buena.

—¿A dónde vamos? —exijo.

—Eso solo lo sé yo, tú todavía tienes que descubrirlo. —Hace una pausa—. Bueno, en realidad, no es un secreto. Nos vamos a esquiar a Vermont.

No puedo evitar reírme.

—Oh, ¿de veras?

Su sonrisa flaquea.

—Créeme, preferiría llevarte a una isla en la que pudieras ir con un bikini diminuto y yo pudiera comerte con los ojos durante todo el día, pero el equipo vuela a Houston el viernes. Así que dos días en Vermont es todo lo que puedo...

—¡Dos días en Vermont es *perfecto!* —lo interrumpo, dándole un abrazo.

Me acaricia el cuello y deposita un suave beso en él.

—He encontrado un hotelito cerca de Killington. Está muy aislado y es rústico, pero parece acogedor. Ah, y hay una pista de esquí privada que podemos usar en una estación cercana.

—Suena genial. —Cuando acerco la mano a su cara, Logan presiona su mejilla contra mi palma y se frota contra ella como un gato feliz.

Las yemas de mis dedos se dirigen a sus labios, y les da un mordisquito juguetón.

—No es lujoso —admite—. No he podido encontrar nada mejor en tan poco tiempo, pero tiene una cama y una chimenea, que es todo lo que realmente necesitamos, ¿no?

—Cama y chimenea, las necesidades básicas para subsistir —asiento solemnemente. Luego le sonrío—. Es una sorpresa estupenda.

—¿Estás segura? —Analiza ansiosamente mi expresión, como si evaluara mi sinceridad.

—Estoy segura. —Le paso los dedos por el cabello corto y le ofrezco una mirada tranquilizadora—. Me muero de ganas.

CAPÍTULO 6

LOGAN

Estoy emocionado por este viaje. Claro que no es una playa tropical, pero el cambio de aires nos vendrá bien, y estoy deseando escapar de mis obligaciones durante dos días enteros. Nada de patinaje a primera hora de la mañana, nada de partidos agotadores ni costillas doloridas. Solo Grace y yo durante cuarenta y ocho horas, sin estrés, sin nada ni nadie que se interponga en nuestro camino.

Cuando estudiaba en la universidad, conducía una camioneta destartalada que había reparado yo mismo. Qué coño, tuve que reconstruir dos veces el motor de ese trasto. Ahora conduzco un Mercedes nuevecito. No es que mi sueldo de novato sea una maravilla comparado con lo que ganan otros jugadores, pero sigue siendo más dinero del que gana la mayoría de la gente en una década.

Pero este nuevo vehículo carece del encanto del anterior. El motor apenas hace ruido, y cuando salimos de la autopista y conducimos por una carretera irregular y sin asfaltar, la suspensión no falla en ningún momento. Apenas lo notamos cuando pasamos por encima de varios baches.

A pesar de las excelentes prestaciones de mi flamante coche, suelto un suspiro de nostalgia.

—Echo de menos mi camioneta.

Grace me mira.

—Oooh, ¿en serio?

—Sí, en serio. —No soportaba la idea de venderla, así que ahora está en el garaje de mi hermano mayor. Los dos sabemos que en algún momento tendré que deshacerme de ella, porque solo está ocupando espacio, pero todavía no estoy preparado para decirle adiós.

—Tu camioneta no tenía asientos calefactables —señala Grace—. Los asientos calefactables son lo mejor que hay.

—Sí —concuerdo.

Una notificación aparece en la pantalla del salpicadero. Como mi móvil está conectado al coche, mis mensajes se sincronizan con el monitor.

—Mensaje de Dean —me avisa Grace.

—Ignóralo. —Lanzo un gruñido—. Él y Tuck no paran de fastidiarnos a G y a mí por el chat de grupo hablando de ese artículo del blog.

—¿Y esperas que lo ignore? —Su mano ansiosa se adelanta. Al pulsar un botón en la pantalla, Siri empieza a recitar las palabras de Dean:

«No lo entiendo. Éramos compañeros de piso en la universidad. ¡Nunca sospeché que estuvierais follando!».

Grace se ríe alegremente.

—Es aún mejor escucharlo con la voz de Siri. Ooh. Hay un mensaje de Tucker. —Toca la pantalla. «Yo siempre me olí algo. Se esforzaban mucho por actuar como si lo suyo fuera platónico».

—¡Porque lo nuestro era platónico! —gruño.

—¿Era? —dice mi novia con dulzura.

—Es —corrijo—. Era y es platónico.

Llega otro mensaje de Dean:

«Cabroncetes pervertidos».

Pulso un botón en la pantalla.

—Siri, envía un mensaje al chat de «Mejores colegas para siempre».

—¿«Mejores colegas para siempre»? —se ríe a carcajadas Grace—. ¿Ese es el nombre de vuestro grupo?

—Sí, ¿tienes algún problema con ello? —A continuación, le dicto a Siri—: Oye, imbécil, al menos yo no me baño a escondidas con consoladores rosas. —Con un gesto de suficiencia, pulso enviar—. Ya está. Eso lo hará callar por un tiempo.

Más adelante, la carretera se estrecha y se levanta viento, lo que hace que Grace frunza el ceño con preocupación.

—¿Dónde está este lugar?

—Ya te dije que es rústico.

—Rústico.

—Venga, no me mires así. Te prometo que no vamos a dormir en una tienda de campaña. Ya te dije que tendremos una cama enorme, una chimenea acogedora... —Arqueo las cejas de forma sugerente.

—Tienes muchas ganas de que me guste esa chimenea.

—Porque las chimeneas están de puta madre. Me gustaría que tuviéramos una en el apartamento.

—No, no te gustaría tenerla. Viviríamos en constante riesgo de incendio.

—Tú sí que eres un riesgo de incendio. —Le guiño un ojo—. Porque estás que ardes.

Grace suspira.

Durante los siguientes ocho kilómetros, no hablamos de nada en particular, hasta que Grace vuelve a ponerse nerviosa.

—Está nevando mucho —dice.

Así es. Lo que empezó como una ligera nevada ahora cae con más fuerza y se amontona sobre la carretera. El sol se ha puesto por completo y el cielo está negro; los faros de alta gama del Mercedes son lo único que ilumina nuestro camino. Tal vez sea mejor que ya no conduzca mi camioneta, porque el faro derecho siempre parpadeaba y el izquierdo era demasiado débil. Si viajáramos en ella, ahora mismo estaríamos conduciendo a ciegas. Era una mierda, pero me encantaba.

—¿Crees que deberíamos dar media vuelta? —pregunta Grace.

La miro.

—¿Para ir a dónde?

Se muerde el labio inferior.

—¿Para volver a la autopista, tal vez?

—La autopista está a una hora de distancia.

—Sí, pero según el GPS, todavía queda otra hora y media hasta el hotel. Técnicamente estamos más cerca de la interestatal.

—No podemos abandonar —le digo—. No somos de los que se dan por vencidos, cariño.

—Pero es que... —Se calla.

—¿Es que qué?

—¡Está oscuro y da miedo! —grita—. Mira por la ventana, Logan. Me siento como si estuviéramos en una película de terror.

No está del todo equivocada. Salvo por las dos franjas amarillas de los faros, la carretera está oscura y la nieve no para de caer. Si acaso, el tiempo está empeorando. El viento ruge con ráfagas ensordecedoras contra las ventanas. Es inquietante que no pueda oír el maldito motor y, sin embargo, oiga claramente el viento.

—Está bien, espera, vamos a resolver esto —digo finalmente.

Activo los intermitentes de emergencia y me detengo en el arcén de la estrecha carretera. Aunque, probablemente, no necesite las luces de emergencia, teniendo en cuenta que no nos hemos cruzado con otro coche desde hace un buen rato.

Cojo el móvil: solo tengo dos barras de batería, pero es suficiente para abrir la aplicación meteorológica.

—Mierda —digo un momento después.

—¿Qué pasa? —Grace se inclina hacia mí para mirar la pantalla.

—Al parecer, hay una ventisca esta noche. Joder. No decía nada de una ventisca cuando he mirado el tiempo hace unas horas.

—¿Has...? —Se detiene.

—¿Qué? —pregunto.

Grace exhala, apesadumbrada.

—¿Has comprobado el tiempo en Boston o en el norte de Vermont?

Me detengo.

—Boston —refunfuño.

—Cariño.

—Lo siento. Ha sido una cagada por mi parte. —Me humedezco los labios de una forma exageradamente lasciva—. ¿Quieres azotarme por ser un chico malo?

Un destello de lujuria ilumina sus ojos. Me río suavemente. Los dos sabemos que le encanta lo obsceno que soy. No soy tímido a la hora de decir lo que quiero y lo que me gusta, y Grace se ha vuelto muy buena expresando sus propios deseos. Por eso nuestra vida sexual es increíble.

—Quizá más tarde —dice, y se pone seria—. Vamos a centrarnos. Parece que en esta zona se esperan más de treinta centímetros de nieve esta noche.

—Siempre dicen eso y nunca es para tanto —replico.

Asustada, Grace mira a través de la ventanilla oscura.

—No sé... Se está acumulando mucha nieve ahí fuera.

—Entonces, ¿qué quieres hacer? ¿Quieres que demos la vuelta? Porque creo que podemos vencer a la nieve y llegar antes de que empiece lo peor de la tormenta.

Se muerde el labio inferior. Joder, es adorable. Estoy tentado de inclinarme y besarla.

—Está bien, vamos a hacerlo —decide—. Pero no aceleres, ¿vale? Quiero llegar viva.

—Trato hecho. No nos mataré.

Se ríe.

Vuelvo a la carretera y, a pesar de sus estúpidos y caros neumáticos de invierno, el todoterreno derrapa.

—¡Logan! —grita Grace.

—Lo siento. No estoy acelerando, lo juro. El suelo está resbaladizo. —Aflojo la presión sobre el acelerador y procedo a conducir con más precaución.

Durante los siguientes veinte minutos, no hablamos. Estamos demasiado concentrados en el viaje y en el mal tiempo. Un muro blanco ha aparecido delante de nuestro coche. Toda la nieve que se acumula en el suelo y en el capó del Mercedes me indica que treinta centímetros no es una estimación tan descabellada. Para empeorar las cosas, esta zona está tan aislada que dudo que las máquinas quitanieves o los camiones de sal la visiten a menudo. Al final, la carretera se vuelve traicionera y no tardo en conducir a paso de tortuga.

—John —dice Grace, preocupada.

—Lo sé —respondo con gravedad.

Pero ya es tarde para volver atrás. La interestatal está demasiado lejos. El GPS nos dice que estamos a unos cuarenta minutos del hotel, pero al ritmo que vamos, no llegaremos hasta dentro de varias horas.

—Mierda —maldigo—. Vale. Mantente alerta. Quizás veamos algún lugar donde podamos parar.

—¿Como qué?

—No lo sé. ¿Un motel? ¿Una posada?

Hay una nota de pánico en su voz:

—Cariño, aquí no hay *nada*. Estamos literalmente en medio de la nada... —Da un respingo cuando el todoterreno vuelve a derrapar.

—Lo siento. —Mis manos se aferran con fuerza al volante. Me inclino hacia delante y miro fijamente por el parabrisas como una anciana que ha olvidado sus gafas en casa.

—¿Deberíamos parar y esperar a que pase? —Se inquieta Grace.

Me lo pienso.

—No creo que sea buena idea. ¿Y si nos quedamos atrapados en la nieve, al lado de la carretera? Propongo que sigamos adelante.

—Claro, sigamos a este buen ritmo de cero kilómetros por hora —replica, sarcástica—. Llegaremos al amanecer.

—No tardaremos tanto. —De repente, algo pasa volando sobre el parabrisas.

Me doy cuenta medio segundo después de que es una ráfaga de ventisca, pero es demasiado tarde. Ya había pisado instintivamente los frenos. Solo ligeramente, pero incluso ese suave toque hace que el coche patine.

—*Joder.* Intento evitar el derrape, pero los neumáticos se balancean bruscamente y esta vez no puedo controlarlo. Lo siguiente que sé es que el Mercedes se dirige hacia la pendiente del arcén.

—¡Agárrate! —grito, aferrándome al volante con fuerza mientras salimos volando de la carretera.

CAPÍTULO 7

GRACE

El corazón casi se me sale del pecho, como en una película de terror, cuando perdemos repentinamente el control del todoterreno. Cuando por fin se detiene, me tiemblan las manos; me siento débil, pero aliviada.

Pego la cara a la ventanilla. Lo único que veo es la oscuridad más absoluta, solo interrumpida por la tenue luz de los faros. Apuntan a una franja blanca. La nieve llena todo mi campo de visión. Estamos al pie de una pequeña pendiente, pero bien podría ser una montaña. Cuando miro hacia arriba, donde creo que está la carretera, me parece increíblemente lejana.

Logan respira con dificultad a mi lado.

—¿Estás bien?

—Estoy bien. —No hemos chocado con nada. Los dos estamos de una pieza, y también el coche—. Tenemos tracción en las cuatro ruedas, ¿verdad? ¿Podemos volver a la carretera?

Mi novio frunce los labios y evalúa la situación.

—A ver, podemos intentarlo. En el peor de los casos, me bajaré y empujaré.

—¿Vas a *empujar* hacia arriba un todoterreno por una colina nevada? —digo, consternada—. A ver, sé que eres un tío fuerte y *sexy,* pero...

—Gracias, cariño. —Suelta una carcajada.

—De nada. Pero no creo que seas lo suficientemente fuerte para esto.

—Mujer de poca fe.

Pongo los ojos en blanco.

—Demuéstrame que me equivoco, si quieres. Pero hagámoslo ahora, porque me gustaría intentar salir de aquí antes de que muramos.

—No vamos a morir —dice, pero hay cierta gravedad en su voz.

Mueve la palanca de cambios a la posición de conducción y pisa suavemente el acelerador. El coche avanza, para mi alivio. Bien. Al menos no estamos atrapados en un impenetrable montón de nieve.

Logan conduce unos metros y luego comienza a girar hacia la pendiente. No es en absoluto empinada, pero el Mercedes asciende solo medio metro antes de empezar a detenerse. Logan pisa el acelerador. El coche no se mueve ni un centímetro más.

—Mierda. —Acelera de nuevo.

Siento los neumáticos trabajando para tratar de ganar algo de tracción.

Pero no lo consiguen.

—Supongo que me toca empujar —se resigna Logan. Mientras lo miro con aflicción, da marcha atrás por la pendiente y aparca el coche—. Muy bien, guapetón. Es tu momento de lucirte.

Me río débilmente.

Se sube la cremallera del abrigo y coge su gorro de lana de la consola central. Se lo pone y saca un par de guantes del bolsillo.

—Bueno —anuncia con una sonrisa irónica—, esto va a ser una putada.

—Puedo ayudarte a empujar.

—No, necesito que conduzcas y pises los pedales.

Después de que se baje, me subo al asiento del conductor y me abrocho el cinturón, aunque enseguida me siento un poco estúpida por hacerlo. Pero más vale prevenir que curar, ¿no? Cuando bajo la ventanilla para escuchar sus instrucciones, una ráfaga de aire helado me golpea en la cara.

—Está bien —oigo el grito ahogado de Logan—. A la de tres, pisa el acelerador y te daré un pequeño empujón. ¿De acuerdo?

—Vale —respondo a gritos por la ventanilla.

Él empieza a contar.

—Uno… dos… *¡tres!*

Piso a fondo el acelerador. El coche sale disparado hacia delante. Un metro, dos metros. Y luego sigue avanzando.

—¡Sí! —grito—. Está funcionando. —Ya estamos a mitad de camino.

—¡Sigue! —vocifera Logan, animándome—. Podemos hacerlo, *chavala.*

—¿Acabas de llamarme *chavala?*

—¡Sí, lo siento, me lo ha pegado G!

Intentamos hacernos oír por encima del viento.

—Por Dios, ¿podrías decir algo con sentido de vez en cuando?

—Da igual. Tú mantén el pie en el acelerador. Podemos lograrlo.

Tiene razón. Unos cuantos metros más y...

Sin embargo, no lo logramos. Oigo una fuerte maldición y, de pronto, el coche se desliza varios metros hacia atrás.

Mierda, ¿estaba Logan todavía ahí detrás? Se me hace un nudo en la garganta. ¿Y si lo he atropellado?

Antes de que pueda siquiera parpadear, el coche ha vuelto al punto de partida. Joder.

Me siento aliviada cuando la cara de Logan, enrojecida por el viento, aparece por la ventanilla del conductor.

—Me he resbalado —gruñe—. Lo siento.

—Soy yo quien debería sentirlo —digo, respirando con dificultad—. No he sido lo suficientemente rápida con los frenos. Podría haberte matado.

—Intentémoslo de nuevo.

—Pero ¿qué pasa si vuelves a resbalar? No quiero atropellarte. Me *gustas.*

La risa hace estremecer su fornido pecho.

—Además, sinceramente, no creo que podamos hacerlo. Llamemos a una grúa —propongo.

—De acuerdo.

Logan vuelve a subir al coche y se desliza en el asiento del copiloto. Coge su teléfono y mira la pantalla.

—Mierda, me queda una barra de batería. ¿Y a ti?

—Cero barras —respondo alegremente.

—Te gano por una.

En lugar de buscar en Google el número de una grúa, abre la guantera y rebusca en su interior.

—Tengo asistencia en carretera gratuita con Mercedes —dice, ante mi mirada inquisitiva.

—Qué sofisticado.

—El número debe de estar por aquí.

Por fin encuentra la documentación. Llama. Cuando alguien contesta, proporciona el número de la póliza y explica la situación. Da nuestra ubicación, escucha durante un momento y pone los ojos en blanco.

—Me han puesto en espera —me dice.

Mientras estamos en espera, la llamada se interrumpe debido a la poca cobertura, por lo que se ve obligado a volver a llamar y hacerlo todo de nuevo.

—*Acabo* de llamar —refunfuña después de que le hagan un montón de preguntas—. Alguien me estaba atendiendo, pero se ha cortado y… —Conteniendo un taco, me mira fijamente—. Me han puesto en espera.

Me río.

Esta vez la línea no se corta, pero la respuesta que obtenemos no es la ideal.

—¿¡Por la mañana!? —exclama—. ¿En serio?

—Para entonces estaremos muertos —siseo.

Logan me sonríe.

—No estaremos muertos para entonces… no, no, perdona, estaba hablando con mi novia. Pero es demasiado tiempo. Vamos, hombre. Tienes que poder traer a alguien antes. Estamos atrapados al pie de una colina, en medio de una ventisca. —Hace una pausa—. Entiendo que es fin de año, pero… —Se detiene un instante y luego gruñe como una bestia furiosa—. Joder, me han puesto en espera.

CAPÍTULO 8

LOGAN

Seis horas. El encargado de la asistencia en carretera ha conseguido reducir nuestro tiempo de espera de doce a seis horas. Lo que es fantástico, excepto porque seis horas quiere decir que estaremos atrapados aquí hasta las tres de la mañana.

Parece que vamos a pasar la Nochevieja en el coche.

Sin embargo, no tenemos otra opción. Estamos aquí tirados, y bajo ningún concepto abandonaremos el vehículo. He visto películas. Nunca pasa nada bueno si sales de tu coche en plena tormenta. El exterior es una puta mierda. El interior del Mercedes es agradable y calentito. Al menos, por ahora.

Aunque tenemos más de medio depósito de gasolina, no quiero arriesgarme, así que le digo a Grace:

—Vamos a apagarlo por ahora.

—¿Te refieres a la calefacción? —Parece horrorizada—. Nos vamos a congelar.

—No. Te mantendré caliente, lo prometo.

Le brillan los ojos.

—Ooooh. ¿Cómo vas a hacerlo?

Señalo el asiento trasero.

—Ve atrás y ponte cómoda. Tengo algunas cositas en el maletero para nosotros.

Mientras trepa hasta los asientos traseros, yo salgo del coche, enfrentándome una vez más al gélido aire nocturno. Los copos de nieve bailan a mi alrededor y se me pegan a las mejillas mientras camino contra el viento y rodeo el todoterreno. Siempre llevo un kit de emergencia en el coche, y esta vez no es una excepción. Me crie en Nueva Inglaterra; conozco el procedimiento. Manta, velas, agua, el equipo de supervivencia habitual. Pero también he traído algunos extras para nuestra escapada de Nochevieja.

—Aquí tienes —grito, y lanzo una gruesa manta de lana sobre la división entre el maletero y el asiento trasero.

—¡Gracias!

Agarro la bolsa de lona y cierro el maletero, y sufro cuatro segundos más de nieve y viento antes de acomodarme junto a Grace.

—Joder, qué frío hace —me quejo.

Ella ya está debajo de la manta, levantándola para hacerme un hueco. Soy demasiado grande para caber del todo, así que mis botas sobresalen por debajo, pero no me importa. Lo único que me importa es acurrucarme con mi chica.

—¿Qué hay en la bolsa? —pregunta con curiosidad.

—Para empezar: esto. —Saco una botella de champán barato—. Es de tapón de rosca —digo, con una sonrisa triste—. Sabes que normalmente me decantaría por una buena botella de champán, pero no quería reventar las paredes del hotel con el corcho.

Grace se ríe.

—¿Reventar las paredes? Suena *sexy.*

—Además, no me he traído ningún vaso porque supuse que nos dejarían un par en la habitación. Así que beberemos a morro.

—¡Qué clase!

—Oye, soy el hijo de un mecánico. Crecí con grasa y aceite en las manos y en la cara y, en realidad —Me encojo de hombros—, lo tenía por todas partes, todo el tiempo.

—Muy *sexy.*

Arqueo una ceja.

—¿En serio?

—¿No me crees? Te *pagaría* para que me dejaras untarte de aceite. Todos esos músculos brillantes… —Se estremece, y sé que no es por el frío.

Tomo nota de que Grace quiere verme cubierto de aceite. Apuesto a que podría organizarlo para la próxima vez que tenga una noche libre. Me gusta hacerla sentir bien. Estoy dispuesto a hacer lo que sea para excitarla.

—¿Quieres que abramos esta botella ahora o que esperemos hasta medianoche?

Ella lo medita.

—Esperemos. Será un poco menos deprimente si al menos bebemos champán cuando el reloj dé las doce.

—¿A qué llamas deprimente? Esto es romántico. —La atraigo hacia mí—. Ven aquí.

Un segundo después estamos acurrucados, con mi brazo rodeando sus hombros y su mejilla apoyada en mi pecho. El coche aún está caliente, y además contamos con nuestro calor corporal, pero solo dura unos quince minutos. Mientras Grace habla del programa de noticias que está produciendo para Briar, noto que su aliento empieza a formar volutas blancas.

—Un momento —interrumpo mientras me estiro hacia el asiento delantero—. Vamos a encender la calefacción un rato.

Así lo hacemos durante la siguiente hora: dejamos que el calor se acumule, lo apagamos para conservarlo, y volvemos a encenderlo cuando empezamos a temblar.

—Tiene que haber una forma mejor de mantenerse caliente —dice Grace cuando apago la calefacción por enésima vez.

—¿Tú crees? —Le dedico una sonrisa burlona y seductora.

—No me refería a eso, pero… —Me devuelve la sonrisa—. No es una mala idea.

—No es una mala idea para nada —concuerdo, y paso mis dedos por su cabello, inclinando su cabeza hacia atrás y cubriendo su boca con la mía.

Me encanta besarla. A veces, cuando estoy en el avión del equipo, tratando de dormir, o cuando mi mente divaga, en el vestuario, pienso en la primera vez que Grace y yo nos besamos. Aparecí accidentalmente en su dormitorio pensando que era el de mi amigo. En su lugar, me encontré con una estudiante de primer año haciendo un maratón de *La jungla de cristal* y comiendo chuches. Me uní a ella, porque, ¿por qué no? Era guapa, y yo estaba aburrido. Pero de alguna manera pasamos de ver películas a enrollarnos. Con mi mano en sus pantalones y la suya en los míos.

Uf, fue una noche estupenda. Cuando llamé por error a esa puerta, ni por asomo pensé que me enamoraría de la chica que había al otro lado. O que compartiríamos un apartamento, una cama. Que construiríamos una vida juntos. Y ahora estamos aquí, en el asiento trasero de nuestro espacioso Mercedes, y ella se apoya en los codos mientras mi cuerpo desciende sobre el suyo. Sus manos se enredan en mi pelo; su lengua ansiosa se desliza en mi boca.

—Joder —gimo contra sus labios—. No tienes ni idea de lo que me haces sentir.

Ella se separa por un instante.

—¿Qué es lo que te hago sentir? —susurra.

—Me excitas muchísimo, obviamente. Pero también... —Me quedo a mitad de frase. Es tan difícil expresarlo con palabras—. Me haces sentir...

Me paro, gimiendo de frustración, porque nunca he tenido facilidad para expresarme. Para poner palabras a las emociones.

—Me haces sentirlo todo —termino diciendo—. Me haces sonreír. Me la pones dura. Me vuelves loco. —Mi voz se quiebra ligeramente—. Me haces sentir seguro.

—¿*Yo* te hago sentir seguro a ti? Sabes que eres como mil veces más grande y fuerte que yo, ¿verdad?

—Eso no tiene nada que ver —digo bruscamente.

Y entonces la beso de nuevo.

Cuando le bajo la cremallera del abrigo y deslizo las palmas de las manos por debajo de su jersey de punto, se estremece lo suficiente como para que mis manos se detengan.

—¿Demasiado frías? —pregunto, preocupado.

—No, demasiado *bueno*. —Está casi sin aliento—. Me encanta que me toques.

—Bien, porque a mí me encanta tocarte.

Deslizo las manos hacia arriba para cubrir sus pechos, y juego con sus pezones. Se endurecen, y me arrancan un gemido. Le subo el jersey y me meto un pezón en la boca con avidez. Grace gime cuando lo succiono. Me sujeta la parte posterior de la cabeza y me presiona contra su suave piel. No puedo evitar frotar mi polla anhelante contra su vientre mientras sigo chupando. Mientras tanto, mi mano viaja hacia el sur, hacia la cinturilla de sus gruesos *leggings*.

Levanto la cabeza de su pecho para decirle:

—Quiero follarte.

Grace gime por toda respuesta.

—¿Eso es un sí? —pregunto con una risa ronca.

—Siempre es un sí.

Sé exactamente lo que quiere decir. Podría estar de muy mal humor, podría estar teniendo el peor día de mi vida, y una sonrisa de Grace, un «sí» entrecortado, lo cambiaría todo. Lo único que tiene que decir es: «Quiero tu polla», y siempre se la daré.

Deslizo mi mano dentro de sus bragas y la encuentro caliente, húmeda y lista para mí. Mueve las caderas, meciéndose contra mi cuerpo, y los movimientos sensuales me empapan la mano.

—Dios —digo con dificultad. Retiro la mano y me desabrocho los pantalones, empujándolos hacia abajo para liberar mi polla. Se levanta contra la cadera de Grace y, al instante, la rodea con los dedos.

—Me encanta esto —suspira, apretando fuerte.

—Joder, sí —le respondo con un gruñido.

Aparto la polla de su mano y la guío entre sus piernas. Ni siquiera se ha quitado las bragas, que están a la altura de las rodillas. Por suerte, son elásticas. Mis calzoncillos están lo suficientemente bajos como para exponer mi culo. Ambos jadeamos cuando me sumerjo dentro de ella. Como somos completamente monógamos y ella toma la píldora, hace tiempo que dejamos de usar condones, y no hay mejor sensación que la de hacerlo a pelo con Grace. Su coño es prieto y cálido, mi lugar favorito en el mundo.

—Estar dentro de ti es increíble —gimo contra su cuello.

Me agarra del pelo para acercar mi cabeza a la suya, y nuestras bocas vuelven a chocar. Le meto la lengua en la boca mientras empujo con las caderas, hundiéndome en ella todo lo que puedo. Pero esa incómoda posición solo me permite dar golpes rápidos y superficiales.

Mi polla muere de deseo por entrar más adentro, pero esto sigue siendo increíble. Y cuando Grace empieza a gemir y a levantarse ansiosamente para recibir cada embestida, sé que mis movimientos, aunque superficiales, están dando en el punto correcto. El punto G. Genial. Sus orgasmos son siempre más intensos cuando el punto G está en juego. Inclino mis caderas para golpear ese preciso lugar con más fuerza, y sus ojos se ponen en blanco.

—Oh, Dios mío —suplica ella—. Sigue haciendo eso. No pares.

Y lo hago; se la clavo en su apretado punto de calor mientras su expresión se vuelve más y más extasiada. La calidez de su coño me envuelve. Su boca se relaja y se le escapa una respiración entrecortada. Cierra los ojos por un momento, luego los abre y me mira fijamente. El placer puro que veo en ellos me quita el aliento.

—Eso es —insisto—. Córrete para mí.

Sigo follándola, viendo cómo sus ojos se empañan cada vez más. Cuando gime, me trago el sonido dándole un beso abrasador, sintiendo su orgasmo, que se propaga tembloroso a mi alrededor. Una oleada de calor recorre mi cuerpo. Hacerla sentir así es la mejor sensación del mundo. Eso desencadena mi propia liberación, y me corro con un gemido estrangulado, con un cosquilleo en las pelotas y el pecho agitado.

Necesitamos un tiempo cómicamente largo para recuperarnos. Nos quedamos ahí tumbados estúpidamente, todavía vestidos casi del todo, con mi polla en su interior y sus brazos rodeándome, mientras tratamos de recuperar el aliento.

—Vale —dice Grace, medio dormida—. Ahora ya podemos morir congelados.

CAPÍTULO 9

GRACE

23:59

—¡Un minuto! —exclama Logan.

En serio, es de las pocas personas que conozco que todavía se entusiasma tanto con la Nochevieja. A mí, para empezar, nunca me ha importado mucho esta fiesta; con los años, mis niveles de interés no han hecho más que disminuir.

Pero mi novio sonríe felizmente mientras mira el reloj en su móvil. Gracias a la ventisca que está cayendo fuera del coche, nuestros dos móviles llevan un buen rato sin cobertura, pero al menos la batería dura más.

La botella de champán está lista en manos de Logan. De repente, me mira preocupado.

—¿Quién toma el primer sorbo? —me pregunta—. ¡No tenemos copas!

—Puedes dar el primer sorbo —concedo amablemente.

—¿Estás segura?

—A ver, supongo... Tenía muchas ganas de darlo yo, pero... —En realidad, me importa un bledo quién dé el primer trago del nuevo año. Pero si cree que le estoy haciendo un gran favor, podré recordarle este momento la próxima vez que vete todas mis elecciones de películas en Netflix—. No pasa nada. Hazlo tú.

Prácticamente me ilumina con su sonrisa. Se necesita muy poco para hacer feliz a este hombre.

—Treinta segundos —advierte—. Prepárate, mujer.

Reprimo una risa y me enderezo. Los ojos azules de Logan permanecen pegados al móvil.

—Estamos casi en la cuenta atrás. Espero gritos entusiastas por tu parte. ¿Preparada, cariño?

—Claro. Pero no tenemos que gritar…

—¡DIEZ!

Ay, madre.

—¡NUEVE! —grita, indicándome con la mano que me una.

Y como quiero a este chico con todo mi corazón, lo hago feliz y grito junto a él. Cuando terminamos de gritar «¡uno!», Logan lanza un «¡Feliz Año Nuevo!» y me besa intensamente.

Le devuelvo el beso y me separo para susurrar:

—Feliz Año Nuevo, Johnny.

—Feliz Año Nuevo, Gracie.

Con una sonrisa de emoción infantil, se lleva la botella a los labios y da el primer sorbo de champán.

2:00

La grúa todavía no ha llegado.

Han pasado horas desde que el reloj marcó la medianoche, y Logan y yo ya nos hemos bebido toda la botella de champán. Ahora estamos borrachos y calentitos en el asiento trasero, contando las anécdotas de nuestra infancia que nos vienen a la cabeza.

Sus historias carecen de la ligereza que poseen las mías, lo que no es demasiado sorprendente. Los padres de Logan están divorciados y su padre es un alcohólico en rehabilitación, así que no lo ha tenido precisamente fácil. Pero conserva algunos buenos recuerdos de su hermano. Mis padres también están divorciados, pero tienen buena relación, así que mis historias familiares son mucho más felices.

Mientras nos reímos, nos acurrucamos y compartimos recuerdos, no dejamos de tocarnos. Él me acaricia el pelo. Yo juego con la barba incipiente de su fuerte mandíbula. El vello me raspa las yemas de los dedos, pero cuando dice con pesar que debería afeitarse, no estoy de acuerdo. Creo que es *sexy* y varonil, y no puedo dejar de tocarlo. Ha sido así desde el momento en que nos conocimos. Mi yo universitario de primero se enamoró de John Logan, y no he dejado de quererlo desde entonces.

Espero quererlo siempre.

—¿Crees que aparecerán en algún momento? —pregunto mientras aprieto la nariz contra la fría ventanilla. Más allá del cristal, el mundo es un remolino interminable de nieve.

—Dijeron seis horas —me recuerda—. Todavía no han pasado seis horas.

—Han pasado cinco horas y media.

—Cinco horas y media no son seis horas.

—¿Por qué no están aquí todavía? —me quejo.

—¡Porque no han pasado seis horas!

—¡Deja de decir eso!

Logan estalla en carcajadas mientras yo sigo mirando por la ventanilla con aflicción.

—¿Y si nos morimos de hambre?

—No lo haremos —me asegura.

—¿Qué pasa si nos morimos de frío y...? Oh, Dios mío. Acabo de darme cuenta de algo. ¿Y si estamos siendo castigados?

Suspira.

—Está bien. Tengo curiosidad. ¿Castigados por qué y por quién?

—¡Por Alexander! Por odiarlo. ¿Y si él ha provocado esto? —digo con la voz entrecortada de repente—. Oh, Dios mío, Logan, ¿crees que esto es lo que sintió Willie mientras yacía en el fondo de ese barranco con la pierna rota? ¿Antes de que su espíritu entrara en Alexander? ¿Crees que sabía que iba a morir?

Logan se queda en silencio por un momento. Luego asiente con la cabeza.

—He tomado la decisión de ignorarte durante los próximos diez minutos, o el tiempo que tarde en dejar de estar cagado de miedo.

2:42

Aparto la mirada de la ventanilla y suelto un largo y triste suspiro.

—Vale. Creo que es el momento.

Frunce el ceño.

—¿El momento de qué?

—De hacer un pacto.

—¿Qué pacto?

Ajusto la manta alrededor de nuestras piernas.

—Podríamos estar atrapados aquí durante días. Semanas, incluso.

—No serán ni días ni semanas, loca.

Levanto la barbilla obstinadamente.

—*Podrían* serlo. Y si eso ocurre, hay muchas posibilidades de que muramos de hambre o de frío, como le sucedió a Willie en la ruta de California. Y a menos que nos organicemos para cometer un asesinato-suicidio, está claro que uno de nosotros morirá antes que el otro. Así que, si eso sucede, tenemos que hacer un pacto.

—¿Qué puto pacto? —gruñe.

—Si llegamos al punto de poder morir de hambre, el que siga vivo tiene que comerse al muerto.

Logan me mira fijamente.

—¿Qué? —digo a la defensiva—. Es una cuestión de supervivencia.

—Quieres que nos comamos el uno al otro.

—Bueno, no el uno al otro. Solo uno de nosotros tendrá que hacerlo. Y quiero que sepas que, si muero primero, te doy permiso para comerme. Haz lo que tengas que hacer para sobrevivir. No te juzgaré para nada desde el más allá.

Se limita a seguir mirándome.

—Así pues, ¿tenemos un pacto? ¿El vivo se come al muerto? Hay una navaja suiza en el kit de emergencia. Ah, y creo que el culo es la mejor parte para cortar. Es la más carnosa.

—No —dice tajantemente.

—Sí —insisto—. El culo es la mejor parte…

—No, me refiero a que no voy a cortar un trozo de tu dulce culo y comérmelo —aclara—. Prefiero que muramos abrazados, como los ancianitos de *Titanic.*

Niego con la cabeza, decepcionada.

—De acuerdo, no aceptes el pacto. Yo sí lo haré.

—Un pacto requiere el acuerdo de ambas partes —replica.

—No cuando mi *vida* está en juego. —Le saco la lengua—. Lo siento, cariño, pero te voy a comer el culo, te guste o no.

No me doy cuenta de lo mal que lo he expresado hasta que las palabras ya han salido de mi boca, lo que resulta en alaridos y carcajadas del inmaduro de mi novio.

3:02

—Vale, obviamente han pasado catorce horas...

—Seis —corrige Logan.

—... y todavía no están aquí. —Estoy a punto de agujerear el interior de mi mejilla de tanto morderlo—. No creo que sean capaces de encontrarnos.

—Tienen nuestra ubicación exacta.

—Sí, pero el coche está cubierto de nieve. No nos verán. Y cuando termine la ventisca, tendremos que cavar para salir. —Lo miro firmemente—. En serio, tienes que aceptar el pacto.

—Nunca. Y no tendremos que cavar para salir. Todo va bien. —Pero mis preocupaciones lo incitan a actuar. Intenta abrir la puerta y maldice al tiempo que le da varios empujones para lograrlo—. Vuelvo enseguida.

—¿Qué vas a hacer?

—Raspar la nieve para que puedan ver el coche. Y será mejor que vaya encendiendo las luces de emergencia. La caballería debería llegar en cualquier momento.

Empiezo a apartar la manta.

—Deja que te ayude.

—Ni lo sueñes. Hace demasiado frío. Quédate aquí.

Sale y empieza a rascar hasta que finalmente distingo su hermoso rostro al otro lado de la ventanilla. Sus rasgos exhiben una mueca de concentración, lo que me hace sonreír. No importa lo que haga John Logan: siempre da el ciento diez por ciento cuando se concentra.

Quince minutos más tarde, está de vuelta en el coche, sacudiéndose la nieve como un perro que se sacude el agua después de nadar. Se arrastra bajo la manta y trato de hacerlo entrar en calor.

—Gracias —murmura, con su fornido cuerpo temblando en mis brazos.

—Oooh, cariño. —Le froto la espalda en un intento de infundirle calor. No funciona, así que tomo la decisión unilateral de subir la calefacción, aunque sé que estamos agotando lentamente el depósito de gasolina y la batería.

3:46

—La grúa todavía no ha llegado. Llevan casi una hora de retraso, y temo por nuestras vidas. Quién sabe, tal vez nunca aparezcan. Podríamos estar atrapados aquí para siempre. Encontrarán nuestros cuerpos años después y...

—Venga, hombre, ya vale. —Logan me quita el móvil y se enfoca a sí mismo con la cámara—. No vamos a morir. Estamos bien. —Hace una pausa corta—. Pero en caso de que muramos: Mamá, te quiero. Quiero que sepas que eres la mejor...

—¡Oye! —Le doy un puñetazo en el hombro—. Deja de gastar mi batería para tus despedidas. Ni siquiera crees que vayamos a morir. —Recupero el móvil y hablo a la cámara—: ¡Ni siquiera quiere hacer un pacto para comernos el uno al otro, chicos! ¿Qué clase de novio es este? ¡Le estoy ofreciendo sustento para vivir y se niega a comerme!

Logan planta un repentino beso en mi mejilla.

—¿Quieres que te coma? —dice con delicadeza—. Pues qué cojones, cariño, claro que te comeré.

—John —suelto un grito ahogado, en *shock*. Miro a la cámara—: ¡Haz como que no has oído eso, papá!

Dejo de grabar y empezamos a besarnos mientras la nieve sigue cayendo alrededor del coche.

4:22

—Bueno, se acabó nuestro depósito —comenta Logan mientras los conductos de ventilación liberan su última ráfaga de aire caliente. La grúa todavía no ha llegado y nos hemos quedado oficialmente sin gasolina.

—La oferta de comerme después de que me muera sigue en pie —le digo—. Para que veas lo mucho que te quiero.

Suspira.

4:49

Estoy acurrucada en los fuertes brazos de Logan, adormilada y feliz, mientras sus largos dedos juegan con mi pelo.

—He echado de menos esto —murmura.

Vuelvo la cabeza para mirarlo.

—¿El qué?

—Acurrucarme contigo. Estar contigo.

Se me hace un nudo en la garganta.

—Yo también.

El silencio se cierne sobre nosotros. Los últimos años pasan por mi mente. Cómo empezamos a estar juntos. Todos los cambios en nuestra relación desde que Logan se graduó en Briar. Cuando jugaba en el segundo equipo de Boston, pensaba que su horario era agotador. Ahora está en un equipo profesional, y es mil veces más intenso.

Levanto la mano para acariciar su cincelada mandíbula.

—Si tengo que morir congelada, me alegra que sea contigo.

Su pecho se estremece de risa.

—Lo mismo digo, preciosa.

5:13

Despierto sobresaltada por el sonido de un claxon. Logan me aparta para acercarse a la puerta.

—Creo que ya están aquí —dice.

Me incorporo con rapidez.

—¡Ya era hora! Llevan como dieciocho horas de retraso.

—Dos —corrige, sonriéndome.

—En años de ventisca, son dieciocho.

—Eres muy dramática. —Se ríe y sale del coche antes de que pueda ofenderme.

Me subo la cremallera de la chaqueta y lo sigo al exterior, donde mi corazón da inmediatamente un vuelco de felicidad. Dos rayos de luz atraviesan la oscuridad de la noche. O más bien, de la madrugada. Distingo una silueta sombría y luego una voz masculina nos llega desde lo alto de la pendiente:

—¿Habéis pedido ayuda?

CAPÍTULO 10

LOGAN

Tras una breve parada en una gasolinera para repostar y enviar un mensaje a los propietarios del hotel para decirles que estamos en camino, Grace y yo volvemos a la carretera, que está completamente desierta esta mañana. Sospecho que todo el mundo sigue en la cama después de las increíbles fiestas de Nochevieja a las que habrán asistido, y que se despertarán con una resaca insoportable.

Grace y yo no tenemos resaca, pero lo parece. Es lo que tiene pasar la noche muertos de frío y apiñados en el asiento trasero del coche. Sin embargo, a pesar de mis ojos enrojecidos y el dolor que me recorre el cuerpo, recibir el año nuevo con Grace, una botella de champán y un pacto para comernos el uno al otro ha resultado una de las mejores noches de mi vida.

Me río al recordarlo.

—¿Qué te hace gracia? —pregunta ella desde el asiento del copiloto.

—Anoche. —Le ofrezco una sonrisa irónica—. Estaba pensando en lo divertido que fue.

—¿Divertido? Casi morimos.

—No es cierto. —Veo un cartel que anuncia nuestro hotel más adelante y enciendo el intermitente—. Tuvimos una aventura.

El consejo que me dio Garrett la semana pasada fue acertado: pasad todo el tiempo que podáis juntos, salid a vivir aventuras y cread recuerdos. Puede que anoche no fuera como habíamos planeado, pero aun así nos divertimos mucho.

—Tengo un pacto mejor para nosotros —anuncio.

Grace resopla.

—¿Mejor que el canibalismo? La verdad es que lo dudo, amor.

Se me escapa una carcajada.

—Créeme, *amor*, es mucho mejor.

—Muy bien, sorpréndeme.

—Este es el pacto —digo, señalándonos.

—¿Qué quieres decir?

Suavizo el tono de voz:

—Tú y yo. El pacto es que pasemos todo el tiempo posible juntos. No dejemos que nuestras apretadas agendas controlen nuestra relación. Si no hay tiempo, buscaremos la manera de tenerlo. —Me sobresalto al notar que se me quiebra la voz—. El *hockey* no importa. Ni la universidad, ni el trabajo. Nada de eso importa si tenemos problemas. Si no estamos conectando.

Me sobresalto de nuevo al ver que los ojos de mi novia se llenan de lágrimas.

—Joder —murmuro—. No quería hacerte llorar.

—No pasa nada. —Se seca las mejillas—. Es que... tienes razón. Lo demás no importa. Sí, tenemos compromisos con la universidad y el trabajo, pero también tenemos un compromiso con nosotros mismos y nuestra felicidad. No soy feliz cuando estamos separados.

—Yo tampoco —admito con voz ronca—. Por eso tenemos que cumplir el pacto. Tú y yo somos importantes. Creo que en el momento en que uno de nosotros se sienta infeliz en la relación, o si sentimos que la distancia y el tiempo separados nos están afectando negativamente, entonces, en cuanto tengamos la oportunidad, deberíamos hacer algo como esto.

—¿Quedarnos atrapados en una ventisca? —bromea.

—Embarcarnos en una aventura —corrijo—. Entonces, ¿qué dices? ¿Trato hecho?

No duda.

—Trato hecho.

La nieve cruje bajo los neumáticos mientras conduzco por el estrecho camino que lleva al hotel. Anoche nevó un montón: el paisaje se ha teñido completamente de blanco. Es precioso. Como la mujer sentada a mi lado.

—Lo hemos conseguido —digo, deteniéndome frente a la pintoresca estructura de dos pisos. Me doy la vuelta para dedicarle a Grace una sonrisa triunfal.

La puerta principal del hotel se abre y vemos a una pareja de unos cincuenta años. Van abrigados con parkas y bufandas, y la mujer sostiene dos tazas enormes y humeantes.

—¿John y Grace? —pregunta el hombre cuando salimos del coche.

—Somos nosotros —respondo.

—Sentimos mucho haber llegado tan temprano —se disculpa Grace.

La mujer le resta importancia.

—¡Oh, no hace falta que te disculpes! Nos alegramos de que hayáis llegado de una pieza. ¡Menuda ventisca la de anoche! Madre mía, fue terrible. —Nos ofrece las tazas—. Un poco de té caliente. He pensado que lo necesitaríais.

—Gracias. —Grace, agradecida, acepta una de las tazas.

Yo tomo la otra, disfrutando de la nube de vapor que me calienta la cara.

—Como ya habréis imaginado, somos vuestros anfitriones —dice la mujer—. Soy Amanda, y este es mi marido, el pastor Steve.

—Estamos encantados de teneros aquí —añade su marido—. Aunque sea por una corta estancia. —Ofrece una sonrisa tímida en mi dirección—. Soy un gran admirador, hijo.

No voy a mentir: no me he cansado de recibir elogios.

—Gracias, señor. Yo… lo siento, pero la presentación de su esposa ha sido… —Casi se me escapa «rara»—. Poco clara —termino—. ¿Deberíamos llamarlo Steve o Pastor?

—Cualquiera de los dos —dice alegremente.

—¿Es usted pastor? —pregunta Grace tras otro ansioso sorbo de té.

—En efecto, lo soy. Dirijo una reducida congregación aquí, en nuestra pequeña comunidad.

Su mujer sonríe con orgullo.

—¡Está siendo modesto! Es el guía espiritual de casi todos los residentes del condado de Bowen.

Observo los cálidos ojos marrones del pastor Steve y luego miro a Grace, pensativo. Bueno… ¿no acabamos de tener literalmente una conversación sobre aprovechar cada oportunidad que se nos presenta?

—¿Qué pasa? —Es el mismo tono que utiliza cuando sospecha que no estoy tramando nada bueno.

Le sonrío fugazmente antes de volverme hacia el pastor.

—Solo por curiosidad… —Mi sonrisa se ensancha—. ¿Usted oficia bodas?

PARTE 2

LA PROPOSICIÓN

CAPÍTULO 1

DEAN

—Allie, ¿por dónde empiezo? En pocas palabras: eres increíble. Desde el día en que nos conocimos, supe que estábamos destinados a ser... Vale, bueno, no, cuando nos conocimos tú tenías novio y yo era un mujeriego. Pero desde el día en que nos enrollamos... mierda, no, fue un rollo de una noche, y te avergonzaste y no me hablaste durante varios días...

Tomo aire y vuelvo a empezar.

—Lo supe desde el día en que me aceptaste de nuevo, después de que rompiéramos porque fui un imbécil y me drogué y me perdí la representación de tu obra.

No. También es horrible.

Lo intento de nuevo.

—Allie. No sé ni por dónde empezar.

—Eso está claro —interviene Garrett con aspereza—. Por cierto, la respuesta es no. Anda, cierra esa caja.

Miro fijamente la cajita abierta que tengo en la mano, de terciopelo azul y con un resplandeciente diamante en su interior, mientras trato de calmar mi frustración. Todavía estoy arrodillado frente a Garrett, mi antiguo compañero de piso en la universidad y mi mejor amigo de por vida, en el salón de su lujosa casa de Boston, y nuestro otro mejor amigo nos observa divertido desde el sofá.

—A mí no me parece que esté mal —dice Logan con franqueza—. Es espontánea, mucho más sincera que la mayoría de las propuestas de matrimonio.

—Ha sido horrible —lo corrige Garrett—. Y no me casaré contigo, Dean Heyward-Di Laurentis. Siento tener que decírtelo. Ahora, vuelve a empezar.

—Está bien. —Normalmente no dejaría que G me diera órdenes de esta manera, pero tengo una misión que cumplir. No puedo hacer esto sin practicarlo primero.

Así que, una vez más, me coloco en posición. Sobre una rodilla y con la caja de terciopelo en la mano. Este es mi tercer intento, porque resulta que Garrett Graham es condenadamente difícil de complacer. Me pregunto si Hannah tendrá tantos problemas para satisfacerlo.

—Allie —empiezo.

—Mírame a los ojos —me ordena.

Haciendo rechinar los dientes, le clavo la mirada.

—Deja de entrecerrar los ojos.

Abro los ojos de par en par.

—Tío, parece que estás poseído —se ríe Logan—. Tienes que parpadear.

Parpadeo.

—Allie, eres lo mejor que me ha pasado en la vida —empiezo, manteniendo la mirada fija en Garrett.

—Eso es verdad —comenta Logan.

Vuelvo la cabeza hacia él.

—No me interrumpas, imbécil. Se supone que tenéis que ayudarme.

—Eso hago. Te estoy ayudando al recordarte que Allie es lo mejor que le podía pasar a un pringado como tú. Sin esa mujer, todavía estarías acostándote con cualquier tía que se te pusiera por delante, defendiendo casos en un tribunal y ganando una cantidad obscena de dinero, conduciendo un Lambo o algún otro deportivo odioso... ¿Sabes qué? No suena tan mal. Quizá no deberías casarte con ella.

Garrett suelta una carcajada.

Me limito a suspirar. Estoy más unido a estos dos idiotas, y a nuestro amigo Tucker, cuya boda es la razón por la que he venido a la ciudad, que a mi propio hermano. Lo cual es decir mucho, porque mi hermano, Nick, y yo estamos muy unidos. Pero tienen razón. Sin Allie, no sé cómo sería mi vida en este momento. Antes de conocerla, estaba en camino de seguir los pasos de mis padres y asistir a Harvard, algo que en realidad no quería hacer. Tampoco tenía relaciones estables. La que tuve en el instituto intentó suicidarse después de que rompiera con ella, y no voy a mentir, eso dejó huella.

Pero entonces un rollo de una noche puso mi vida patas arriba. Allie Hayes es la única mujer para mí. Llevamos casi cuatro años juntos, y no tengo ninguna duda de que es la persona con la que me casaré, tendré hijos y me haré viejo. Nunca he tenido prisa por proponerle matrimonio, pero últimamente he sentido la necesidad de dar el paso. Para saber que estamos avanzando en nuestra relación. Y, sí, ahora que Tucker y Sabrina por fin se casan y estamos todos en Boston para celebrarlo con ellos, supongo que me han contagiado las ganas de boda. No sabía que eso les pasaba a los hombres, pero, al parecer, así es. De alguna forma, me encontré eligiendo un anillo en Tiffany & Co. ayer por la mañana, y todavía no me he arrepentido de ello.

—Vale. Allie —lo intento de nuevo, mirando a los ojos expectantes de un hombre adulto—, te quiero. Me encanta todo de ti. Me encanta tu sentido del humor, lo melodramática que eres...

—No —interrumpe Garrett—. No puedes insultarla en la pedida.

—Pero es un cumplido —protesto—. Me encanta el drama.

—Sí, pero las mujeres no quieren que las llamen dramáticas.

—Tiene razón —interviene Logan—. Le dije a Grace que estaba siendo dramática cuando nos quedamos atrapados en Nochevieja y se puso como una loca. —Hace una pausa—. Bueno, técnicamente se puso como una loca porque le dije que no me comería su culo.

—Disculpa... ¿qué? —pregunta Garrett amablemente.

—No es lo que parece —se ríe Logan—. Quería que le prometiera que, si uno de nosotros moría durante la ventisca, el otro se lo comería.

G asiente.

—Oh. Como en aquella película.

Logan parece quedarse en blanco.

—Ya sabes cuál. Va sobre un equipo de fútbol, o algo así, que se estrelló en las montañas y se devoraron unos a otros para sobrevivir. Es conmovedora.

—Eso parece —digo secamente.

—Sí, exacto —le dice Logan a G—. Pero no quise hacer la promesa, y se enfadó. Por suerte eso no le impidió... —Se detiene de golpe.

—¿No le impidió qué? —pregunto.

Logan se pasa una mano por la cabeza rapada. Por un segundo, tengo la sensación de que está nervioso. Que está esquivando la pregunta. Pero entonces una sonrisa lujuriosa asoma a sus labios.

—No le impidió pasar todo el día de Año Nuevo en la cama conmigo. En fin. Créeme, ninguna chica quiere que le digan que es dramática.

Reflexiono sobre la petición de Grace durante un segundo.

—¿Me comeríais si me muriera primero? —les pregunto.

—Oh, por supuesto. A ti también, G.

Garrett parece intrigado.

—¿Nos comerías para sobrevivir, pero no a tu novia?

—No podría. Me parecería demasiado mal. La idea de cortar su perfecta carne... —Se estremece—. No, no puedo hacerlo. Preferiría morir. Además, si se estuviera muriendo, moriría a su lado. No puedo vivir sin ella.

—Ya está —dice Garrett, apuntándome con un dedo—. Eso es lo que tienes que decir.

—¿Que no podré cortar su perfecta carne y comérmela?

—No, que no puedes vivir sin ella. La vida no vale la pena si ella no está contigo, bla, bla, bla.

Por fin, algún tipo de consejo.

—Lo tengo —digo—. A ver. Déjame intentarlo de nuevo.

Esta vez, empiezo con el discurso de «no puedo vivir sin ti» mientras Garrett se lleva las manos al corazón, asintiendo. Animado por su reacción, me apresuro a seguir:

—No hay nadie más con quien quiera estar. Nadie más a quien quiera follar. Me encanta cada centímetro de tu cuerpo y tengo muchas ganas de pasar el resto de nuestras vidas viéndote desnuda...

—¡No! Se te ha ido de las manos —me regaña Garrett—. Es demasiado sexual. Una propuesta de matrimonio no tiene que ser *sexy*.

—No estoy de acuerdo —dice Logan—. Yo digo que sea aún más *sexy*.

—No le hagas caso.
—Más *sexy* —insiste Logan.
—Menos —responde Garrett.
Alterno la mirada entre los dos; mis sienes comienzan a palpitar. Esto es imposible. No sé cómo voy a sobrellevar esta proposición de matrimonio. No se me dan bien los discursos románticos. Soy bueno con las guarradas, con decirle que quiero follar con ella. Se me da bien decirle a Allie que la quiero, porque es así. La amo con todo mi corazón. ¿Por qué una propuesta de matrimonio tiene que implicar todo un maldito discurso?
—¿Sabes qué? Inténtalo conmigo —sugiere Logan—. Está claro que G no sabe recibir proposiciones.
—Y una mierda, claro que sé. Pero es que la de Dean es malísima. No voy a decir que sí a algo que no me impresione.
—Ve a impresionarte por ahí —refunfuño, levantando el dedo corazón.
Garrett me sonríe.
—Ya lo hago. Todos los días, cuando me miro al espejo.
Idiota. Es incorregible. Aunque su enorme ego no está del todo injustificado. Hay una razón por la que fue el «superhombre del campus» en Briar durante cuatro años. El *gran* Garrett Graham, al que acosaban constantemente chicas ansiosas. Es cierto que yo ligaba más, sobre todo porque Garrett siempre estaba demasiado ocupado con el *hockey* y se lo dejaba claro a cualquier chica que intentara ir en serio con él. Tuvo sus rollos, pero no tantos como Logan o yo. Pero bueno, le fue bien. Su dedicación al *hockey* hizo que los Bruins lo ficharan, y ahora es uno de los jugadores mejor pagados de la liga y tiene una novia a la que adora.
Lo que me parece increíble es el hecho de que G y Logan vuelvan a ser compañeros de equipo. Jugaron juntos en la universidad durante cuatro años; los dos años siguientes tomaron caminos distintos y, al final, Logan acabó jugando en Boston, en la misma liga que Garrett. Es serendipia. Creo. Nunca he sabido usar esa palabra.
—Como soy el único aquí que ha escrito con éxito un poema para una mujer, creo que estoy más capacitado para evaluar una propuesta de matrimonio —dice Logan, sacándome de mi ensimismamiento. Garrett pone los ojos en blanco.

—Muy bien, Shakespeare.

—Tiene razón —le digo a G.

—¿Ves? —Logan me hace una seña con el dedo—. Ven aquí, grandullón.

Me río mientras me acerco a él. Se sienta con las largas piernas colgando de un lado del sofá. Lleva vaqueros y una camisa negra de manga larga y, cuando se inclina hacia delante, lo huelo y asiento con la cabeza en señal de aprobación.

—Joder, qué bien hueles, tío. ¿Qué llevas puesto?

—Se me ha acabado el gel de ducha, así que estoy usando el de Grace —responde con una sonrisa—. Huele la hostia de bien, ¿verdad?

—Desde luego. Ya veo por qué Garrett se cuela en tus habitaciones de hotel para todas esas sesiones secretas de folleteo.

—¿Celoso? —sonríe Garrett.

Sonriendo yo también, me pongo en posición y abro la caja por millonésima vez. El diamante brilla a la luz de la lámpara sobre nuestras cabezas, lo que hace que Logan me mire boquiabierto.

—Dios, esa cosa es tan brillante que me va a hacer un agujero en la retina. No brillaba tanto cuando estaba al otro lado de la habitación.

Asiento con suficiencia.

—Sé cómo elegirlos.

—Es una monstruosidad. ¿Estás seguro de que el dedo de Allie es lo suficientemente fuerte como para soportar su peso?

—Confía en mí, ya hemos hablado de anillos de compromiso. Le gustan grandes. —Le guiño un ojo—. Y los anillos también.

Garrett resopla. Se acerca y se acomoda en el sillón de cuero.

—Vale, ahora en serio, tío. No puedes fallar.

Resisto el impulso de crujirme los nudillos, como solía hacer antes de un gran partido. Está bien. Puedo con esto.

—Allie —le digo a Logan—, te quiero mucho. Cambiaste mi vida cuando decidiste bendecirme con tu amor. Haces que mi mundo sea mejor.

—Más *sexy* —murmura Logan.

—Cada vez que estoy contigo, siento que mi corazón va a explotar. —Hago una pausa—. Y mi polla también.

Por el rabillo del ojo, veo a Garrett temblar de risa.

Logan, sin embargo, asiente con aprobación. Nuestras miradas están atrapadas en un contacto visual inquietantemente íntimo.

—Eres única para mí, cariño.

—Más contacto físico —me insta.

No sé si me está vacilando o no. Decido que sí, pero le sigo el juego.

—No tienes ni idea de lo increíble que eres. —Me inclino hacia delante, todavía con la caja del anillo en la mano. Pongo la otra sobre su musculoso muslo.

Logan entrecierra los ojos.

«Tú lo has querido», pienso mientras reprimo una sonrisa.

—Cada vez que te miro, no puedo ni imaginar que seas mía. Tu belleza es de otro mundo. Me dan ganas de arrancarte la ropa. Me la pones muy dura. —Mi mano sube por su pecho hasta la clavícula. Intento desesperadamente no reírme mientras acaricio su mejilla cubierta de una incipiente barba—. Cariño, ¿quieres casarte conmigo?

Hay un breve silencio.

Entonces Logan se queda con la boca abierta. Se vuelve hacia Garrett, con los ojos muy abiertos. Luego vuelve a mirarme.

—Tengo la piel de gallina —susurra—. Piel de gallina de verdad, tío. Mira. —Se sube la manga de la camisa para mostrarme su brazo—. Esta es *la* proposición.

—¡No es *la* proposición! —gruñe Garrett desde el sillón—. No digas nada de eso o te quedarás sin chica.

Me pongo en pie de un salto, porque toda esta práctica ha resultado completamente inútil.

—Creo que hemos terminado —anuncio—. Sois, sincera y absolutamente, lo peor.

—¿O somos lo mejor? —contraargumenta Logan.

Pongo los ojos en blanco.

—Voy a por una cerveza, ¿queréis una? —les pregunto.

Asienten; entro en la espaciosa cocina de Garrett y me dirijo a la nevera de acero inoxidable.

—¿Cuándo vas a hacerlo? —grita Logan desde el salón.

Meto la cabeza en la nevera, buscando. Cojo tres botellas.

—No lo sé. Estoy esperando el momento perfecto —admito mientras vuelvo—. Estaba pensando que, tal vez… ¿en la boda?

Dos pares de ojos me miran, incrédulos.

—¿La boda? —repite Garrett—. ¿Estás loco? Tucker te arrancará las pelotas.

—No puedes pedirle a alguien que se case contigo en la boda de otra persona —dice Logan.

—Pero ¿no es romántico? —pregunto sin comprender. Sus respuestas son desconcertantes—. Ellos se jurarán amor eterno, y yo se lo juraré a Allie. Habrá mucho amor eterno en el aire. ¿Qué tenéis vosotros, idiotas, contra el amor eterno?

—Tronco, confía en nosotros —dice Logan—. No es buena idea.

Sigo sin ver por qué hay tanto problema.

—De acuerdo. Calmaos. Ya se me ocurrirá otra cosa.

—Más te vale. —Garrett se estremece—. Eso es casi tan atroz como que Logan quiera darles a Alexander como regalo de bodas.

Miro boquiabierto a Logan.

—¿Estás loco? No puedes maldecir su boda con ese muñeco del demonio.

—Ah, ¿pero tú sí puedes arruinarla robándoles el protagonismo? —rebate.

—Joder, ya os he dicho que no lo voy a hacer —me quejo, sentándome en el otro extremo del sofá. Mientras bebo un largo sorbo de cerveza, me doy cuenta repentinamente de lo importante que es este fin de semana.

—No puedo creer que nuestro chico se vaya a casar —digo asombrado.

—Yo sí puedo —sonríe Garrett—. A ver, ya tiene una hija.

Es verdad. Tucker no solo tiene una hija, sino que encima pronto cumplirá tres años. Pensar en mi sobrinita Jamie me derrite el corazón. Puede que Tuck y yo no tengamos la misma sangre, pero es parte de mi familia y quiero a su hija con locura. Joder, a estas alturas incluso quiero a Sabrina, que en la universidad me parecía una zorra estirada. Pero hace mucho tiempo que dejamos de lado nuestras diferencias, y no puedo negar que ha sido buena para Tucker. Y una mamá estupenda.

—Es cierto. Pero a veces parece que somos demasiado jóvenes para todo ese asunto del matrimonio —respondo.

—Lo dice el tío que está a punto de proponerle matrimonio a su novia —se ríe Garrett.

—Tenemos veinticinco años —protesta Logan—. Eso no es ser demasiado joven, ¿verdad? Quiero decir que, joder, a veces estoy tan hecho polvo y magullado después de un partido que me siento muy mayor.

Asiento solemnemente con la cabeza.

—Eres un viejo. Pronto tendrás que jubilarte.

—A la mierda con eso; jugaré hasta bien entrada la treintena.

—Hasta el final de la treintena —dice Garrett.

—Hasta la cuarentena —dice Logan.

Estoy a punto de preguntarle a Garrett cuánto tiempo jugó su padre antes de retirarse, pero me detengo en el último segundo. Sacar a relucir a Phil Graham acabaría con el ambiente desenfadado. En el momento en que Garrett se graduó en la universidad y dejó de estar bajo el control financiero de su padre, básicamente renegó del hombre que había abusado de él durante la infancia. Ya ni siquiera se refiere a él como «mi padre» o «papá»; las pocas veces que lo menciona, lo llama «Phil».

Por desgracia, G no puede librarse de él por completo, porque Phil Graham sigue siendo una leyenda en el mundo del *hockey.* Pero estoy bastante seguro de que Phil jugó hasta los cuarenta y dos años, lo cual es impresionante.

—Oh, por cierto, gracias por ayudar con la sorpresa de Tuck. —Apoyo la botella de cerveza en la rodilla—. No puedo creer que todo haya salido bien.

—Tuck va a flipar —dice Garrett.

—En serio —coincide Logan—, odio darle más combustible a tu ego, pero creo que ha sido la mejor idea que has tenido.

—Lo sé, ¿verdad? Es una buena idea.

Qué ganas tengo de ver la cara de Tucker mañana por la noche. También tengo muchas ganas de que Allie llegue ya.

Que comience el fin de semana de la boda.

CAPÍTULO 2

ALLIE

—Ven a jugar con nosotros.

Miro a mi compañero de reparto; la impaciencia en la cara de Trevor me hace sonreír. Con su delgadez y sus rasgos juveniles, parece un adolescente en lugar de un hombre de veintisiete años.

—Malcolm y yo vamos a ir a ese nuevo bar de martinis en Broadway —añade—. Tienen una sala VIP, así que los fans no nos acosarán. —Arquea las cejas de forma tentadora.

Lo miro, pesarosa.

—No puedo. Tengo que irme al aeropuerto en cuanto me haya cambiado.

—¿Al aeropuerto?

—Sí, ¿no te acuerdas? Tengo una boda este fin de semana.

Caminamos al mismo ritmo por el pasillo trasero del estudio al que he llamado hogar durante tres años. Trevor es nuevo en esta temporada de *The Delaneys,* la serie de televisión por cable en la que conseguí un papel nada más salir de la universidad. Fue elegido para interpretar a mi interés amoroso en la última temporada de la serie, y nos hemos hecho muy amigos en estos seis meses. Una parte de mí desearía que la serie no terminara, sobre todo porque nuestros índices de audiencia han alcanzado un máximo histórico. Pero nuestros productores, Brett y Kiersten, habían planeado desde el principio que el hilo argumental durase tres temporadas, y cada una de ellas ha contado de una manera maravillosa la historia de esta familia terriblemente disfuncional en la que interpreto a la hija mediana.

Sigue siendo surrealista pensar que he actuado en la serie más vista del país durante los últimos años. Y va a ser muy duro decir adiós, pero soy de esas personas que creen que hay que irse feliz, no llorando.

—Uf. Es cierto —se queja Trevor—. ¿Es este fin de semana?

—Sí.

—Recuérdame quiénes se casan.

—Unos amigos de la universidad —respondo—. El antiguo compañero de equipo de mi novio.

—Ah, el novio del *hockey* —se burla Trevor—. Nunca superaré el hecho de que estés con un deportista.

—Créeme, yo tampoco lo vi venir. —Aunque, ¿se le sigue considerando un deportista si en realidad ya no practica el deporte? Actualmente, Dean es profesor en la Academia Parklane, la escuela privada para chicas de Manhattan, donde entrena a los equipos de *hockey* y voleibol.

Llegamos al pasillo que alberga los camerinos de los actores secundarios. Las estrellas tienen tráileres en el set, pero a nosotros nos delegan a estos cuartuchos. Es broma. El hecho de tener mi propio camerino, con mi nombre en la puerta y todo, es la mejor sensación del mundo. No pasa un día sin que me despierte llena de gratitud.

Trevor me sigue hasta la acogedora habitación que he considerado mi segundo hogar durante casi tres años. Uf, ya temo el día en que tenga que empaquetarlo todo y cerrar esta puerta por última vez. Todavía tenemos que hacer algunas tomas nocturnas más para el último episodio, pero luego *The Delaneys* habrá terminado. Es una sensación agridulce. Después de interpretar al mismo personaje durante tanto tiempo, voy a echar de menos a Bianca Delaney. Sin embargo, al mismo tiempo, estoy lista para enfrentarme a algo nuevo. Aceptar un nuevo reto.

—¿Traerás a tu novio a la fiesta de fin de rodaje la semana que viene? —pregunta Trevor—. Porque ya sabes que Malcolm querrá echarle un último vistazo al dios de oro.

Me río. Nuestro compañero de reparto, Malcolm, mi hermano en la pantalla, está obsesionado con Dean, y lo persigue como un cachorro cada vez que visita el set. No lo culpo. Dean Heyward-Di Laurentis es posiblemente el hombre más atractivo sobre la faz de la Tierra. Cuando nuestra directora lo conoció, pasó una hora tratando de convencerlo para que se dedicara a la interpretación. Incluso le ofreció un papel en su próxima película. Pero a Dean no le interesan las cámaras.

A menos que sea un rodaje privado.

Siento que mis mejillas se ruborizan al recordarlo. En serio, nuestra vida sexual se sale de lo normal, aunque no esperaba menos del hombre que una vez fue el mayor mujeriego de la Universidad de Briar. En cuanto al sexo, Dean es... increíble.

Más que eso, no podría pedir una pareja mejor, punto. Es atento, dulce y divertido. Incluso se lleva bien con mi padre, lo cual es una gran hazaña, porque papá es un cascarrabias malhumorado.

—Seguramente venga, pero depende de su horario. —Me encojo de hombros—. El equipo de *hockey* al que entrena tendrá un montón de torneos los fines de semana cuando volvamos de Boston, pero espero que eso no le impida al menos pasarse un rato.

—Bien. Y también te espero en la fiesta después de la fiesta —dice Trevor con firmeza y cierto brillo en los ojos oscuros—. Seraphina, Malcolm y yo nos iremos de juerga.

—Ja. No voy a prometer nada. Veamos cuánto os emborracháis en la fiesta oficial antes de decidir si os sigo y me aventuro en lo desconocido en la fiesta de después.

—No, tienes que venir. Quién sabe cuándo tendremos la oportunidad de volver a bailar. —Hace un mohín exagerado.

En realidad, tiene razón. Quién sabe si seguiremos en contacto después de que acabe la serie. Nos hemos conocido este año y, cuando terminemos el rodaje, él volverá a Los Ángeles y yo me quedaré aquí, en Nueva York. Las amistades de Hollywood tienden a ser volubles y fugaces.

—Lo pensaré —le digo—. Ahora, vete. Tengo que cambiarme y quitarme todo este maquillaje.

—Diviértete este fin de semana. Te quiero, nena.

—Te quiero.

Después de que se haya ido, me pongo rápidamente mi propia ropa y me lavo la cara. Siento la piel en carne viva; parece seca y enrojecida cuando la examino en el espejo. Frunciendo el ceño, me pongo crema hidratante por todas partes. Más vale que no me salgan manchas para la boda. Sería inadmisible.

Fuera me espera una limusina negra. Todos los que participan en la producción tienen acceso al servicio de coches del estudio, pero hay que reservarlo con antelación. Cuando me acerco con mi maleta de ruedas, el conductor rápidamente rodea el vehículo para ayudarme.

Lo saludo con una cálida sonrisa.

—Hola, Ronald.

—Hola, Allie —dice alegre. Es uno de nuestros conductores habituales, y mi favorito—. El itinerario dice que vas al aeropuerto.

—Sí, por favor. A Teterboro —digo, nombrando el aeropuerto privado donde los multimillonarios y famosos entran y salen de la ciudad sin ser vistos.

—¡Qué lujo! —bromea con ojos brillantes.

Siento que me sonrojo. Salir con Dean tiene ventajas que van más allá de la atención y el buen sexo, como el *jet* privado que sus padres compraron hace un par de años. Sí. La familia Heyward-Di Laurentis tiene ahora un *jet*. Durante años han estado volando de aquí para allá entre sus casas de Connecticut y Manhattan y la de St. Barth con tanta frecuencia que el padre de Dean, Peter, decidió que tenía «sentido fiscal» comprar un *jet*. Es flipante.

No es que me queje. Como novia de Dean, soy rica por asociación. Lo que significa que tengo acceso al *jet* de la familia cuando no lo están usando. Hasta ahora solo he volado en él dos veces, y la única vez que intenté preguntarle a Lori, la madre de Dean, cuánto les debía por los vuelos, se rio y me dijo que no me preocupara. Me aterra pensar en lo que debe de costar el combustible de un avión entero, pero Dean me aseguró que un vuelo de una hora a Boston no iba a arruinar a sus padres.

Ronald y yo charlamos durante el trayecto mientras chateo con Hannah Wells, mi mejor amiga. Como ella y su novio ya viven en Boston, no han tenido que viajar para la boda. Dean y yo nos quedaremos en su casa durante el fin de semana, pero él ya lleva allí un par de días.

Yo: Estoy en el coche, de camino al aeropuerto. Qué ganas tengo de verte, Han-Han.

Hannah: OMG yo también. Echo de menos tu estúpida cara.
Yo: No tanto como yo TU estúpida cara.

Le envío un mensaje a Dean para decirle dónde estoy.

Yo: Estoy de camino al aeropuerto. Nos vemos en un rato.
Dean: Cuídate.
Dean: Me muero de ganas de follar contigo.

Reprimo una carcajada. Antes me pillaba por sorpresa su franqueza al hablar de sexo, pero ya me he acostumbrado.

Y, sinceramente, me encanta.

CAPÍTULO 3

DEAN

Sobre las nueve, Allie llega a la ciudad. Aunque ha cenado en el avión, Hannah la obliga a sentarse en un taburete frente a la encimera de la cocina mientras Garrett prepara unas tortillas. Me siento como en los viejos tiempos, en nuestros días de universidad. No me había dado cuenta hasta este mismo momento de lo mucho que echaba de menos ver a mis amigos a diario. La última vez que nos reunimos todos fue hace seis meses, cuando Garrett jugaba contra los Islanders. Hannah nos acompañó, y los cuatro cenamos con el padre de Allie en un restaurante de Brooklyn. Y, o bien mi sucia imaginación juega con mis recuerdos, o una fan desnuda se coló en la habitación de hotel de Garrett aquel fin de semana y, accidentalmente, acabó metiéndole mano a Hannah mientras esta dormía. Echo de menos jugar al *hockey*. Nunca sabías qué esperar.

Mientras comemos, Hannah le cuenta a Allie la noticia que ya había compartido conmigo el otro día: va a pasar el verano en el estudio, con un rapero prometedor. Además de ser una compositora con mucho talento, Hannah también ha estado trabajando con varios productores musicales, y recientemente ha escrito y coproducido una canción que ha sido un éxito para la famosísima cantante Delilah Sparks, lo que le ha abierto un montón de puertas.

Allie sonríe.

—Me cuesta imaginarte escribiendo letras de hip-hop.

—Dios, ¿te imaginas? Pero no, solo voy a producir algunas melodías y a escribir parte de los estribillos. Van a traer a una cantante nueva, que es increíble, para uno de los temas. Qué ganas de estar en el estudio con ella. Solo tiene quince años.

Charlamos un rato más, pero pronto mi paciencia se agota. Hace tres días que no veo a mi novia y me muero por estar con ella a solas. Creo que todavía estoy eufórico por esa caja de terciopelo que he escondido arriba, en mi maleta. Nunca me han gustado todas estas tonterías románticas, pero juro que imaginarme ese anillo en el dedo de Allie me la pone dura.

En cuanto nos quedamos solos en la habitación de invitados, mis labios están sobre los suyos y la beso como un muerto de hambre. Allie me devuelve el beso con la misma avidez. Cuando le acaricio el culo y la levanto, me rodea con las piernas y araña la parte delantera de mi camisa. Su cuerpo caliente y ansioso es tan tentador que casi me la follo allí mismo, contra la pared, pero se aparta en el momento en que busco la cremallera de sus vaqueros.

—Primero necesito darme una ducha —dice, sin aliento—. Me siento muy sucia. He trabajado todo el día y luego he tomado el vuelo, y ahora huelo a café rancio de avión.

Entierro mi nariz en su pelo dorado. La beso, la huelo. Fresas y rosas. Un perfume que un conocido de su difunta madre hizo a medida para ella tiempo atrás.

—Hueles muy bien —corrijo. Lo que pasa con las mujeres es que se exigen a sí mismas mucho más de lo que les exiges tú.

—Voy a la ducha —repite con firmeza.

—Está bien. Pero solo si puedo ducharme contigo.

Sus ojos azules se empañan ligeramente.

—Trato hecho.

Unos minutos después, estamos desnudos y envueltos el uno en el otro bajo el cálido chorro de agua. La enjabono mientras juego con sus pechos antes de deslizar mi mano entre sus piernas y acariciar ese paraíso cálido y resbaladizo. Inclino la cabeza para besarla y luego acerco la boca a su oído para que pueda oírme por encima del ruido del agua:

—Quiero follarte aquí mismo. ¿Me dejas?

—Sí. —Emite un ruido que es mitad gemido, mitad quejido. Entonces se da la vuelta, y la visión de su culo redondo y firme casi hace que me corra en el acto.

Sabemos por experiencia que esta es la mejor manera de disfrutar del sexo en la ducha. Si la sostengo, le da demasiado miedo que me resbale y la deje caer, y nunca lo disfruta. En esta posición, ambos tenemos los pies plantados en el suelo y conseguimos lo que necesitamos.

Agarro mi polla y la deslizo por el pliegue de su culo. Ella se estremece a pesar del calor de la ducha. Presiono la palma de mi otra mano sobre su coxis antes de rozarla de forma provocativa hacia arriba a lo largo de su columna vertebral.

—Te he echado de menos —le digo con voz ronca. Han sido tres días tortuosos; odio estar lejos de ella.

—Yo también te he echado de menos —susurra.

Es casi patético lo mucho que la quiero. Lo mucho que la deseo. Después de follar por primera vez en la universidad, me pasó algo surrealista: mi polla dejó de responder a cualquier otra chica que no fuese Allie. Y así ha sido desde entonces. Encuentro atractivas a muchas otras mujeres, pero la única con la que quiero acostarme es la que está frente a mí, con el culo en pompa en una súplica tácita para que me la folle.

Cuando la penetro, ambos gemimos. Me muevo lentamente al principio, pero no hay ninguna posibilidad de que mantenga este ritmo. La necesito demasiado, y los sonidos que hace me excitan muchísimo. Apenas aguanto tres lentas embestidas antes de que mis caderas se muevan por sí solas y la penetre con desenfreno. Jadeando, le rodeo los pechos con un brazo, le aprieto uno y juego con el pezón, que se contrae y salta contra mi pulgar. Llevo la otra mano a la unión de sus muslos y froto su clítoris hasta que su espalda se arquea y sé que le queda poco.

—Más adentro —ordena en ese tono mandón que me encanta escuchar durante el sexo.

Y como mi objetivo es complacerla, inclino las caderas hacia delante y cambio el ángulo, dándole las embestidas profundas que desea. Sus gemidos entrecortados resuenan en la ducha, mezclándose con el vapor que nos rodea. Sus jadeos de placer son todo lo que necesito. Rápidamente, la imito y me corro dentro de ella. Cuando me recupero del alucinante orgasmo, estoy demasiado saciado como para moverme, así que me quedo ahí, abrazándola con fuerza contra mi pecho, con la cara pegada a su nuca. Es perfecto. Esta chica es perfecta.

Un poco más tarde, Allie se prepara para irse a la cama mientras yo me visto para el gran evento.

—¿Tucker todavía no tiene ni idea de lo que va a pasar? —pregunta mientras se recoge el pelo corto en una coleta.

—Ni idea —le confirmo—. Tengo muchas ganas de ver la cara que pone.

—Asegúrate de grabarlo.

—Por supuesto. —Me subo la cremallera de los vaqueros y empiezo a abrocharme la camisa—. ¿Me vas a esperar despierta?

—Depende. ¿Cuándo vas a volver esta noche?

—¿A las dos? ¿A las tres?

—Entonces ni hablar. Mañana empezamos la despedida de soltera como a las once de la mañana.

—¿Tan temprano?

—Sí, hemos reservado el salón de té en el Taj.

—¿Té? —Es la primera vez que oigo hablar de este plan. Sabía que las chicas iban a hacer algo para Sabrina en un hotel de lujo, pero supuse que era un *spa.*

—Sí, Jamie vio *Alicia en el País de las Maravillas* por primera vez el mes pasado —explica Allie—. La versión de dibujos animados. Así que ahora está obsesionada con las fiestas del té. Y como Sabrina dijo que no quería hacer algo nocturno y parecer cansada el día de su boda, decidimos hacer algo sencillo y llevar a la niña.

—Dios. ¿Estamos hablando de despedidas de soltero y soltera y nadie va a ver a un puto *stripper?* —me quejo—. ¿Y vosotras vais a llevar a una *niña?* Tiene que ser una broma.

—Oye, nadie os ha impedido traer a una *stripper* —me recuerda—. Fuiste tú quien decidió hacer una fiesta solo de tíos.

—Sí, y yo que pensaba que tú lo compensarías en la vuestra, ¡no que haríais una fiesta de chicas! —Le dedico una sonrisa magnánima—. No es demasiado tarde para cambiar de planes. Vuélvete loca, cariño. Manosea algunos paquetes en *slips* sudados.

Allie finge que le dan arcadas.

—Eso es, sinceramente, lo más desagradable que he oído nunca. Ni en broma.

Me río.

—Vale. Como quieras. Si a Sabrina le apetece una fiesta de té, ¿quiénes somos nosotros para negárselo? De todos modos, a Jamie le encantará.

—Dios, es tan mona... Sabrina envía fotos a diario a nuestro chat de chicas, y cada una es más mona que la anterior.

—Créeme, lo sé. Tuck nos envía al menos una al día.

Se ríe mientras se pone la camiseta del pijama. Es una de mis viejas camisetas de Briar *Hockey,* suave y desgastada, que le llega hasta las rodillas.

—Es un buen padre.

—¿A que sí? Deberías ver *nuestro* chat de grupo. Tuck se pasa el día ensalzando las virtudes de la paternidad. Cree que todos nosotros deberíamos dejaros embarazadas y tener hijos sin parar.

—Bonita imagen. ¿Cómo le va? ¿Ya ha convencido a alguien?

—No. Garrett solo piensa en el *hockey.* Y no sé si Logan y Grace quieren tener hijos. Supongo que tú y yo tendremos que recoger el testigo.

Poniendo los ojos en blanco, Allie se sube a la cama doble.

—Tuck puede quedarse con el testigo por ahora. En este momento, tener hijos es lo último que tengo en mente.

—Oye, no he dicho que vaya a ser pronto —digo riendo—. Soy muy consciente de que hay unos cuantos pasos que dar antes de eso.

Y el primero y más importante es un compromiso.

La anticipación burbujea en mi estómago, aunque espero que mi expresión no lo revele. Este fin de semana los protagonistas son Tucker y Sabrina. Pero en cuanto volvamos a Nueva York, no perderé más tiempo en deslizar ese anillo en el dedo de Allie.

CAPÍTULO 4

DEAN

Es más de medianoche y estamos en la parte trasera de la limusina. Solo nosotros cuatro, porque Tucker todavía cree que esto va a ser una celebración íntima. Lleva diez minutos quejándose de que hemos «malgastado el dinero» al alquilar una limusina, que lo considera una «extravagancia» para cuatro personas. Al final, Garrett tiene que ponerle una copa de champán en la mano y decir:

—Por Dios, relájate, ni siquiera la hemos pagado. Se la pedí al equipo y lo organizaron.

Tucker lo mira fijamente.

—¿Pediste una limusina y te la dieron?

Logan resopla.

—¿Sabes con quién estás hablando? —Señala con el pulgar a Garrett—. Es Garrett Graham, tío.

Empiezo a reírme.

—Es verdad, lo había olvidado —dice Tuck, que también se ríe—. Entonces, ¿vais a decirme por fin a dónde vamos o qué? Supongo que a algún club de *striptease,* pero...

—Mejor aún —promete Garrett.

Como los jefes que somos, bebemos champán y nos acomodamos en la parte trasera de la limusina mientras vemos pasar la ciudad a toda velocidad por las ventanillas. Me imagino a los curiosos que nos ven pasar y se preguntan quién estará dentro. Boston es una ciudad de *hockey,* así que tanto las chicas como los chicos se volverían locos si supieran que Garrett Graham y John Logan están detrás de estos cristales tintados.

—Oye, ponme un poco más —digo, extendiendo mi copa.

Logan se inclina para rellenarla con más espumoso.

—Falta poco para llegar —le dice Garrett a Tuck. Parece que intenta no sonreír.

Yo también intento contener mi excitación. Esta sorpresa es increíble. Ha hecho falta mucha coordinación y mover unos cuantos hilos, pero milagrosamente hemos podido hacerlo realidad.

—Oh, vale. Antes de que lleguemos —empieza Tuck, moviéndose en su asiento para quedar frente a mí—, necesito hablar contigo sobre una cosa.

Frunzo el ceño.

—Claro. ¿Qué pasa?

—G me ha dicho que estabas pensando en proponerle matrimonio a Allie mañana, en la boda.

Al instante, lanzo una mirada acusadora a Garrett.

—¿En serio, tío?

—Sí, y no pienso disculparme por ello —dice G sin inmutarse—. Tenía que advertirle en caso de que ignoraras nuestro consejo y fueras por libre.

—Imbécil.

—Eh —interviene Tuck, con su acento sureño cada vez más pronunciado—. No estoy cabreado. Al contrario, creo que es una buena idea.

Garrett y Logan lo miran boquiabiertos.

Parpadeo con sorpresa.

—¿En serio?

—Sí. —Se lleva la copa a los labios y me mira por encima mientras da un sorbo. No veo en sus ojos marrones ningún rastro de que me esté vacilando—. Es bastante romántico.

—¡Eso es lo que les dije! —exclamo, sintiéndome justificado.

Coloca su copa en el portabebidas que tiene al lado, apoya ambos antebrazos en las rodillas y se inclina hacia delante, con expresión seria.

—Creo que deberías hacerlo.

—Espera, ¿en serio?

—¿Por qué no? A Sabrina y a mí nos encantaría compartir nuestra boda con vosotros. Y abre muchas otras puertas, ¿sabes? Piénsalo. Todos tus grandes logros, podríamos compartirlos juntos. Como cuando tú y Allie os caséis: estaremos ahí con el anuncio de nuestro segundo hijo. Y cuando compartas el anuncio del embarazo de Allie, anunciaremos que nos hemos comprado una casa.

Logan se atraganta con su champán.

Entrecierro los ojos.

—Lo pillo.

—No, espera, aún hay más —dice Tucker con entusiasmo—. Cuando Allie dé a luz a tu primer hijo, ¡adivina quién estará ahí! Efectivamente, yo, para presentarte a nuestro nuevo perro, al que llamaré como el bebé en vuestro honor. Y cuando tu hijo crezca, se gradúe en la universidad, se prometa y celebre su propia boda, estaré sentado en primera fila. Fingiendo un ataque al corazón.

Logan niega con la cabeza, totalmente asombrado.

—Joder. Tuck es un sociópata. ¿No os he dicho siempre que los pelirrojos están pirados?

Garrett se ríe como un loco.

—De acuerdo, lo entiendo —murmuro.

La sonrisa de Tucker es extremadamente letal.

—¿De verdad, Di Laurentis? Porque si mañana cabreas a Sabrina pidiéndole a Allie que se case contigo, yo estaré ahí. Siempre estaré ahí. En cada esquina, arruinando cada momento importante de tu vida hasta el día de tu muerte. Y entonces, cuando estés en tu lecho de muerte, me suicidaré justo antes de tu último aliento con el único objetivo de robarte el protagonismo. ¿Qué te parece, tío? ¿Cómo se presenta ese futuro?

Garrett me dirige una mirada de suficiencia.

—Te lo dije.

Vaya. Tenía razón. Y, al parecer, Logan también. Tuck está aquí sentado, bebiendo champán y sonriéndome como si no hubiera amenazado con suicidarse en mi lecho de muerte.

Los pelirrojos son unos psicópatas.

***

Quince minutos más tarde, la limusina reduce la velocidad cuando nos acercamos a nuestro destino. Tucker intenta asomarse a la ventanilla, pero Logan le da un golpe en el brazo y lo regaña:

—Prohibido mirar.

—¿Vamos a bajar una rampa? —Tucker frunce el ceño con curiosidad.

—No te preocupes por eso, hombrecito —dice Garrett misteriosamente.

—¿Hombrecito? —resopla—. Soy tan alto como vosotros, idiota.

Rebusco en el bolsillo de mi camisa el pañuelo que he guardado hace un rato.

—Muy bien, vamos a vendarte los ojos.

Arquea las cejas con sorpresa.

—Ni de coña.

—Qué desconfiado. —Logan chasquea la lengua.

Garrett sonríe.

—Prometemos que esto no terminará contigo en un charco de gelatina ni nada parecido.

Tucker nos evalúa por un momento. Parece que decide que puede confiar en nosotros, porque asiente con la cabeza y obedientemente me permite asegurarle la venda alrededor de los ojos. La ato muy fuerte, como venganza por su monólogo psicótico.

Al bajar de la limusina, Logan agarra del brazo a Tucker para guiarlo y que no se caiga de bruces. Mientras caminamos hacia la entrada del equipo en el TD Garden, doy saltos de alegría como un niño con un subidón de azúcar. Esta noche no es solo para Tuck. Es para todos nosotros.

Las voces rebotan en las paredes de hormigón mientras avanzamos por el túnel hacia los vestuarios. Nos han dado acceso a la zona de los visitantes, que fue lo mejor que Garrett pudo conseguir, pero, joder, no me quejo. La organización ha hecho lo imposible para conceder a Garrett esta petición. Está claro que ser el máximo goleador del equipo tiene sus ventajas. Me pregunto qué le darían si fuera el máximo goleador de toda la liga. Tal vez la llave de la ciudad. Pero, hasta ahora, ese honor recae en Jake Connelly, en Edmonton. Hay una razón por la que el apodo de Connelly es «rayo en los patines». Su primera temporada ha sido explosiva.

Llegamos a la puerta del vestuario. Cuando Garrett llama con un elaborado golpe, las voces al otro lado se callan al instante.

Tuck, con los ojos vendados, mueve la cabeza de un lado a otro con cautela.

—¿Qué coño está pasando…?

Entre risas, Garrett abre la puerta, y Logan y yo guiamos a Tuck al interior. Casi grito como una adolescente ante el mar de caras conocidas que me reciben. Me cuesta toda mi fuerza de voluntad quedarme callado, y veo mi emoción reflejada en los ojos de los demás. Me llevo el índice a los labios, indicando al grupo que mantenga la boca cerrada.

—¿Estás preparado? —le pregunta Garrett a Tuck.

—Nací preparado —responde este con sorna.

Alguien se ríe.

En el momento en que Tucker se quita el pañuelo, dejándolo caer alrededor del cuello, su respiración se entrecorta bruscamente. Con la boca abierta como un pez koi, se queda mirando a los treinta tíos que llenan el vestuario. Luego, esboza la sonrisa más amplia y emocionada que he visto en mi vida.

—¿¡Me estáis tomando el pelo!? —Se da una palmada en la rodilla y se sujeta la cadera como una anciana que intenta mantenerse erguida, ebrio de felicidad—. ¿Cómo lo habéis hecho? —pregunta mientras recorre con una mirada asombrada a nuestros antiguos compañeros de Briar.

Teniendo en cuenta que hemos jugado con docenas de tíos a lo largo de los años, es asombroso que hayamos conseguido que treinta de ellos vengan a Boston. Está Jake Bergeron, alias Birdie, nuestro capitán antes de Garrett. Nate Rhodes, capitán del equipo después de Garrett. Hunter Davenport, el capitán actual. Está Simms, el portero que nos hizo ganar tres campeonatos Frozen Four. Jesse Wilkes, Kelvin, Brodowski, Pierre. Nuestro otro portero, Corsen. Traynor, Niko, Danny. Colin Fitzgerald, que sale con mi hermana desde hace unos años. La lista sigue y sigue.

—No puedo creer que estéis todos aquí. —Un Tucker aturdido empieza a saludar a nuestros viejos amigos, algunos de los cuales no hemos visto en años.

Como Mike Hollis, que ha vuelto de la India, donde ha vivido un año con su mujer, Rupi. Regresaron hace poco a Estados Unidos y se han instalado en New Hampshire, por lo que Boston no le quedaba muy lejos.

Tucker los abraza a todos. Es un proceso largo y probablemente innecesario, pero así es John Tucker. No puede limitarse a lanzar un «hola» general. Tiene que personalizar cada saludo.

Termina con Fitzy, que ayudó a Tuck a renovar el bar que tiene aquí. Sé que los dos están muy unidos.

—Me alegro de verte, tío. No nos visitas lo suficiente.

—El trabajo es una locura —dice Fitzy con pesar—. Y Summer monopoliza todo mi tiempo libre.

Lo miro y suelto una risita.

—Oye, te advertí que era muy mandona.

—Merece la pena —responde despreocupadamente, y asiento en señal de aprobación.

Puede que mi hermana esté loca, pero moriría por proteger su honor y le daría una paliza a cualquiera que la menosprecie, incluido Fitz.

A mi lado, Tucker observa ahora la enorme sala, y por fin se da cuenta de dónde estamos.

—Joder. Esto es el TD Garden.

—Sí. —La sonrisa de Garrett no oculta su orgullo, y no me extraña. Esta es una hazaña increíble.

—Mira las taquillas —insto a Tuck.

Sigue mi mirada y sus ojos se abren de par en par cuando se da cuenta de que las taquillas están llenas de equipación. La mayoría de los chicos comparten taquilla, pero Tucker tiene la suya propia, y cada una contiene una camiseta personalizada, con nuestros nombres en la espalda. Eso fue obra de Summer, que diseñó las camisetas y las mandó hacer.

—Esto es... —Juro que parece que se le empañen los ojos—. Este es el mejor regalo, chicos. No esperaba veros a todos aquí y... —De repente se tensa, una expresión de culpabilidad le ensombrece el rostro—. Oh, mierda. ¿Os vais a quedar al convite de mañana? Estabais todos invitados, pero no todos habéis confirmado vuestra asistencia. Voy a tener que llamar al *catering,* y a Sabrina, y... —Se interrumpe; su mente trabaja a mil por hora para resolver este último imprevisto. Algunos chicos se ríen de su visible ansiedad.

—Ya está todo solucionado —le aseguro—. No queríamos que supieras quién te iba a sorprender para la despedida de soltero, pero no te preocupes, Sabrina tiene todas las confirmaciones de asistencia.

—Lo sabía todo —añade Garrett, para que Tuck sepa que no acabamos de añadir treinta invitados en su boda de repente.

Aliviado, relaja sus anchos hombros.

—Y ahora, se acabó hablar de la boda —digo con firmeza—. Esta noche es para que los chicos vuelvan a salir al hielo.

—¿En serio? ¿Vamos a jugar? —La cara de Tucker se ilumina—. ¿Aquí?

Sé exactamente cómo se siente. La idea de patinar en la misma superficie donde juegan los Bruins me la pone dura. Es el sueño húmedo de todo aficionado al *hockey*.

—Solo tenemos dos horas —dice Garrett al grupo—. Así que preparémonos ya y aprovechemos cada segundo, antes de que el equipo de mantenimiento nocturno nos eche.

Sin más dilación, todo el mundo se dirige hacia sus taquillas y la ropa empieza a caer al suelo. Es caótico y alucinante, y estoy orgulloso de mí mismo por haber tenido una idea tan brillante que ha llevado meses de preparación. Garrett y Logan nos consiguieron la pista de patinaje, pero yo mismo hice volar a dos tercios de estos chicos hasta Boston y los alojé en un hotel. No todo el mundo podía permitirse pasar aquí el fin de semana, y aunque algunos chicos protestaron por dejarme pagar sus gastos, al final los convencí de que se tragaran su orgullo por Tucker. Sin duda, tener un fondo fiduciario no viene nada mal, sobre todo en situaciones como esta.

Ahora estoy rodeado de viejos amigos, compañeros con los que patiné durante cuatro años, y no puedo imaginar una noche mejor. A la mierda las *strippers* desnudas y los bochornosos bailes eróticos en los que un tío se corre inevitablemente delante de todos.

Esta es la mejor despedida de soltero de la historia.

CAPÍTULO 5

ALLIE

Sabrina James, que pronto se convertirá en Sabrina Tucker, es una de esas mujeres odiosamente guapas que atrae todas las miradas cuando entra en la sala. Estoy hablando de un cabello oscuro brillante, ojos marrones insondables y una figura escultural que no muestra signos de haber tenido una hija. Si no la conociera, probablemente la detestaría. O, como mínimo, me moriría de celos. Y esta chica no solo es impresionante, sino que está a punto de graduarse en la facultad de Derecho. Ergo, belleza *y* cerebro. Algunas personas simplemente nacen con suerte.

Aun así, es muy difícil que Sabrina te caiga mal una vez que la conoces. Es de esas amigas que están contigo hasta la muerte, leal hasta la médula y más divertida de lo que sugiere su pose distante.

Cuando entra en el salón de té privado, una brillante sonrisa ilumina su rostro. Como si fuera una alegría inesperada encontrarnos aquí, aunque ella misma haya ayudado a planificarlo.

—No puedo creer que hayáis venido todas. —Una nota inusual de emoción hace que le tiemble la voz. Sabrina suele ser fría como el hielo. Segura de sí misma. No se emociona. Pero estoy bastante convencida de que hay lágrimas asomando a sus pestañas increíblemente largas mientras abraza con fuerza a la pequeña Jamie.

Mientras tanto, la niña de tres años clama por bajar y no morir aplastada por los brazos de anaconda de su madre.

A petición de Sabrina, la lista de invitados es reducida, así que nuestro pequeño grupo apenas hace mella en la amplia y elegante sala. Lo cierto es que Sabrina nunca ha sido una persona muy sociable. Trabajó duro para pagarse la universidad y tuvo una hija justo antes de empezar en la facultad de Derecho, lo que no le ha dejado mucho tiempo para socializar. Nuestro grupo de hoy está compuesto por Hannah, Grace y yo; Summer, la hermana de Dean; Hope y Carin, las mejores amigas de Sabrina en Briar; y Samantha y Kelsey, dos amigas de Derecho de Harvard.

Pero es Jamie quien capta la atención de todas. La niña tiene el cabello rojo oscuro de Tucker y los grandes ojos marrones de Sabrina. Es la combinación perfecta de los dos, y no me cabe duda de que será igual de guapa. Esta mañana lleva un vestido púrpura con falda de tutú y el pelo recogido en dos coletas.

—¡Tía Allie! —grita antes de rodearme las rodillas con sus brazos regordetes.

Me agacho para poder abrazarla bien.

—Hola, princesa —le digo, usando el apodo que le puso Dean. Todo el mundo parece tener su propio nombre cariñoso para Jamie. Garrett la llama «gominola». Logan la llama «renacuaja». El marido de Hope, D'Andre, la llama «galletita de canela», que creo que es mi favorito.

—Oh, Dios mío, ¿eso es una tiara? —digo, admirando la brillante corona plateada sobre su cabeza caoba.

—¡Sí! ¡Me la ha regalado papá! —Orgullosa, Jamie exhibe la tiara ante el grupo, y todas soltamos exclamaciones de asombro.

Luego nos dedicamos a charlar entre nosotras y deambulamos por la habitación, hasta que llega una empleada del hotel elegantemente vestida para anunciar que pronto se servirá el té.

—¿Estás emocionada, peque? —le pregunta Sabrina a su hija—. Estamos a punto de tomar el té. Como Alicia.

—¡Como Alicia! —grita Jamie, porque los niños pequeños no vienen con un control de volumen. No creo que Jamie Tucker tenga ningún concepto de la palabra «fuerte».

Nos acomodamos alrededor de la mesa, en nuestros asientos asignados. Yo estoy entre Hannah y Summer, con Sabrina y Jamie justo enfrente. En el momento en que se acomoda en su asiento elevado, Jamie intenta coger una taza de té del mantel de flores que está sobre la mesa, bellamente decorada. Sabrina interviene como una profesional, y bloquea la mano de Jamie con la misma habilidad que un portero que realiza una parada decisiva.

—No, esta taza es de la tía Hope —dice, acercando la fina porcelana a la sonriente mujer de trenzas oscuras—. *Esta* es para ti.

Disimulo una sonrisa. La taza de Jamie está hecha, sin duda, de plástico.

—Estamos pasando por una fase de «dedos de mantequilla» —explica Sabrina al captar mi sonrisa cómplice—. Nada de porcelana para esta niña. Costará una fortuna reemplazar todas las tazas que se le caigan.

Mientras un trío de camareros aparece para servirnos el té, me doy cuenta de que Hannah está un poco pálida. La doy un empujoncito con suavidad.

—¿Todo bien? —murmuro.

—Sí, solo estoy un poco mareada —dice—. Creo que cenar una tortilla enorme justo antes de acostarme anoche no fue muy buena idea.

—He oído que uno de estos tés es de jengibre. Te ayudará con las náuseas. —Miro al camarero que se nos acerca—. ¿Ha dicho que había té de jengibre? ¿Podemos probar ese, por favor?

—Por supuesto, señora.

«Señora». No sé si eso me hace sentir elegante o simplemente vieja.

—Huele bien —dice Hannah mientras se lleva la taza de té a los labios. Toma un delicado sorbo—. Perfecto. Justo lo que necesitaba.

Al otro lado de la mesa, Jamie imita adorablemente a Hannah.

—¡Mmmmmm! —anuncia, sorbiendo su té—. ¡Perfecto!

Todas intentan no reírse.

—¿De verdad le gusta el té? —pregunta Kelsey desde el otro lado de Sabrina, sorprendida—. ¿No es demasiado amargo para ella?

—Es Z-U-M-O D-E U-V-A —deletrea Sabrina, sonriendo—. Ni de broma le voy a dar cafeína a esta niña. ¿Estás loca?

—Hay descafeinado —señala Carin.

—No voy a correr el riesgo de que ingiera accidentalmente otra cosa. No después de la debacle del café del año pasado. Estaba tan excitada que Tuck casi la lleva a urgencias.

Los camareros sirven la primera ronda de canapés en extravagantes bandejas de tres pisos. Y durante la siguiente hora y media, las bandejas siguen llegando. Me siento como si estuviera representando una escena de *Downton Abbey* mientras comemos pequeños sándwiches de pepino y *macarons* rellenos. A pesar de que es el día de Sabrina, Jamie es claramente la estrella. Es más lista que el hambre, y muy tierna; me recuerda mucho a Tucker. Y justo cuando pienso que no puede ser más mona, descubro que tiene la nueva y extraña costumbre de preguntarle a todo el mundo si está bien, algo que hace mientras salta alrededor de la mesa.

—¿Estás bien, tía «Samanda»? —pregunta, deteniéndose junto a la silla de Samantha.

La amiga de Sabrina de Harvard trata de contener una carcajada.

—Estoy estupendamente, gracias por preguntar.

—De nada. —Con una gran y radiante sonrisa, Jamie se dirige al siguiente asiento, que resulta ser el mío.

—¿Estás bien, tía Allie? —pregunta.

Mis labios tiemblan.

—Estoy muy bien, princesa.

Se mueve hacia Hannah.

—¿Estás bien, tía Annah?

Hannah sonríe con indulgencia.

—Estoy muy bien, gominola.

Jamie se va. Miro a Sabrina y le digo:

—Está mucho más tranquila que la última vez que la vi. —Fue en otoño, y Jamie se encontraba en una fase terrorífica, corriendo por la habitación sin parar de hacer travesuras.

—Créeme, sigue siendo una pesadilla —responde Sabrina—. Me he asegurado de que duerma una siesta después del desayuno. He tratado de cansarla antes de llegar aquí para que estuviera más tranquila.

Los camareros regresan y nos rellenan las tazas de té, y la conversación pasa de Jamie al convite de la boda de esta noche.

La ceremonia en sí tiene lugar una hora antes, pero es un evento privado. Solo Sabrina y Tucker, y la madre de Tucker.

Un hecho por el que Carin está lloriqueando.

—No puedo creer que no podamos verte recitar tus votos.

Hope resopla.

—Yo sí. De ninguna manera esta zor-Z-O-R-R-A iba a abrir su corazón frente a doscientas personas.

Sabrina sonríe.

—Me conoces bien, Hopeless. —Se encoge de hombros—. Era nuestro compromiso. Tuck obtiene un gran banquete de bodas y yo puedo decirle lo mucho que le quiero sin que cuatrocientos pares de ojos me miren.

A mi lado, Summer también se queja.

—Me da tanta envidia que te cases… —le dice a Sabrina—. Sinceramente, no puedo creer que Fitzy no me haya pedido que me case con él todavía. Qué cara tiene ese hombre.

Arqueo una ceja.

—Solo tienes veintidós años —le recuerdo.

Se echa el sedoso pelo dorado por encima del hombro.

—¿Y qué? ¿Es que la gente de veintidós años no puede casarse?

—No, claro que sí. Pero… eres muy joven. Yo pronto cumpliré veinticinco años y, desde luego, no quiero casarme aún.

Summer agita una mano con displicencia.

—¿Veinticinco? Oh, Dios mío. Eres prácticamente una solterona. —Sus ojos verdes me indican que bromea—. No sé, es que siempre me imaginé casándome joven. Y siendo una madre joven —admite—. Quiero tener al menos cuatro hijos.

—¿Cuatro? —balbuceo.

Ella sonríe.

—Cuatro niños grandes y fornidos como su padre.

Sabrina se ríe.

—Háblame después del primero. Veremos si todavía quieres los otros tres.

Summer defiende su postura:

—Me encanta tener dos hermanos, y Fitz es hijo único, así que creo que le gustaría tener una familia numerosa. —Su labio inferior sobresale en un puchero—. Sin embargo, todo eso es irrelevante, porque el muy imbécil no se declara —dice con la voz entrecortada—. Oh, Dios mío. ¿Y si no cree que sea el amor de su vida? —Antes de que alguien pueda responder, suelta un suspiro apresurado, y luego comienza a reírse—. Vale, eso es una locura. Por supuesto que soy el amor de su vida. Madre mía.

Asiento con la cabeza. Hace tiempo que aprendí que Summer Heyward-Di Laurentis es capaz de mantener conversaciones enteras ella sola.

De repente, se vuelve hacia mí.

—Espera. ¿De verdad me estás diciendo que no te casarías con Dicky si te lo pidiera ahora mismo?

El apodo de la infancia de Dean me hace sonreír.

—Bueno, no me lo ha pedido, así que esa pregunta también es irrelevante.

—¿Pero si lo hiciera? —insiste—. ¿No dirías que sí?

—No… no lo sé. A decir verdad, probablemente ni siquiera le dejaría preguntar.

—¿De verdad? —Hannah parece sorprendida.

Me encojo de hombros, porque no sé cómo expresarlo con palabras.

No es que no quiera a Dean. Por supuesto que le quiero. Y claro que me imagino casándonos y formando una familia, algún día. «Algún día» son las palabras clave.

Grace se une a la discusión, arqueando una ceja:

—¿Estás diciendo que podría no ser el amor de tu vida?

Eso provoca un gruñido por parte de Summer.

—Más vale que no, porque ya tengo un diseño en mente para nuestros pijamitas navideños personalizados para cuñadas.

—No he dicho eso —protesto—. Por supuesto que Dean es el amor de mi vida. Lo nuestro es para siempre. Pero, para mí, comprometerse no es solo un paso. Es como tres pasos unidos. Un compromiso debería ir seguido inmediatamente de una boda, a la que debería seguirle de cerca formar una familia, y no estoy preparada para ninguno de los tres. Ser madre en un futuro cercano me parece aterrador. —Miro a Sabrina—. No te ofendas.

—No te preocupes. —Me dedica una sonrisa irónica—. A mí también me aterrorizó. Quedarme embarazada en mi último año de universidad no era parte del plan, eso está claro. Si no estás preparada para tener un hijo, no deberías dejar que nadie te presione.

—Dean no me está presionando —le aseguro—. Pero, como he dicho, para mí todos esos pasos están conectados. Prefiero casarme cuando sepa que estoy lista para el resto. Hacerlo todo de una vez, ¿me entendéis? Creo que me estoy explicando mal.

Summer se encoge de hombros.

—No, lo que dices tiene sentido. Mira, a mí no me importa si estoy comprometida durante cinco años. Sería feliz con tener algo brillante en el dedo mientras espero el visto bueno para planear la boda más épica de la historia. —Extiende su mano, que ya está cubierta de objetos brillantes. Summer es básicamente un icono de la moda. La ropa y las joyas caras son su religión.

—Parece que de momento estás cubierta —digo con una sonrisa.

—Esto es diferente. Quiero uno de Fitzy. Y estoy deseando diseñar mi propio vestido de novia. —Le lanza una mirada severa a Sabrina—. Y tú, más te vale que lleves tu vestido en el convite. Me muero por verlo.

Sabrina se sonroja ligeramente.

—En realidad no es nada especial —le dice a la estilosa hermana pequeña de Dean.

—No importa. Sé que te va a quedar muy bien de todos modos —proclama Summer. Sus ojos verdes brillan de excitación—. ¡Oh, me encantan las bodas! ¿Estás emocionada? ¡Es tan emocionante!

—¡MUY EMOCIONANTE! —grita Jamie de repente. Luego mira a su madre—: ¿Qué es emocionante?

Sabrina se ríe.

—La vida —le dice a su hija—. Y sí, estoy emocionada. Aunque esa es otra cosa que no formaba parte del plan: casarse. Pero Tuck y yo ya tenemos una hija juntos. Y él es con quien quiero pasar el resto de mi vida, así que... —Su voz se desvanece mientras se encoge de hombros.

Respondemos con un coro de «oooh» que hace que se sonroje más.

—Mamá, estás muy roja. —Jamie se sube al regazo de su madre y toca la mejilla de Sabrina con un dedito pegajoso.

Sabrina entrecierra los ojos.

—Y tú estás cubierta de chocolate.

De repente, me doy cuenta de que la boca de Jamie está llena de chocolate.

—¿De dónde narices lo ha sacado? —pregunta Sabrina.

Miramos alrededor de la mesa. La mayoría de los pasteles han sido devorados y los que quedan son, en su mayoría, galletas de azúcar. Hemos arrasado con todo lo que tenía chocolate con bastante rapidez.

—¡La galleta de la tía Carin se ha caído al suelo, y yo la he cogido y me la he comido! —anuncia Jamie con orgullo, y casi me ahogo de risa.

Sabrina suspira.

—Muy bien. Vamos a limpiarte, peque.

Coge una servilleta y limpia la boca manchada de chocolate de Jamie. Nada más terminar con la servilleta arrugada, la niña se mete un pastelito relleno de crema en la boca; ahora tiene azúcar glas por toda la cara.

Sabrina coge otra servilleta.

Dios. Los niños son agotadores. Ser testigo de la infinita paciencia de Sabrina me impacta. Y solo ayuda a consolidar mi decisión de posponer todos esos molestos pasos para más adelante en mi vida.

Mucho, mucho más adelante.

CAPÍTULO 6

DEAN

A las seis en punto, estamos esperando a que los recién casados entren en el salón de baile del encantador hotel donde se celebra el convite. La ceremonia privada ha terminado hace un rato, pero la madre de Tucker ha aparecido con la noticia de que los novios se estaban haciendo fotos en la azotea del hotel y que bajarían en breve.

En el salón de baile hay actualmente unos doscientos invitados, muchos de los cuales son o han sido jugadores de *hockey*, todos ellos embutidos como salchichas en trajes mal ajustados. Yo no, obviamente. A mí me quedan de maravilla los trajes. Allie lleva un vestido azul cielo a juego con sus ojos, y unos tacones de aguja plateados que le dan algo de altura y hacen que sus piernas parezcan interminables. Lleva el pelo rubio recogido en un elegante moño que deja ver los pendientes de diamantes en sus orejas, regalo de aniversario del año pasado por cortesía de un servidor.

—¿Esto es de la nueva colección de Tom Ford? —pregunta mi hermana, pasando sus manos mugrientas por la parte delantera de mi carísima americana. Bueno, está bien, su manicura probablemente ha costado más que este traje, pero no puedes ir por ahí manoseando la mezcla de lana, algodón y seda de un hombre.

—Sí —respondo con suficiencia—. ¿Celosa?

—Sí, Dicky, estoy muy celosa —responde Summer, poniendo los ojos en blanco de forma dramática. Luego suspira—. En realidad, sí, lo estoy. Esta noche estás más guapo que yo.

—Gracias por reconocerlo —digo solemnemente.

Fitz niega con la cabeza.

—Estáis locos.

—Ignóralo —me dice Summer—. No entiende la ropa como nosotros.

Tiene razón. Fitz sería feliz llevando vaqueros rotos y camisetas viejas el resto de su vida. No soporta la ropa de diseño. Pero es una de las muchas cosas que Summer y yo tenemos en común, junto con nuestra pasión por la vida. Será agradable tenerla de vuelta en Nueva York este verano. Cuando se gradúe en Briar, el próximo mes, ella y Fitz se mudarán a Manhattan.

—Me muero por que estemos los dos juntos en la ciudad de nuevo —dice Summer como si me leyera la mente—. En realidad, no solo los dos... ¡todos nosotros! —corrige, con un brillo más intenso en la mirada—. Estoy deseando pasarme por la oficina de Nicky para llevarlo a comer por sorpresa y salir de compras juntos, y ver cómo se inventa excusas para escaquearse.

Summer se divierte atormentando a nuestro hermano mayor, que es adicto al trabajo. Y atormentándome a mí. Y a su novio. Básicamente, es un auténtico demonio. Pero todos la queremos.

Un murmullo recorre la multitud.

—Ya están aquí —dice alguien.

Todas las miradas se centran en las puertas dobles en la entrada de arco. Un momento después, se abren de golpe, y Jamie Tucker entra en el salón de baile con el aspecto de una princesa angelical, con un vestido de tul blanco de falda larga. Luce una tiara plateada sobre el pelo castaño rojizo y una sonrisa radiante en su rostro de querubín. La madre de Tucker, Gail, corre detrás de la niña y la regaña:

—¡Jamie! Se supone que debías esperar la señal.

La gente estalla en carcajadas, que se convierten en suspiros cuando Sabrina y Tucker aparecen.

—Madre mía —susurra Allie—. Sé que probablemente odie que todos la estén mirando, pero *mírala*.

Tiene razón. Sabrina está preciosa con su sencillo vestido de satén blanco, con un cuello redondo que deja ver un escote bastante *sexy.* Su pelo oscuro cae en cascada sobre un hombro desnudo, con una parte sujeta a un lado por un broche de diamantes. Aunque lleva unos tacones altísimos, Tuck mide más de metro ochenta y sigue sacándole cierta altura. Van cogidos de la mano cuando entran en el salón de baile. Sabrina se sonroja y Tucker está radiante, y lo envidio muchísimo en ese momento.

Aprieto la mano de Allie; cuando me devuelve el apretón e inclina la cabeza hacia mí con una sonrisa, se me encoge el corazón. ¿Cómo he podido tener esta suerte?

—Algún día esos seremos nosotros. —No quiero desvelar la sorpresa, pero no puedo evitar susurrarle al oído esas palabras burlonas.

Se ríe suavemente.

—Algún día —coincide—. Pero más adelante. —Titubeo por un momento. Quiero pedirle que defina lo que entiende por «más adelante», pero eso me delataría, así que mantengo el tono ligero:

—No sé... No me opondría a verte vestida de novia más pronto que tarde. Estarías guapísima.

—Obviamente —responde, y yo sonrío. Su confianza en sí misma rivaliza con la mía. Es una de las razones por las que la quiero.

—¿Quieres que llame a Vera Wang? —le ofrezco amablemente. No bromeo del todo. Con mis contactos, podría conseguir fácilmente que Vera se pusiera al teléfono.

La expresión de Allie se vuelve pensativa mientras me analiza. No sé qué ve, pero sea lo que sea le hace reír de nuevo.

—Tal vez quieras esperar un poco. Me refiero a que probablemente te lleve un tiempo convencer a mi padre.

¿Su padre?

Nota mi mirada confundida.

—Oh, cariño —me dice, chasqueando la lengua con un destello en sus ojos azules—. Sabes que tendrías que pedirle su bendición.

Se me revuelve el estómago. Ay, Dios santo. ¿Tengo que pedir su bendición?

No quiero que se me malinterprete: Joe Hayes y yo hemos desarrollado una especie de amistad a lo largo de los años. A ver, me sigue llamando «niño bonito», pero sé que le caigo bien.

¿Pero lo suficiente como para casarme con su niña? ¿Su única hija?

Oh, mierda.

Compasiva, Allie enlaza sus dedos con los míos y tira de mí hacia delante.

—Venga, vamos a felicitar a la feliz pareja.

***

Y yo que pensaba que patinar en el TD Garden con mi antiguo equipo era la mejor noche de todos los tiempos. Esta boda la supera con creces. Después de una deliciosa cena y de algunos de los discursos más divertidos de la historia de las bodas, la banda sube al escenario y la pista de baile se anima. Sin embargo, tras unas cuantas canciones, abandono a Allie, que baila con las chicas mientras yo trato de ponerme al día con todos los viejos amigos que puedo. Porque quién sabe cuándo o si los volveré a ver después de esta noche.

Cuando se acercaba la graduación de la universidad, me preocupaba que nos distanciáramos. Y algunos de nosotros lo hicimos. Birdie y su novia de toda la vida, Natalie, se casaron y se mudaron a Oklahoma. Traynor vive en Los Ángeles y juega para los Kings. Pierre regresó a Canadá.

Perder el contacto con los amigos de la universidad es simplemente una de esas cosas inevitables y deprimentes de la vida, pero también he tenido la suerte de que muchos de estos tíos sigan en mi vida. Veo a Fitzy con frecuencia porque sale con mi hermana. Hunter y yo nos enviamos mensajes con frecuencia, así que estoy al tanto de su vida. He conocido a su novia, Demi, que no ha podido venir esta noche, y sé que se van a vivir juntos y compartirán casa con su compañero de equipo, Conor, y la novia de este. Hablo con Garrett, Logan y Tuck y los veo mucho más a menudo de lo que esperaba.

En realidad, solo hay un buen amigo al que no puedo ver, con el que no puedo hablar, y es Beau Maxwell, porque ya no está. Creo que Beau se habría divertido esta noche si hubiera estado aquí.

Se me hace un nudo en la garganta, así que me trago el ron cola que me he servido para tratar de disipar la tristeza.

Por suerte, me distraigo cuando el entrenador Jensen interrumpe nuestro pequeño reencuentro de *hockey* acercándose al grupo.

—Hola, entrenador —dice Tucker, sonriendo al hombre que nos ha puesto a prueba y regañado durante cuatro años—. Me alegro de que haya podido venir. Usted también, Iris —añade mientras sonríe a la hermosa mujer que acompaña al entrenador.

No voy a mentir, me ha sorprendido que el entrenador apareciera en el convite con su nueva novia. Me sorprende que alguien elija salir con un hombre tan huraño y constantemente enojado como el entrenador. Pero Iris March parece genial y, sin duda, es despampanante. Aunque esa parte no es una sorpresa. Chad Jensen está muy bien para ser un tío de cuarenta años. Normal que arrase entre las damas.

—Gracias por recibirnos —dice bruscamente el entrenador.

Hay un momento de silencio.

Luego asiente con la cabeza.

—Muy bien. Continúen. —Apoya una gran mano en la parte baja de la espalda de Iris, tratando de guiarla.

Logan se echa a reír.

—¿En serio? ¿Se va a ir sin dar un discurso? ¿Sin felicitar al novio?

—¿Qué clase de sociópata hace eso? —salta Nate Rhodes.

—Qué rastrero —coincide Garrett, asintiendo con gravedad.

El entrenador se frota el puente de la nariz como si estuviera evitando una migraña. Es un gesto que he visto miles de veces a lo largo de los años.

A su lado, Iris se ríe en voz baja.

—Vamos, Chad. Di unas palabras.

Él suelta un suspiro.

—De acuerdo. —Pero luego no continúa.

Sin dejar de reírse, Iris le da una patada.

—Alcemos las copas por Tucker...

Todos levantamos nuestras copas o botellas de cerveza.

Por fin, el entrenador Jensen se aclara la garganta.

—Bueno —dice con los ojos entrecerrados, recorriendo al grupo—. Como sabéis, no tengo hijos. Y después de entrenaros a todos vosotros durante tantos años, me he dado cuenta de que me alegro de no tenerlos.

Mike Hollis abuchea con fuerza. Amortiguo una carcajada contra la palma de la mano.

El entrenador nos mira fijamente.

—Dicho esto —continúa—, de todos los jugadores a los que he entrenado, John, tú eres el que me ha dado menos disgustos. Así que gracias por eso. Enhorabuena por todo: la esposa abogada y la adorable mocosa. Estoy orgulloso de ti, muchacho.

A Tucker le brillan los ojos. Parpadea un par de veces y dice:

—Gracias, entrenador.

Comparten una especie de medio abrazo varonil. El entrenador da un paso atrás y se tira de la corbata, incómodo.

—Necesito otra copa —murmura antes de agarrar el brazo de Iris y emprender la huida.

Lo vemos irse.

—Echo de menos sus discursos de ánimo —dice Garrett con tristeza.

—Se han vuelto más cortos y drásticamente menos energéticos —nos cuenta Hunter.

Logan se ríe.

—Voy a por otra copa y a buscar a Grace. Vuelvo enseguida.

Mi mirada permanece fija en el entrenador e Iris, que acaban de llegar a la barra. Hacen buena pareja. Al musculoso cuerpo del entrenador le sienta de maravilla el traje, y el culo de Iris está increíble en su vestido negro de cóctel.

—No puedo creer que tenga novia. —Entonces se me ocurre otro pensamiento. Me quedo callado y entrecierro los ojos en su dirección.

—¿Te está dando un infarto? —pregunta Hunter educadamente.

Niego con la cabeza.

—Qué va, intentaba imaginar al entrenador teniendo relaciones sexuales.

Las carcajadas estallan a mi alrededor. Hollis, sin embargo, asiente enérgicamente.

—Pienso en eso todo el tiempo —dice.

—¿Todo el tiempo? —repite Fitzy.

Hollis ignora a su mejor amigo.

—Oh, sí. He pasado años intentando resolver el misterio.

—¿Años? —repite Fitz de nuevo.

—¿Qué misterio? —Hunter parece divertido.

—El misterio de cómo folla —explica Hollis—. Porque, vamos a ver, el entrenador es un hombre corpulento, ¿me entendéis? Así que se podría pensar que es un «follador poderoso», ¿no? —Hollis se anima cada vez más—. Como que va a follar rápido y con fuerza.

—No me gusta esta conversación —dice Garrett con franqueza.

—Pero quizá eso sea demasiado obvio —continúa Hollis.

—Entonces, ¿en qué quedamos? —pregunta un fascinado Nate.

—Es sumiso —propongo de inmediato. Puede que este no sea un tema apropiado para una boda, pero ahora estoy muy metido en el tema—. Apuesto a que deja que ella lo ate y le haga lo que quiera.

—De ninguna manera —argumenta Hunter—. Necesita tener el control.

—Está bien —dice Hollis, asintiendo con firmeza—. Pero esto es lo que yo me imagino: es de los tiernos.

—No —dice Hunter.

—Es tierno —insiste Hollis—. Lo suyo son los preliminares. Se pasa horas complaciendo a su dama. Pero tiene todo el control, ¿sabéis? Luego, después de hacer que se corra como cuatro veces, la penetra lentamente...

—¿La penetra? —exclama Nate.

Fitz suspira.

—Y hacen el amor —termina Hollis—. Estoy segurísimo de que hacen el amor.

Frunzo los labios. Sinceramente, me lo imagino. El exterior del entrenador es tan rudo que apuesto a que es una caja de sorpresas en la cama.

—Ni de coña —repite Hunter—. Sigo votando por el «follador poderoso».

—El entrenador no folla —argumenta Hollis—. Hace el amor.

Alguien se aclara la garganta.

—Caballeros.

Damos un respingo de sorpresa cuando Iris March aparece detrás de nosotros. Se muerde el labio como si tratara de no estallar en carcajadas y se inclina despreocupadamente frente a Tucker para coger el bolso plateado que hay sobre nuestra mesa.

—Me he dejado el bolso —dice con ligereza. Hay que reconocerle a Hollis el hecho de que no se avergüence lo más mínimo. No creo que este tío sea capaz de sentir vergüenza.

—¿Disfrutando de la banda? —le pregunta Garrett, como si no supiéramos que nos ha oído diseccionar su vida sexual con el entrenador.

—Son muy buenos —responde ella—. Me ha encantado esa versión de Arcade Fire. —Se coloca el bolso bajo el brazo y da un paso atrás—. En fin. Siento interrumpir.

Sin embargo, justo antes de irse, se acerca a Hollis y murmura algo en voz tan baja que por un momento creo que me lo he imaginado:

—Definitivamente, es de los que follan.

Hollis se queda boquiabierto.

—Pero yo no te lo he dicho —añade Iris por encima del hombro, caminando tranquilamente hacia el entrenador.

—Os lo dije —exclama Hunter con suficiencia.

CAPÍTULO 7

ALLIE

—Estás realmente increíble. —Me acerco a la novia y le toco el brazo.

Sabrina me mira con una sonrisa de pesar.

—Gracias. Siento que todo el mundo me observa.

—Así es. —Sonrío—. Lamento decírtelo, pero te estarían mirando aunque no llevaras ese vestido. Estás buenísima.

Mi mirada se desplaza por la sala hacia donde Dean está reunido con una docena de sus antiguos compañeros. Los comentarios que ha hecho antes sobre verme vestida de novia todavía me preocupan. Sabe que no es algo que quiera ahora mismo. O al menos debería saberlo. Le dejé más que claro que el matrimonio y los bebés no son mis prioridades cuando lo discutimos el año pasado. Pero Dean es impulsivo. Es el tipo de hombre que podría ver a Sabrina y Tucker disfrutando de la felicidad conyugal y decidir proponerme matrimonio espontáneamente.

—¿De qué crees que están hablando? —Señalo con la cabeza al grupo de chicos. Parecen enfrascados en la conversación.

—Probablemente de *hockey*. —Se detiene un segundo para analizarlos y luego niega con la cabeza—. No; están hablando de sexo.

—¡Ja! ¿Cómo lo sabes?

—Por la cara de Fitzy. Parece que quiere desvanecerse y morir en el acto.

Sigo su mirada y vuelvo a reírme. Sí, Fitz suele poner esa cara de dolor cuando lo obligan a conversar sobre temas que preferiría mantener en privado. Normalmente es Hollis quien lo arrastra. Desplazo la mirada. Sí, parece que Mike Hollis es el que lleva la voz cantante, lo que nunca es bueno. Sinceramente, estoy un poco decepcionada con que su esposa no haya podido venir esta noche. Me habría encantado conocer a la mujer que se casó con Mike Hollis. O tiene la paciencia de una santa, o está tan loca como él. Summer vivió con ella y afirma que es lo segundo.

—¿Has visto a Hannah? —pregunto mientras la busco en el abarrotado salón de baile. Mi mejor amiga está siendo difícil de encontrar esta noche. Y no ha sido del todo ella misma desde que llegué a Boston. Cuando la he maquillado antes, estaba tan distraída que en un momento dado ha olvidado a dónde íbamos esta noche.

—Creo que la he visto dirigiéndose a los baños —dice Sabrina.

—Vale. Voy a buscarla e intentar llevarla a la pista de baile. Vuelvo enseguida. —También espero conseguir que Hannah nos cante algo. Estoy segura de que la banda estará encantada, y sé que a Tucker también le encantará.

Fuera del salón de baile, agradezco el silencio. Es un respiro necesario del continuo ruido y el zumbido de las voces en el convite. Mientras aliso el dobladillo de mi vestido, vislumbro a Logan y a Grace de pie, apoyados en una columna del amplio vestíbulo. Besuqueándose, como dirían las revistas de cotilleos. Todavía no me han visto y estoy a punto de saludarlos cuando sus voces llegan hasta mí. Lo que oigo me detiene en seco.

—¿Deberíamos irnos de aquí pronto, señora Logan?

Um.

¿Qué?

—Nunca te vas a cansar de decirlo, ¿verdad? —se ríe Grace.

—Nunca. —Le da un beso en los labios—. Señora Logan.

Sí. No me lo he imaginado la primera vez.

Salgo disparada hacia delante como un cohete.

—Lo siento, pero… ¿QUÉ? —Mi voz sorprendida resuena en el enorme vestíbulo.

Se separan, visiblemente culpables mientras me acerco a ellos. Me muevo tan rápido que casi tropiezo sobre los tacones de aguja. No soy capaz de funcionar ni de pensar con claridad. Mi boca se abre y se cierra a medida que entiendo las implicaciones de lo que acabo de escuchar.

—¿Por qué te llama así? —le pregunto a Grace—. Ay, Dios mío. No os habréis…

Mi amiga me interrumpe antes de que pueda terminar:

—¡Ven! ¡Vamos a empolvarnos la nariz! —Me agarra del brazo y prácticamente me arrastra con ella.

Miro por encima del hombro y veo a Logan sonriendo tímidamente. Se encoge de hombros y, luego, me guiña un ojo. Eso es todo lo que necesito. Joder. La hostia.

—¿Os habéis *casado?* —exclamo mientras irrumpimos en el baño.

Por suerte, está vacío.

—No —dice Grace.

La miro con ojos entornados.

—Sí —confiesa Grace.

—Oh, Dios mío. ¿Cómo? ¿Cuándo?

Sus ojos de color marrón claro se centran en cualquier cosa menos en mí. Finge admirar la pila de toallas de lino junto a uno de los lavabos ornamentados.

—¿Cuándo? —repito.

—En Año Nuevo —confiesa.

—¿¡Qué!? —grito—. ¿Te casaste hace cuatro meses y no se lo has dicho a nadie? —Entonces se me ocurre algo terrible—. Espera, ¿todos lo saben y solo nos lo habéis ocultado a mí y a Dean?

Grace se apresura a tranquilizarme.

—Nadie lo sabe, excepto nosotros. No queríamos decírselo a mi padre antes de la graduación. Se asustaría si pensara que estoy dejando de lado los estudios.

Atónita, recorro con la mirada los bonitos rasgos de Grace y su tímida sonrisa. Es la pareja perfecta para Logan, sí, pero es dos años más joven que él. ¿Y están casados?

—¿Así que simplemente… os fugasteis para casaros? —Estoy totalmente atónita.

—Más o menos. No lo teníamos planeado. Simplemente sucedió.

—Simplemente sucedió —repito—. ¿Cómo es que algo así «simplemente sucedió»?

—A ver, ya habíamos hablado de matrimonio y nos dimos cuenta de que ninguno de los dos quería realmente celebrar una gran boda. Sus padres no pueden ni estar en la misma habitación, así que Logan no quería verse en la posición de elegir a uno de los dos. Y luego, durante las vacaciones, terminamos en un hotel en Vermont que era propiedad de un pastor. Y no solo oficia bodas, sino que se las arregló para conseguirnos una licencia de matrimonio de última hora, porque el secretario del pueblo es parte de sus feligreses, y fue como una serendipia. ¿Es esa la palabra? Odio esa palabra. —Se sonroja tanto que hasta las pecas de su nariz parecen más rojas—. De todos modos, no me arrepiento de nada. Él tampoco. Lo nuestro es para siempre.

La emoción me obstruye la garganta y me escuecen los ojos. Siempre he sido una romántica cursi.

—Es lo más romántico que he oído nunca —gimoteo.

—Tienes que prometerme que no dirás nada, Allie. No estamos preparados para decírselo a nadie, al menos hasta después de la graduación.

—Lo prometo —digo, usando las yemas de mis dedos índices para secarme delicadamente las lágrimas—. Quedará entre nosotras...

Un fuerte ruido de arcadas resuena de repente en el baño.

—... Y quienquiera que esté vomitando ahí dentro —termino.

Grace palidece. Dirige una mirada de pánico a la última cabina de la fila. Estaba tan atónita cuando me ha arrastrado hasta aquí que ni siquiera me había fijado en la puerta cerrada. He supuesto que estábamos solas.

—¿Todo bien ahí dentro? —le digo a la persona que está en la cabina.

Hay un largo silencio, y luego:

—Sí, todo bien. Dame un segundo.

Es Hannah.

Aparece un momento después, todavía ataviada con el vestido de tubo verde que he elegido para ella hoy mismo después de que Dean la informara de que, si iba de negro a una boda, estaba condenando a los novios a una eternidad de miseria morbosa. No creo que eso sea así, pero al menos ha conseguido convencer a Hannah de añadir algo de color a su vida. El vestido es del mismo tono de verde que sus ojos, que en estos momentos exhiben arrugas de cansancio mientras se acerca a la pared de picas y espejos.

—¿Cuánto has oído? —suspira Grace.

Hannah ofrece una sonrisa irónica.

—Todo.

Coloca sus manos debajo del grifo automático y las llena de agua. Procede a enjuagarse la boca antes de que sus ojos se encuentren con los nuestros en el espejo nuevamente.

—¿Estás bien? —pregunto preocupada.

Ella niega lentamente con la cabeza.

—Empiezo a pensar que no.

Se me hace un nudo en el estómago.

—¿Qué pasa?

—Puede que necesite una... eehh... prueba de embarazo.

Un silencio se cierne sobre nosotras. Dura aproximadamente un segundo, antes de que mi fuerte grito entrecortado resuene en el aire.

Grace frunce los labios.

—Estoy bastante segura de que esto pasaba en un episodio de *Friends*. He estado viendo reposiciones.

Mi mirada se dirige al instante al abdomen de Hannah, aunque la parte racional de mi cerebro sabe que, si es cierto, sería imposible que se le notara todavía.

Hannah capta mi mirada y me observa con gravedad.

—No le digas nada a Dean. —Se vuelve hacia Grace—. O a Logan. Por favor. Se lo dirán a Garrett en un santiamén, y aún no me he hecho ninguna prueba de embarazo. Podría ser una falsa alarma.

—¿Cuánto llevas de retraso? —pregunta Grace.

Hannah se muerde el labio.

—¿Cuánto? —la presiono.

—Tres semanas.

Vuelvo a ahogar un grito.

—En serio, no quiero que Garrett sepa nada hasta que me haga una prueba de embarazo —dice Hannah con firmeza—. No podéis decir ni una palabra.

—Vosotras tampoco podéis decir ni una palabra sobre lo mío. —La expresión de Grace es igualmente severa.

—Pero... —balbuceo.

—Ni una palabra hasta nuevo aviso —ordena Hannah, mientras Grace asiente con la cabeza.

Me quedo de pie, mirándolas con la boca abierta a las dos.

Esta boda está repleta de GRANDES NOTICIAS, ¿y no puedo contárselas a nadie hasta nuevo aviso? ¿Ni siquiera a Dean?

Esta es mi peor pesadilla.

CAPÍTULO 8

DEAN

—Niño bonito. ¿Qué haces aquí?

—Te he escrito para avisarte de que estaba de camino. —Poniendo los ojos en blanco, atravieso la puerta principal de la casa de Brooklyn donde Allie creció.

—Sí, y te he preguntado por qué. Así que… ¿Qué haces aquí?

Joe Hayes se apoya en su bastón mientras me ve entrar. Su rostro muestra tan solo una leve hostilidad, lo que es mejor de lo habitual. Me costó llevarme bien con el padre de Allie, pero me gusta pensar que con los años me ha ido cogiendo cariño. Aunque la única vez que se lo dije, asintió con la cabeza y dijo: «Como a un dolor de muelas». Es un verdadero encanto.

—Le he traído algo de comida —digo, quitándome los zapatos.

—¿Por qué?

—Dios mío, es usted como la niña de tres años de Tucker. Porque pensé que podría necesitar comida. —Me vuelvo hacia él con el ceño fruncido—. ¿Quiere saber cuál es la respuesta adecuada cuando alguien te trae comida? «Vaya, gracias, niño bonito, te agradezco el gesto. ¿Cómo he tenido la suerte de que estés en la vida de mi hija?».

—Dean. No me vengas con chorradas. Eres un buen chico, pero no eres el tipo de persona que te hace la compra sin una razón. Lo que significa que tienes un motivo oculto. —Mira las dos bolsas de papel que cargo—. ¿Hay carne en conserva?

—Por supuesto. —He estado aquí suficientes veces para saber sus productos favoritos de la charcutería del final de la calle—. Vamos, voy a preparar unos sándwiches mientras le revelo mi motivo oculto.

Con una risa, cojea hacia la cocina detrás de mí, apoyándose más que de costumbre en el bastón. Estoy a punto de sugerir que desempolvemos la silla de ruedas, pero me detengo en el último segundo, porque eso solo lo pondría de peor humor. El padre de Allie se niega a usar esa silla. No puedo culparlo, no debe de ser agradable pasar de ser un hombre robusto y en forma a uno debilitado por un trastorno degenerativo. Desgraciadamente, la esclerosis múltiple no tiene cura, y Joe tiene que aceptar el hecho de que su enfermedad solo va a ir a peor. Joder, ya lo ha hecho. Su cojera ya es mucho más pronunciada que cuando nos conocimos. Pero es un hombre orgulloso. Testarudo, como su hija. Sé que va a aguantar sin usar la silla de ruedas todo el tiempo que sea humanamente posible.

Mientras Joe se sienta lentamente en una silla, preparo dos sándwiches en la encimera y cojo dos cervezas de la nevera.

—Es mediodía —señala.

—Necesito una ayudita para aumentar la confianza.

De repente, su expresión se vuelve más incómoda que de costumbre.

—Ay, hombre, no. ¿Es eso? ¿Hoy es el día?

Frunzo el ceño.

—¿Qué día?

Se frota los ojos con una mano y la barba oscura con la otra.

—Vas a pedir mi bendición. Joder. Pues acaba de una vez y pídela. ¿De verdad necesitas alargar la tortura y hacernos sentir incómodos a los dos? Prefiero que me asfixien. Maldita sea. Ambos sabemos que voy a decir que sí, ¿vale? Así que hazlo ya.

Me quedo mirándolo boquiabierto por un segundo. Luego se me escapa un torrente de carcajadas.

—Con el debido respeto, señor… Es usted lo peor. Tenía todo un discurso preparado.

En realidad, supongo que me alegro de no tener que recitarlo. No puedo imaginar nada más humillante que abrir tu corazón ante un hombre que equipara hablar de sentimientos con ser torturado. Pongo un plato delante de él antes de tomar asiento al otro lado de la mesa. Me siento un poco inseguro mientras refunfuño:

—¿Así que tengo su bendición?

Da un mordisco a su sándwich, masticando lentamente.

—¿Has traído el anillo?

—Sí. ¿Quiere verlo?

—Enséñamelo, muchacho.

Busco en mi bolsillo la caja de terciopelo azul. Cuando la abro, sus oscuras cejas se disparan como dos globos de helio.

—¿No pudiste encontrar nada más grande? —pregunta sarcásticamente.

—¿Cree que no le va a gustar? —Me desespero por un momento.

—Oh, le va a encantar. Ya conoces a AJ. Cuando se trata de joyas, cuanto más grandes y brillantes, mejor.

—Eso fue lo que pensé —digo con una sonrisa. Cierro la caja del anillo y la vuelvo a meter en el bolsillo—. Pero, en serio, ¿le parece bien que le pida que se case conmigo? No era usted precisamente mi mayor fan cuando nos conocimos.

—Eh, no estás mal. —Sus labios tiemblan—. Pero sois jóvenes.

—¿Cuándo se comprometió usted con la madre de Allie? —pregunto con curiosidad.

—A los veintiún años —admite—. Me casé a los veintidós.

Inclino la cabeza como si dijera: «¿lo ve?».

—Eran mucho más jóvenes que nosotros.

—Sí, pero los tiempos han cambiado —replica con brusquedad—. AJ tiene una carrera, unas metas. Y las mujeres cada vez pueden tener hijos más tarde. Ya no hay prisa. —Joe se encoge de hombros—. Pero si es algo que ambos queréis, no me interpondré en vuestro camino. AJ te quiere. A mí me gustas un poco. Con eso es suficiente.

Ahogo una carcajada. Es el mayor respaldo que voy a recibir de Joe Hayes.

Brindamos con nuestras cervezas y luego hablamos de *hockey* mientras nos comemos los sándwiches.

***

Mi siguiente parada es Manhattan. Allie y yo vivimos en el Upper East Side, pero la oficina de mi madre está en el West End, que es donde el taxi me deja casi una hora después.

Mamá sonríe felizmente cuando la recepcionista me hace pasar a su despacho.

—¡Cariño! ¡Qué agradable sorpresa!

Se levanta de su lujoso sillón de cuero y rodea el escritorio para darme un cálido abrazo. Se lo devuelvo y le planto un beso en la mejilla. Mamá y yo estamos muy unidos. Lo mismo ocurre con papá. A decir verdad, mis padres son increíbles. Los dos son abogados de alto nivel, lo que significa que sí, mis hermanos y yo tuvimos niñeras cuando éramos pequeños. Pero también pasamos mucho tiempo en familia. Mamá y papá siempre estaban ahí para nosotros cuando los necesitábamos y, desde luego, no dejaron que nos convirtiéramos en unos niños salvajes. Bueno, tal vez a Summer, hasta cierto punto. Esa chica los tiene comiendo de la palma de su mano.

—Tengo que pedirte un gran favor —le digo a mi madre mientras se sienta en la esquina de su escritorio—. ¿Me prestas el ático esta noche?

Cuando era niño, repartíamos nuestro tiempo entre la casa de Greenwich y el ático en el Hotel Heyward Plaza. La familia de mi madre, los Heyward, construyó un imperio inmobiliario que les hizo ganar miles de millones, y el Heyward Plaza es una de las joyas de la corona. Aunque nuestra villa en St. Barth no se queda corta.

—Me siento como si fueras un adolescente de nuevo —dice mamá, entrecerrando los ojos. Son del mismo tono verde mar que los míos y los de Summer. Mi hermano Nick es el único que ha heredado los ojos marrones de papá—. No estarás planeando una juerga, ¿verdad?

—No. Nada de eso.

—¿Cuál es el motivo, entonces?

Incapaz de contener mi sonrisa, deslizo la mano en el bolsillo del pantalón. Extraigo la caja del anillo y la coloco sobre su escritorio rojo cereza sin decir una sola palabra.

Mamá lo entiende al instante. Suelta un chillido de alegría y me abraza de nuevo.

—¡Oh, Dios mío! ¿Cuándo lo vas a hacer? ¿Esta noche? —Aplaude con alegría. Mis padres adoran a Allie, así que no me sorprende su emocionada reacción.

—Eso espero. Sé que es raro hacerlo en mitad de la semana, pero el sábado es la fiesta de fin de rodaje de la serie de Allie, y el domingo mis chicas tienen un torneo en Albany, así que estaré fuera de la ciudad. No quería esperar hasta el domingo por la noche, así que... —Me encojo de hombros—. He pensado que hoy es *la* noche. Sé que estás en el ático esta semana, pero me preguntaba si podrías desaparecer durante unas horas mientras...

—No digas más. Regresaré a Greenwich esta noche.

—No tienes que irte de la ciudad —protesto.

—Iba a volver a casa el viernes de todos modos. Unos días antes no importará. —Vuelve a aplaudir—. ¡Oh, tu padre se va a poner muy contento!

—No. No puedes decírselo hasta que lo haya hecho.

La boca de mamá se abre con indignación.

—¿De verdad esperas que le oculte algo como esto?

—No te queda más remedio. Papá se lo cuenta todo a Summer, y Summer es incapaz de mantener la boca cerrada.

Tras un instante, mamá se rinde.

—Tienes razón. Tu hermana es terrible.

Suelto una carcajada.

—Está bien. No se lo diré a papá. —Me sonríe—. Mis labios permanecerán sellados hasta que reciba una llamada diciendo que mi pequeñín está comprometido.

Suspiro.

—Mamá. Estás haciendo el ridículo.

Eso solo la hace reír.

CAPÍTULO 9

ALLIE

Dean lleva su traje favorito de Tom Ford, y eso representa un problema.

No porque no le quede bien. Desde luego que sí. Dean es el tío más *sexy* que existe, y no lo digo como su novia. Objetivamente, no creo que exista un hombre más guapo. Y le queda bien cualquier cosa. Bañadores, sudaderas, chinos… es un modelo de catálogo andante. Pero cuando se pone sus trajes de diseño, es peligroso.

Tal y como están las cosas, me cuesta controlar mi libido al ver esa chaqueta de lana y seda que se extiende por sus anchos hombros. La impecable camisa blanca está desabrochada en la parte superior para mostrar la nuez de su garganta.

Pero el hecho de que lleve su traje para ocasiones especiales y que haya organizado una cena romántica en el ático me dice que he metido la pata. A lo grande.

Joder. ¿De qué aniversario me estoy olvidando?

No es mi cumpleaños. Tampoco creo que sea nuestro aniversario, aunque esa fecha es más difícil de precisar, porque tenemos varias opciones. Está el aniversario de cuando nos enrollamos por primera vez, que no cuento porque los dos estábamos borrachos. De acuerdo, no tan borrachos como para no saber lo que estábamos haciendo, pero no puedo permitir que el alcohol empañe un día especial.

Personalmente, considero que nuestro aniversario fue la primera vez que mantuvimos relaciones sexuales sobrios, lo que ocurrió unas semanas después de la noche de borrachera. En cualquier caso, ninguna de esas fechas fue en primavera.

¿Quizá estamos celebrando el aniversario de cuando volvimos después de que rompiera con Dean aquella vez? Uf. Estoy bastante segura de que eso fue en abril. Hoy es 5 de mayo.

Espera. A lo mejor es por el Cinco de Mayo. ¿Ahora celebramos eso?

Me siento como la peor novia del mundo.

—¿Vas a decir algo? —pregunta Dean alegremente.

Es entonces cuando me doy cuenta de que llevo casi cuatro minutos en silencio, perdida en mis pensamientos, intentando averiguar por qué estamos aquí. Soy una idiota.

—Lo siento. —Y entonces, porque siempre soy sincera con él, agarro el mantel con las manos y digo—: La he cagado.

La diversión brilla en sus ojos verdes.

—Vale... ¿En qué sentido?

—¡No sé por qué estamos aquí! —me lamento.

Él se ríe.

—¿Te refieres a estar en la Tierra? ¿En el universo? ¿Tienes dudas existenciales, Allie-Gátor?

—No, me refiero al ático. Me has llamado y me has dicho que nos encontráramos aquí, y también que era una ocasión especial y que debía vestirme bien. Y ahora llevo este vestido y estamos sentados en esta mesa, y no sé por qué. ¿Es por el Cinco de Mayo?

—¿Cinco de Mayo? —Su frente se arruga—. La verdad es que no, pero podríamos empezar a celebrarlo, si quieres.

Suelto un suspiro de tristeza.

—¿Me he olvidado de nuestro aniversario?

—No, es en octubre.

—¡Gracias! ¿Así que también lo cuentas desde la primera vez que nos acostamos de verdad?

—Sí. —Se empieza a reír—. Nos acostamos de verdad. —Luego sonríe—. ¿Podemos disfrutar de esta cena, por favor? No es un aniversario. Tú relájate. Mira, te he traído tu pan favorito.

Ha traído todos mis platos favoritos. Hay una cantidad obscena de pasta en esta mesa. Calabacines y champiñones a la parrilla sobre *fettuccini* con salsa Alfredo. *Ziti* al horno con salsa rosa. *Penne* y pollo relleno de espinacas al horno con salsa de tomate y *mozzarella*. Se me hace la boca agua mientras intento decidir qué quiero probar primero. Normalmente no me permitiría llenarme de carbohidratos durante el rodaje, pero es nuestra última semana en el set y ya no necesito controlar mi peso.

No he comido desde que he llegado a casa desde el estudio hace horas, porque Dean ha dicho que me asegurara de tener apetito. Así que me pongo a comer, apilando pasta en mi plato. Dean no hace lo mismo. En lugar de eso, me observa comer hasta que finalmente me remuevo con incomodidad.

—¿Te vas a quedar ahí sentado viéndome comer? Es raro.

—¿Qué tiene de raro?

—¡Es *raro!* Coge el tenedor y come algo.

Obedece, aunque pone los ojos en blanco mientras lo hace. Su garganta sube y baja cuando traga un trozo de pan. Es de nuestra panadería favorita, a la vuelta de la esquina de nuestro apartamento. Creo que lo hornean en un contenedor de ajo y aceite, pero no me importa.

—Está taaaan bueno —murmuro cuando doy un bocado al pan.

Dean vuelve a mirarme, esta vez con los ojos entornados.

—¿Por qué me miras así? —Excepto que sé exactamente por qué. Porque tengo la boca llena y se está imaginando que se la chupo.

—Me estoy imaginando que me la chupas —dice.

Casi me atraganto con la pasta de la risa.

—Dios, no cambies nunca, cariño.

—No pienso hacerlo. —Hace una pausa—. En realidad, olvida eso. No todos los cambios son malos, ¿verdad?

—Supongo que no. —Creo que se refiere al hecho de que *The Delaneys* se acaba y voy a tener que encontrar un nuevo proyecto—. Sin embargo, no tienes que tratar de hacerme sentir mejor por el trabajo. Ya le he dicho a Ira que me envíe todos los guiones y tratamientos* que pueda. Estoy segura de que pronto aparecerá una nueva oportunidad.

—Oh. Sí. Por supuesto. Pero no me refería solo a cambios profesionales. Me refería a otro tipo de cambios.

* Narración de la historia contada al completo, con todos los detalles, personajes y localizaciones. *(N. de la T.)*

¿A dónde quiere llegar con esto?

Da un pequeño sorbo de agua y se limpia la boca con una servilleta de lino que probablemente cueste más que la mitad de los muebles de la casa de mi padre. Siempre me parece surrealista estar en este lujoso ático. Por no hablar de la mansión de los Di Laurentis en Greenwich, que cuenta con una auténtica pista de patinaje y más de una piscina.

Un sentimiento de alerta me recorre la espalda mientras estudio la cara de Dean. Vuelve a actuar de forma extraña. Una de sus grandes manos abandona la mesa para descansar en la parte superior de su abdomen, como si estuviera a punto de deslizarla hasta su bolsillo y… Joder.

Oh, no.

No va a…

Cuando mete la mano en el bolsillo, sé que lo va a hacer.

De repente, todo encaja en mi cerebro. Una cena elegante con todos mis platos favoritos de nuestros restaurantes predilectos. Ropa formal. Este ático. Sé que la madre de Dean está en la ciudad, lo que significa que debe de haberla enviado a Connecticut para que podamos disponer del lugar.

La mano de Dean está a punto de salir del bolsillo cuando lo detengo con un agudo:

—No.

Se queda paralizado.

—¿Qué?

—¿Es una propuesta de matrimonio? —pregunto.

El brillo tímido de sus ojos es todo lo que necesito para confirmarlo.

—Dean. —Es una advertencia.

—¿Qué?

—¿Por qué estás haciendo esto? ¿Y precisamente esta noche?

La confusión le nubla el rostro.

—¿Por qué? ¿Porque es el Cinco de Mayo? Joder, no sabía que te importara tanto…

—¡Eso no me importa! Me importa que hayamos tenido un montón de conversaciones sobre este tema. Lo hemos *hablado*, Dean. Acordamos que el matrimonio, los hijos y todo eso era algo que discutiríamos en el futuro.

—Ya es el futuro —señala—. Llevamos cuatro años juntos.

La frustración me hace un nudo en la garganta y me dificulta hablar. Junto con esto llega un ardor de irritación que sé que probablemente no debería sentir, pero... ¿en serio? ¿No ha escuchado ni una palabra de lo que decía durante todas esas discusiones? Le dije que no estaba preparada. Y se lo reiteré justo antes de que Tucker y Sabrina se casaran, porque sospechaba que algo así ocurriría, que la fiebre nupcial contagiaría a todos los chicos. Los cuatro están muy unidos y tienden a copiarse continuamente. Por ejemplo, cuando Garrett empezó una relación seria en la universidad, acto seguido Logan declaraba su amor por Grace en la radio y Tucker dejaba embarazada a Sabrina. Así que sí, me aseguré de expresarle claramente mis sentimientos a Dean.

Me molesta que no estuviera escuchando o decidiera ignorar por completo mis deseos.

—Pareces enfadada —dice con recelo.

—No estoy enfadada. —Aplaco mi irritación—. Simplemente, no comprendo por qué has planeado todo esto cuando te he dejado claro que no estoy preparada para dar ese paso.

—Pensé que te referías a que no estabas preparada para, por ejemplo, los bebés. O la boda. —Se pasa una mano por el cabello—. No veo cuál es el problema con un compromiso.

—Porque, para mí, todo está unido. Un compromiso es el paso hacia el matrimonio, y un matrimonio es el paso hacia el bebé, y no quiero nada de eso ahora mismo.

—¿Así que me estás diciendo que si saco la caja que está en mi bolsillo y te pido que te cases conmigo, vas a decirme que no? —Su tono es tan inexpresivo como su rostro.

Siento una extraña opresión en el pecho que hace que mi corazón se contraiga. No había previsto tener que responder a una pregunta así. Suponía que cuando Dean me propusiera matrimonio, sería porque los dos estábamos preparados. Y él sabría que los dos lo estábamos, porque siempre, siempre le digo en qué punto estoy emocionalmente. Al parecer, simplemente ha preferido ignorarlo.

—Diría que... ¿tal vez? —tartamudeo—. No lo sé, Dean.

—¿Dirías que *tal vez*? —Su voz es como el filo de un cuchillo. Sus ojos están oscuros y brillantes—. No puedo creer que hayas dicho eso.

Mi mandíbula se tensa.

—Y yo no puedo creer que no hayas escuchado todas las veces que te he dicho que no estaba preparada para comprometerme.

Dean coge aire. Me mira por un momento. Veo el dolor en sus ojos y sé que le he hecho daño. Pero lo disimula rápidamente, y su rostro se vuelve inexpresivo mientras coge su copa de vino aún llena y se bebe la mitad de un trago.

Sin dejar de agarrar el vaso, vuelve a mirarme a los ojos.

—¿Me quieres?

Lo miro con incredulidad.

—Sabes que sí.

—¿Te ves conmigo en el futuro?

—Sabes que sí.

—Pero no quieres casarte conmigo.

Mi frustración regresa con toda su fuerza.

—Sabes que quiero casarme contigo. Solo que no ahora.

—¿Qué diferencia hay si es ahora o dentro de un año? —me desafía.

—¿En serio te lo tengo que volver a explicar? Literalmente, acabo de decirte lo que siento al respecto. ¡Y tú has elegido no escucharme! —Respiro para calmarme—. Cada vez que hemos hablado de ello, me has dicho que te parecía bien esperar.

—Bueno, quizá no me parezca bien. A lo mejor quiero casarme. Pronto.

—¿Y siempre se trata de lo que tú quieres?

—No, al parecer siempre se trata de lo que *tú* quieres.

—Oh, eso es mentira. —Ahora se está comportando como un idiota—. Siempre nos ponemos de acuerdo con todo. Nuestra relación consiste en que ambos sabemos ceder, Dean, y lo sabes.

—Lo que sé es que quería proponerle matrimonio a mi novia esta noche y ella no quiere oír nada del tema, así que… a la mierda.

Deja su copa de vino en el suelo con un golpe y echa la silla hacia atrás. Ni siquiera me mira cuando se levanta y se dirige a la puerta.

—¡Dean! —exclamo a su espalda.

Pero ya está saliendo del opulento comedor. Un momento después, oigo el sonido del ascensor que lleva al Hotel Heyward Plaza, debajo de nosotros.

Me quedo ahí sentada, mirando la silla vacía de Dean, y me pregunto qué demonios acaba de pasar.

CAPÍTULO 10

ALLIE

Dean no me habla. Han pasado dos días desde la proposición fallida y, oficialmente, me está haciendo el vacío. Para empeorar las cosas, estos dos últimos días hemos tenido rodajes matutinos en el trabajo, lo que significa levantarme a las cuatro de la mañana para llegar al estudio antes de las cinco. Como Dean no se va al colegio hasta las ocho, estaba profundamente dormido las dos mañanas, cuando me fui. Y las dos tardes, cuando llegó a casa del trabajo, se negó a hablar conmigo.

Se comporta como un niño. Ni siquiera intenta entender mi razonamiento, ni reconoce que a lo mejor no estoy preparada para el matrimonio y los compromisos y todas esas cosas de adultos.

Así que tras vivir en un mausoleo durante cuarenta y ocho horas, cuando Trevor me envía un mensaje para invitarme a una discoteca esa noche con algunos de nuestros compañeros de reparto, agradezco la distracción. Le digo que me apunto y nos ponemos de acuerdo para que su coche me recoja de camino a la discoteca en el Soho.

Por supuesto, cuando Dean me encuentra en nuestro dormitorio poniéndome un vestido brillante es el momento en que decide hablarme de nuevo.

—¿A dónde vas? —murmura, apoyándose en la puerta de nuestro vestidor.

—A una discoteca. Con Trevor, Seraphina y Malcolm. Y tal vez Evie. ¿Quieres venir?

—No. —Su mirada pétrea me sigue mientras me pongo un par de tacones plateados.

—¿Estás seguro? —insisto.

—Sí.

Me voy a arrancar el pelo si sigue así. Apretando los dientes, intento abordar el tema por billonésima vez.

—¿Podemos hablar de ello, por favor?

—No hay nada de lo que hablar. —Dean se encoge de hombros y se marcha.

—¡Hay mucho de lo que hablar! —Lo persigo mientras sale del dormitorio.

Se detiene y me echa una breve mirada por encima del hombro.

—Te propuse matrimonio y dijiste que no —dice escuetamente.

—No, ni siquiera dejé que te declararas. Te dije que no lo hicieras.

—¡Eso es aún peor, Allie! —gruñe—. ¡Y eso que fui a ver a tu padre y todo! Joder, ¿te das cuenta de lo tonto que me siento? —Se pasa las manos por el pelo.

Me quedo boquiabierta. Es la primera vez que oigo esta información. No había mencionado lo de «ir a ver a mi padre» la noche que intentó declararse.

—¿Le pediste a mi padre su bendición?

—¡Por supuesto! Así de seria es para mí esta relación. —Me mira fijamente—. Al parecer, soy el único.

—Oh, eso no es justo. Sabes que me tomo esta relación muy en serio. Te quiero. Estoy contigo hasta el final. Solo que no quiero lidiar con...

—¿Lidiar?

—No era eso lo que quería decir. —Tomo aire—. Mira, acabamos de regresar del fin de semana de la boda de otra persona, y ha sido caótico y estresante. No quiero eso para mí, no en este momento. No quiero planear una boda o...

—No tenemos que casarnos de inmediato —interviene, enfadado.

—Entonces, ¿qué sentido tiene comprometerse? No entiendo por qué... —Me detengo—. ¿Sabes qué? No voy a tener esta discusión de nuevo.

—Vale. No quieres casarte. Pues muy bien. Diviértete esta noche.

Dicho eso, camina hacia el vestíbulo de nuestro apartamento, donde coge una chaqueta azul cielo del colgador.

—¿A dónde vas? —Lo sigo.

—Fuera.

—Qué maduro. —Aprieto los puños contra los costados—. Te estás comportando como un idiota, ¿sabes?

—No me importa.

Sale por la puerta.

***

En la discoteca, en la sala VIP, entre luces estroboscópicas y música de baile ensordecedora, paso más tiempo enviando mensajes a Hannah que prestando atención a los miembros de mi grupo. Y ni siquiera puedo decir que sea una conversación útil. Ninguna de mis charlas con Hannah desde la boda ha sido demasiado productiva.

Cada vez que le pregunto si ya se ha hecho la prueba, dice que no.

Cada vez que le pregunto si se lo ha dicho a Garrett, también dice que no.

Cada vez que pregunta si Dean y yo nos hemos reconciliado, le digo que no.

Ha sido una cantidad alarmante de respuestas monosilábicas a preguntas esenciales.

Esta noche, sin embargo, Hannah parece tener mucho que decirme. Después de contarle cómo Dean se ha marchado enfadado, me sorprende descubrir que no está de mi parte.

Hannah: A ver… ¿realmente puedes culparlo? Ha planeado toda una proposición de matrimonio, y tú… ya sabes…

Miro mi teléfono con el ceño fruncido.

Yo: No, no lo sé.
Hannah: Le has hecho daño.
Hannah: Y lo has dejado en ridículo.
Hannah: (No mates al mensajero).

Yo: Podría haberse ahorrado esa vergüenza si me hubiera escuchado durante las DOCENAS de conversaciones que hemos tenido sobre este mismo tema. Le dije que no estaba preparada.
Hannah: Sí, pero es Dean. Ya lo conoces. Es muy impulsivo. Cuando se implica en algo, lo hace hasta el final.

Tiene razón. Cuando Dean decidió que le gustaba, se dedicó a perseguirme. Y después de que rompiera con él al final del último curso, hizo todo lo posible para demostrarme que estaba madurando y cambiando. Ha sido un compañero increíble desde entonces. Lo quiero con toda la fuerza de mi alma.

«Entonces, ¿por qué no puedes comprometerte con él?», me pregunta una vocecita interior.

—¡Allie! ¡Basta ya! ¿Voy a tener que tirar tu teléfono en este enorme cubo de champán? —dice Trevor con impaciencia.

No bromea. Tenemos un cubo de verdad en nuestro reservado, con cuatro carísimas botellas de champán. Ha costado una cantidad obscena, pero Trevor insistía en invitarnos. Le gusta gastar dinero.

—En serio, ¿qué te pasa? —Los ojos oscuros de Seraphina me recorren con preocupación. Interpreta a mi hermana mayor en la serie, pero a pesar de haber trabajado juntas durante tres temporadas, nunca hemos llegado a ser íntimas en la vida real. Sera es muy seria, y nuestro sentido del humor no encaja especialmente.

Dicho esto, me doy cuenta de que podría ser la mejor persona a la que pedir consejo. Lo que pasa con Seraphina es que lleva casada desde los dieciséis años. Sí. Dieciséis. Tuvo que obtener un permiso especial de sus padres para casarse con su novio del instituto, pero ya llevan quince años juntos.

—Me he peleado con mi novio —le cuento.

—¡Nooo! ¿El dios de oro? —jadea Malcolm. Su personaje en *The Delaneys,* nuestro hermano pequeño, es enigmático e inquieto. Un adicto a la heroína convertido en un asesino a sueldo que tiene remordimientos en cada escena. En la vida real, Malcolm no podría ser más diferente—. ¿Qué has hecho? —me acusa.

—¿Por qué asumes que es culpa mía?

—Porque un hombre así no se equivoca.

—Eso no es cierto —argumenta Trevor—. ¿Cómo dice esa frase? Errar es humano.

—¡Él no es humano! —responde Malcolm, antes de subirse al lujoso banco semicircular de nuestro reservado. Procede a imitar a Tom Cruise cuando lo entrevistó Oprah y salta como un loco—. ¡Es un hermoso dios enviado desde el cielo para deslumbrarnos a los mortales con su belleza masculina!

A ver, no puedo discutir eso. Dean es bastante deslumbrante.

—¿Qué ha pasado? —Seraphina se levanta de su sitio, alejándose de las piernas saltarinas de Malcolm para sentarse a mi lado.

—Intentó preparar una gran propuesta de matrimonio romántica y no le dejé llevarla a cabo —confieso.

Luego me trago un gemido, porque decirlo en voz alta suena ridículo. Sus expresiones confirman mi sospecha. Ignoro la de Malcolm, porque pondría la misma cara de horror si rechazara la oferta de Dean de comprarme un sándwich del Subway. Pero Trevor y Seraphina me miran como si me hubiera vuelto loca.

—¿No estás locamente enamorada de él? —pregunta Trevor sin comprender.

—Sí.

—Entonces, ¿por qué no dejaste que se declarara? —pregunta Sera.

Después de no haber podido explicárselo a Dean, intento explicar mejor mis sentimientos a mis compañeros.

—Siempre he sido una persona que planifica —les digo—. Y, desde luego, soy una chica de relaciones estables. Pero veo las relaciones como... no sé, imaginaos una escalera. La relación es una escalera y los peldaños son todas las etapas. —Mi tono se vuelve un poco gruñón—. Primero viene el amor. Luego viene el compromiso. Luego el matrimonio, y después el estúpido bebé en el estúpido cochecito.

Trevor se echa a reír.

—Tu opinión sobre los niños es alentadora.

—Lo siento. Estoy de mal humor porque Dean no me habla. Pero ya sabes lo que quiero decir.

La sonrisa de Sera es amable.

—Bueno, claro. Pero esa es la cuestión. Sí, esas son las etapas naturales en la mayoría de las relaciones...

—En la mía, no. Yo soy poliamoroso —interviene Trevor—. Nuestras etapas van a lo loco.

Ella lo ignora.

—Pero tú decides lo grande que es la escalera. Cuánto espacio hay entre los peldaños.

—Sería una escalera mal construida si los peldaños no estuvieran espaciados por igual —señalo, frunciendo el ceño—. ¿Cómo vas a subirla?

—Oh, Dios mío, solo es una analogía —dice riendo—. Lo único que digo es que no hay que verlo como si el primer peldaño fuera el compromiso y el segundo, el matrimonio. Tal vez el primer peldaño sea el compromiso, pero luego subes un poco y el matrimonio llega en el quinto peldaño. No es algo definitivo. Y solo porque *tú* tengas este plan para ti misma... —Su mirada se suaviza, mientras que su tono se vuelve firme, pero compasivo a la vez—. No eres la única persona en la escalera, Allie. Está claro que él no ve los peldaños de la misma manera que tú. Estáis en la misma escalera, subiendo al mismo sitio, pero los peldaños de Dean están en posiciones diferentes y él está en un terreno inestable. Tú te sientes segura en la escalera, pero él no. *Necesita* que estéis en el mismo peldaño.

Malcolm, que vuelve a estar sentado, la mira con asombro.

—Vaya. Qué *profundo*.

—Como el océano —asiente Trevor.

Oh, Dios, ¿tiene razón? ¿Se trata de algo más que el hecho de que Dean sea impulsivo, como suele serlo? Supuse que me proponía matrimonio porque es espontáneo y simplemente quería subirse al carro de las bodas. Pero ¿y si Dean necesita un compromiso más fuerte, necesita saber que estamos avanzando juntos?

—¡Chicos!

Eso me saca de mis pensamientos; observo a Elijah acercarse. Es un amigo de Malcolm que se ha apuntado a la fiesta con nosotros esta noche y se ha pasado la mayor parte de la noche presumiendo de que su padre es dueño de una cadena de hoteles de lujo en la costa atlántica. Durante quince minutos después de que nos presentaran, no ha parado de hablarme del Grupo Azure Hotel hasta que Trevor finalmente me ha rescatado.

Por suerte, Elijah es incapaz de quedarse quieto durante mucho tiempo. El tío no para de escabullirse al baño para meterse rayas de cocaína. No es una suposición. Cada vez que sale del reservado, nos guiña un ojo y dice: «Voy a empolvarme la nariz. ¡Literalmente!».

—¿Por qué estáis taaan ssserios? —pregunta Elijah en una mala imitación del Joker—. ¡Estamos en una discoteca!

Trevor lo pone al corriente.

—Estamos aconsejando a Allie sobre su relación.

Elijah se abre paso entre los chicos para plantarse a mi lado. Cuando su muslo enfundado en vaqueros presiona el mío, desnudo, me acerco a Sera de forma exagerada. Lleva toda la noche tirándome los tejos y no parece darse cuenta de que no he dado ni una sola muestra de interés.

—Este es mi consejo: deja a ese perdedor y vente a casa conmigo esta noche. —Me dedica una sonrisa babosa.

—No, pero gracias por la oferta —respondo amablemente.

—Oh, vamos, no seas así. —Su mano se arrastra hasta mi rodilla.

Malcolm me hace un favor al inclinarse y apartarla de un manotazo.

—Elijah —lo regaña—. ¡Compórtate!

—¿Alguna vez lo hago? —pregunta con sorna antes de dedicarme otra sonrisa lasciva, esta vez con la lengua asomando por un lado de la boca.

Y en ese momento me doy cuenta de algo.

¿Y si compartiera una escalera con este tío?

¿Y si, en algún horrible universo alternativo, hay una Allie Hayes que sale con un espeluznante cocainómano que es más probable que quiera vender la escalera para conseguir drogas que subirla juntos?

Y mientras tanto, ¿esta Allie Hayes está deprimida porque su novio no está siguiendo los pasos específicos de su plan?

Si una proposición de matrimonio hace que Dean se sienta más seguro en la escalera de nuestra relación, y si ya sé que me voy a casar con él algún día, entonces, ¿qué coño me pasa?

En mi cabeza se ilumina un pensamiento: soy una jodida idiota.

—Tengo que hablar con Dean. —Suspiro y vuelvo a coger el móvil.

Esta vez, ninguno de mis amigos amenaza con tirarlo al cubo de champán. La leve sonrisa de Sera me indica que sabe que me he dado cuenta de mi error.

Yo: ¿Dónde estás?

Entonces, al pensar que podría no querer responderme, añado dos palabras que estoy segura de que no ignorará.

Yo: Estoy preocupada.
Dean: Todo bien por aquí.

Lo conozco. Por muy enfadado que esté conmigo, Dean nunca permitiría que me preocupara.

Yo: ¿Dónde está «aquí»?
Dean: Newark.
Yo: ¿?

Por un momento, no me contesta, como si estuviera debatiendo si merezco su preciada explicación. Sin embargo, no me molesta. La culpa en mi estómago se revuelve con más fuerza cuanto más me imagino a mi increíble y *sexy* Dean solo en su tambaleante escalera.

Dean: G y Logan han jugado contra los NJ Devils esta noche. Ahora estamos en la habitación de Logan, asaltando el minibar.
Yo: Qué bien. ¿En qué hotel?
Dean: Torre Azure, cerca del Prudential Center.
Yo: ¿Sabes cuándo estarás en casa?
Dean: No llegaré tarde. Tienen un vuelo a primera hora, por la mañana.
Dean: ¿Ya hemos terminado con las 20 preguntas?

Ay. Pero me lo merezco.

Como no quiero empezar ninguna conversación importante por medio de un mensaje, supongo que tengo que esperar hasta verlo en casa más tarde. Está con sus amigos, de todos modos, y…

Ahogo un grito.

—¡Elijah! —medio chillo.

El chico zalamero y que se ha bañado en colonia que está a mi lado parece encantado de que le haga caso.

—¿Qué pasa, preciosa?

—¿Habías dicho que tu familia es dueña del Grupo Azure? ¿Eso incluye la Torre Azure en Newark?

—Por supuesto que sí.

Oh, Dios mío. Es serendipia.

Mueve las cejas.

—¿Por qué? ¿Quieres un *tour* privado?

Mi gesto es de repugnancia.

—No, pero… —La emoción me hace cosquillas en la columna vertebral—. Necesito un favor enorme.

CAPÍTULO 11

DEAN

—No creo que vuelva. —Sonriendo, señalo con la cabeza la puerta cerrada que lleva a la habitación contigua. Habíamos empezado hace una hora en la habitación de Logan, pero hemos acabado en la de Garrett después de vaciarle el minibar. O, mejor dicho, después de que yo le vaciara el minibar. Aunque en mi defensa, solo había dos cervezas y dos botellines de *whisky*. Patético. ¿Es así como tratan a los jugadores profesionales de *hockey* en el Torre Azure hoy en día?

Luego nos hemos dado cuenta de que simplemente se habían olvidado de reponer el minibar de Logan, porque cuando hemos ido a la puerta de al lado, el de Garrett estaba repleto de botellitas de alcohol. Me preparo un ron cola mientras esperamos a Logan. Ha dicho que se iba a dar una ducha rápida antes de unirse a nosotros para tomar una última copa, pero ya han pasado como veinte minutos.

—Apuesto a que está teniendo sexo telefónico con Grace —adivina Garrett—. O enviándole fotos de su polla. ¿Sabes que cada vez que volamos, se cuela en el baño del avión y se hace fotos de las pelotas para enviárselas?

Resoplo.

—Ja, como si tú no hicieras lo mismo con Wellsy.

—Bueno, obviamente. No voy a privar a mi chica de todo esto... —Hace un gesto señalando su cuerpo, y luego posa con su camiseta de los Bruins y sus pantalones de pijama a cuadros.

Lo que más me gusta de mis amigos es que ninguno de nosotros carece de autoestima.

—En cualquier caso, ¿por qué tenéis habitaciones contiguas? —Miro hacia la puerta de Logan—. Todo el mundo sabe que os chupáis las pollas. Aceptadlo de una vez y compartid habitación.

—Qué gracioso.

—Gracias.

—Logan necesita que lo proteja —explica G—. Tiene miedo de que una fan se vuelva a colar en su habitación.

—Perdona, ¿qué?

—Le pasó hace un tiempo en San José —se ríe Garrett—. El imbécil gruñón se arrastró por todo el pasillo hasta mi habitación y me despertó. Ahora me exige que esté siempre en la puerta de al lado, para no tener que irse muy lejos si necesita dormir conmigo.

—Guau. Menuda diva.

—¿A que sí?

Mientras me apoyo en el escritorio y doy un sorbo a mi bebida, la expresión de Garrett se vuelve seria.

—Entonces, ¿qué vas a hacer? De verdad. Porque sigues dándole vueltas al asunto.

Cuando he llegado al hotel, no he perdido tiempo en contar a mis amigos lo que pasó con Allie la otra noche. Toda la sórdida historia del brutal rechazo de la novia que supuestamente me quiere. Pero ahí ha quedado la cosa.

Garrett agita los cubitos de hielo en su vaso de *whisky* antes de llevárselo a los labios.

—Entonces, para recapitular, ella te dijo varias veces que no estaba lista para un compromiso.

—Sí —respondo con cautela.

—Y tú asimilaste esa información y dijiste: «Entonces, supongo que debería declararme».

Lo fulmino con la mirada.

—Oh, que te jodan. No fue así.

—Estoy tratando de entender cómo «no fue», porque parece que ella te dijo que no estaba lista y, en respuesta, compraste un anillo, preparaste una cena elegante y le tendiste una emboscada.

—No puedo creer que estés de parte de Allie en esto.

—No lo estoy. Estoy de parte de la lógica. ¿Sabes qué, tío? Tuvimos suerte. Podríamos haber acabado con chicas que dicen una cosa y quieren decir otra. De las que sueltan grandes suspiros y luego, cuando les preguntas qué les pasa, dicen: «Nadaaaa»... —imita una voz aguda—. Pero no lo hicimos. He descubierto que, por lo general, cuando nuestras novias dicen algo, son sinceras.

—Es verdad, y Allie siempre ha dicho que nos ve casados algún día —murmuro.

—Sí. Algún día.

—Entonces, ¿qué importa si estamos comprometidos ahora, pero nos casamos en diez años?

—Exacto —dice, con la cabeza inclinada en señal de desafío—, ¿qué importa? ¿Por qué necesitas tanto ese anillo en su dedo?

Eso me da que pensar. Supongo que tiene razón. No necesitamos estar comprometidos. Ya vivimos juntos. Sabemos que lo nuestro es para siempre.

Es solo un anillo, ¿no?

Mi mano agarra el vaso con más fuerza. No. No lo es.

Es un *símbolo*.

Un símbolo de nuestro compromiso. Sí, vivimos juntos y lo nuestro es para siempre, y sí, sé que los compromisos de matrimonio se rompen continuamente, pero... Joder, ya ni siquiera lo sé. Y la ironía de toda esta situación no se me escapa. El tío que se acostaba con montones de tías en la universidad, el autoproclamado mujeriego cuyo apodo era «Dean, la máquina del sexo», necesita un compromiso o, de lo contrario, su frágil corazón no se sentirá seguro.

—Tal y como yo lo veo, estáis en un punto muerto. No puedes obligarla a comprometerse.

—No —concedo.

—Entonces, ¿qué vas a hacer? ¿Romper con ella?

Lo fulmino con la mirada.

—¿Qué? —se defiende—. Es una buena pregunta.

—No voy a romper con ella. —Agotado, me trago casi la mitad de mi bebida antes de dejarla sobre el escritorio—. Supongo que mi única opción es aceptar que me quiere, pero que no está preparada. Y seguir viviendo nuestras vidas hasta que eso cambie.

—Joder. Eso es muy maduro por tu parte.

Sonrío.

—Tengo mis momentos.

En la mesita de noche, suena el teléfono de Garrett. Se inclina hacia él para mirar la pantalla.

—Es Wellsy. Un segundo. Deja que le envíe un mensaje…

—¡QUÉ COÑO!

Ambos damos un respingo cuando un grito masculino resuena más allá de la puerta de Logan. Le sigue rápidamente un chillido femenino.

Un chillido muy familiar.

Frunciendo el ceño, avanzo hasta la puerta y la golpeo fuertemente con los nudillos.

—Logan, ¿esa es mi novia? —pregunto.

—¿Dean? —Es la inconfundible voz de Allie.

—¿Allie-Gátor? —contesto—. ¿Estás ahí dentro?

—Sí, estoy aquí con Logan. —Hace una pausa—. Y su pene.

Garrett levanta la cabeza de su teléfono. Su rostro se ilumina de puro deleite.

—Oh, Dios. Ya ni siquiera me importa que Jersey nos haya dado una paliza. Esta noche se ha convertido oficialmente en la mejor de todas.

Salta de la cama y corre a mi lado. Uno de los pasatiempos favoritos de G es —citando al propio imbécil— «servir de espectador a nuestra estupidez».

Vuelvo a llamar a la puerta.

—Abre esto.

Cuando oigo un clic, abro la puerta de golpe e irrumpo en la habitación de Logan, donde lo encuentro frente a Allie y a Logan. Mi chica está de pie a un lado de la cama de matrimonio, con el vestido de lentejuelas que se había puesto para ir a la discoteca. Pero solo lleva un tacón de aguja. Miro a mi alrededor y veo el otro tacón en la alfombra, cerca de la pared del fondo, junto al baño.

Al otro lado de la cama está Logan. Completamente desnudo.

Arqueo una ceja.

—Bonita polla —le digo.

Suspira.

—¿Hay alguna razón por la que se la estés enseñando a mi novia?

—No le he enseñado nada. —Sus pectorales desnudos se flexionan mientras levanta ambas manos para pasárselas por el pelo húmedo. Las gotas de agua resbalan por su cuello—. He salido de la ducha y estaba justo ahí, sentada en mi cama. Pensaba que era otra fan ansiosa.

—¿Y entonces has decidido dejar caer tu toalla? —pregunta Allie.

—Estaba quitándomela cuando he salido del baño. No hagas como si me hubiera desnudado para ti —se burla—. Ya quisieras.

Garrett se ríe. En un gesto de ayuda, recoge la toalla y se la lanza a Logan, que se apresura a cubrir su bonito paquete.

Mi atención vuelve a centrarse en mi novia.

—¿Por qué estás en la habitación de Logan?

—¿Por qué no estás *tú* en la habitación de Logan? —responde ella—. ¡Tu mensaje decía que estabas en su habitación!

—Su minibar estaba vacío, así que nos hemos ido a la de G. ¿No has pensado que era raro cuando has entrado y no había nadie?

—He visto tu chaqueta en la silla y he oído a alguien en el baño. Pensaba que eras tú. —Se cruza de brazos a la defensiva—. Desde luego, no esperaba que tu amigo saliera con su estúpido pene.

—Mi pene no es estúpido —protesta Logan—. ¿Cómo has entrado aquí? —Su mirada exasperada viaja hacia Garrett—. ¿Cómo siguen entrando aquí?

Garrett se parte de risa.

—Mi coprotagonista, Malcolm, ha invitado a un amigo a la discoteca esta noche —nos dice Allie—. Y resulta que el padre del tío es el dueño de todos los hoteles Azure. Ni se os ocurra delatarlo, pero le ha pedido a uno de los botones que me diera una copia de la tarjeta de Logan. —Exhibe una amplia sonrisa—. Nos hemos encontrado en la entrada de servicio detrás de la cocina, y me la ha entregado con todo el sigilo del mundo. Ha sido como un trapicheo de drogas.

Reprimo una carcajada. Solo Allie disfrutaría de un pseudotrato de drogas con un completo desconocido. Probablemente haya memorizado todo el encuentro por si lo necesita para prepararse un papel algún día.

—Impresionante —dice Logan con la voz cargada de sarcasmo—. Al parecer, cualquiera puede pedir las llaves de mi habitación y nadie se inmuta. ¿Quién coño ha decidido que ya no puedo sentirme seguro en los hoteles?

—Oh, me das una pena que te cagas —se burla Garrett—. Me pasa cada mes.

Le sonrío a G.

—Cómo te gusta fardar.

—Por muy divertida que sea esta pequeña reunión —interrumpe Allie, con los ojos azules centrados en mí—, ¿podemos hablar? ¿A solas?

—Podéis usar mi habitación —ofrece G.

Le dedico una mirada de agradecimiento.

—Gracias.

—Espera, déjame coger el zapato —dice Allie, cojeando por la habitación sobre un tacón de aguja.

Entrecierro los ojos.

—¿Por qué está ahí?

—Porque me lo ha tirado a la cabeza —gruñe Logan.

Garrett se parte de risa.

—Una noche increíble —dice feliz.

Un momento después, Allie ya tiene su otro zapato, yo cojo mi chaqueta de la silla y desaparecemos en la otra habitación. Cierro la puerta de una patada detrás de nosotros y me detengo frente a ella mientras se sienta tímidamente en el borde de la cama.

Tras un rato de silencio, dice:

—Lo siento.

—¿Has venido hasta Jersey para decirme eso? —pregunto con ironía.

—No, no solo eso.

—¿Qué más?

—Lo siento *de verdad*.

Disimulo una sonrisa. Es jodidamente guapa. Sus ojos brillantes. Su cuerpo de escándalo en ese vestido corto. Sinceramente, es mi persona favorita en todo el mundo.

—Hay más —añade, juntando sus delicadas manos sobre las rodillas. Toma aire—. He tenido un viaje de cuarenta minutos en taxi para planear lo que iba a decirte, pero todos mis discursos sonaban trillados y forzados. He hecho un par en voz alta para mi conductor y me ha dicho que lo estaba pensando demasiado.

Frunzo el ceño.

—¿Pensar demasiado el qué? ¿Tu disculpa?

—No. —Exhala a toda prisa—. Mi propuesta de matrimonio.

Esta vez no hay forma de detener la sonrisa, que se extiende por mi cara.

—Tu propuesta de matrimonio —repito.

Allie asiente.

—He estado hablando con Seraphina, y me ha ayudado a entender algo importante. Durante toda mi vida lo he planeado todo. Me gusta hacer las cosas por pasos. Me mantiene centrada y, no sé, supongo que me ayuda a no agobiarme cada vez que me enfrento a algún cambio importante. —Niega con la cabeza, más para sí misma que para mí—. Pero no estoy sola en esta relación. Tú también estás aquí, y mis pasos no siempre van a coincidir con los tuyos. No siempre podemos hacerlo todo a mi manera.

Me acerco y me siento a su lado.

—No, he sido un idiota antes cuando he dicho que todo giraba en torno a ti. Tenías razón. Nuestra relación siempre ha consistido en ponernos de acuerdo.

—Sí, pero a veces no debería ser así. A veces uno de nosotros necesita dar el cien por cien al otro. —Coge mi mano y entrelaza sus dedos con los míos—. Te quiero, Dean. Soy cien por cien tuya. Y hasta que celebremos esa boda, y sé que Summer y tu madre la convertirán en un gigantesco y extravagante espectáculo, cada vez que conozcamos a alguien nuevo, quiero presentarte y poder decir: este es el hombre con el que me voy a casar.

El corazón se me acelera.

—Quiero casarme contigo algún día. Y hasta ese día, quiero estar comprometida contigo. —Su garganta sube y baja mientras traga nerviosamente—. Así que, dicho esto: Dean Sebastian Kendrick Heyward-Di Laurentis, ¿quieres ser mi prometido?

Tengo que morderme el interior de la mejilla para contener la oleada de emociones que me oprime la garganta. Trago un par de veces; luego llevo mi mano libre a su boca y froto la yema del pulgar sobre su labio inferior.

—Por supuesto que sí. —Mi voz es tan ronca que me aclaro la garganta antes de continuar—. Si tú quieres.

—Siempre —dice Allie, inclinándose hacia mi mano—. *Siempre* te querré.

Me echa los brazos al cuello y entierro mi cara en su pelo, respirando su aroma a fresas y rosas. Cuando levanto la cabeza, sus labios encuentran los míos en un beso que pasa de dulce a obsceno en dos segundos. La sensación de su lengua deslizándose sobre la mía me hace sentir un calor intenso en la ingle.

Sin aliento, me retiro y digo:

—Joder. Ojalá llevara el anillo encima. Pero está en casa.

La curiosidad inunda sus ojos.

—¿Es grande? —pregunta.

—Enorme.

—¿Cómo de enorme?

—Gigantesco. Incluso tu padre quedó impresionado.

—¿Le has enseñado la polla a su *padre*?

Allie y yo nos sobresaltamos cuando Garrett entra a trompicones en la habitación, con Logan, en chándal, detrás de él.

—¿Qué coño? —les digo bruscamente—. ¿Estabais escuchando a escondidas?

—¡Estáis en mi habitación! —se defiende Garrett.

—Y yo soy un cotilla —dice Logan. Me lanza una sonrisa de satisfacción—. Buena decisión la de sacar el tema de la polla al final. Te lo dije, toda propuesta de matrimonio necesita una pizca de sensualidad.

—No estábamos hablando de mi polla —gruño—. ¡Estábamos hablando del anillo!

—Oh. —Parpadea. Luego mira a Allie—. Esa cosa es enorme. Te romperá el dedo.

Allie vuelve la mirada de nuevo hacia mí, sonriendo radiante.

—Me conoces demasiado bien.

***

A la mañana siguiente, me despierto con Allie acurrucada a mi lado en nuestra cama, con un brazo delgado sobre mi pecho desnudo y sus dedos enroscados en mi cadera. Cuando miro hacia abajo, casi me ciega el diamante de su dedo. Lo juro, en cuanto vio ese pedrusco cuando lo saqué anoche, se puso tan cachonda que me desnudó en un santiamén y se metió mi polla en la boca.

Ahora paso suavemente las yemas de los dedos por la curva de su espalda desnuda y sonrío al techo. Estamos comprometidos, nena. Otros hombres se asustarían un poco, pero yo estoy emocionado. Este anillo cegador en el dedo de Allie es como una valla publicitaria que anuncia a todos los que conocemos y a todos los que conoceremos que esta mujer es mía. Es la dueña de mi corazón.

La mesita de noche vibra. Todavía no estoy preparado para mirar el teléfono, porque preveo un aluvión de mensajes y llamadas perdidas. Anoche era demasiado tarde para hacer llamadas cuando llegamos a casa desde Jersey, pero enviamos un mensaje al padre de Allie y a toda mi familia para compartir la noticia. Luego ignoramos cinco intentos de FaceTime de mi hermana y mi madre, y en su lugar nos pusimos a follar como locos. Justo antes de quedarnos dormidos, recibimos un mensaje de Joe Hayes: un simple pulgar hacia arriba. Me encanta ese hombre.

Pero cuando mi teléfono vibra de nuevo, me doy cuenta de que no es una llamada normal. Está emitiendo ese zumbido que hace cuando llama el conserje.

Lo cojo rápidamente.

—¿Hola? —digo con somnolencia.

—Siento molestarlo, señor Di Laurentis, pero hay una mensajera aquí abajo con un paquete para la señorita Hayes. ¿Puedo dejarla subir?

Como la seguridad de nuestro edificio es más estricta que la de Fort Knox, sé que se trata de algo importante, así que digo:

—Sí, no hay problema. Gracias.

Cuelgo e intento zafarme del agarre posesivo de Allie.

—Nena, tienes que mover el brazo —le digo, deslizando la mano hacia abajo para pellizcarle ligeramente la cadera.

Murmura algo ininteligible.

—Tengo que abrir la puerta. Hay un paquete para ti.

Somnolienta, Allie se da la vuelta, mostrándome su culo desnudo. Uf. Necesito toda mi fuerza de voluntad para no frotar mi polla, que de repente se endurece, sobre ese dulce pliegue. Sofocando un gemido, me obligo a salir de la cama y cojo los calzoncillos del suelo. Me los subo por las caderas y me dirijo a la puerta principal mientras me rasco el pecho, bostezando.

—¿Entrega para Allie Hayes? —me dice una chica bajita con el pelo rosa y un aro en la nariz cuando abro la puerta.

—Es mi prometida. —Definitivamente, nunca me cansaré de oír eso—. ¿Necesitas una firma?

—No. Es todo tuyo.

Lo siguiente que sé es que me pone una caja de tamaño mediano en las manos y se dirige a los ascensores. Miro la etiqueta y enarco una ceja cuando descubro que el remitente es Grace Ivers. Está claro que Logan no ha perdido el tiempo en darle la gran noticia del compromiso a su novia.

—¿De quién es? —Allie está sentada cuando entro en el dormitorio y con el pelo revuelto. Se frota los ojos para despertarse.

—De Grace y Logan —le digo.

—Qué rapidez.

—¿Verdad?

Dejo la caja sobre el colchón, despego una esquina de la cinta de embalaje y rasgo toda la tira.

—Me muero de ganas de enseñar esto en la fiesta de fin de rodaje de esta noche —dice Allie, admirando su anillo mientras abro la caja.

Encuentro un papel doblado debajo de las solapas de cartón. El mensaje del interior es breve y directo.

¡Felicidades por el compromiso!
¡Los tres estamos muy felices por vosotros!

—¿Los tres? —Allie está leyendo la nota por encima de mi hombro y mete sus ansiosas manos en la caja.

Una sensación de malestar me sube por la garganta. Tengo la horrible sospecha de que sé exactamente lo que...

—¡No! —gime cuando el muñeco de porcelana aparece—. ¡Dios mío, Dean, está en nuestra cama! ¡Ahora tenemos que quemar las sábanas!

Fulmino con la mirada las mejillas rojas y los ojos vacíos de Alexander.

—Hijo de puta —gruño—. ¿Te das cuenta de que Logan habrá tenido que pedirle a Grace que haga un envío nocturno? Es una traición literal.

—Es otro nivel de traición.

Los dos miramos fijamente al muñeco, pero ninguno de los dos quiere cogerlo y moverlo. Sé que fui yo quien abrió esta grotesca caja de Pandora cuando compré a Alexander para Jamie, pero ¿cuántas veces tengo que disculparme? ¿Por qué estos sociópatas siguen devolviéndolo?

Aprieto los dientes.

—No puedo creer que Logan nos haga esto. ¿Y después de que lo felicitáramos por su polla?

Mi prometida suspira.

—¿Lo felicitáramos?

—Oh, como si tú no estuvieras impresionada también —respondo, acusador.

—Vale, sí —cede Allie. Se encoge de hombros—. La señora Logan es una mujer afortunada.

Asiento con la cabeza.

—Muy afortunada… —Me detengo de repente—. Espera. ¿Qué?

PARTE 3

LA LUNA DE MIEL

CAPÍTULO I

TUCKER

EL DÍA ANTERIOR

Nada le enseña tanta humildad a un hombre como la paternidad. Solía caminar por los senderos empedrados de la Universidad de Briar con mi chaqueta de *hockey* mientras las chicas soñadoras se me echaban encima. Ahora, camino por nuestro suburbio de Boston a principios de junio con una personita vestida con deslumbrantes volantes rosas que me lleva de la mano. Pero podría ser peor, podría ser el padre del dinosaurio. Por esta zona infantil, los personajes disfrazados que habitan en nuestros hijos como poseedores de demonios libran batallas míticas y crean complejas sociedades en su lenguaje secreto, que me desconcierta y alarma a la vez.

Los otros padres y yo estamos amontonados en nuestro rincón habitual, viendo jugar a los niños. La mayoría de los hombres tiene más de treinta años, lo que me convierte en el padre más joven del grupo. Cuando se enteraron de que había tenido a Jamie a los veintidós, la mitad se impresionó y la otra mitad me preguntó qué tenía en contra de los preservativos. Lo entiendo. Criar a un niño es agotador.

—Christopher lleva seis semanas en su fase de dinosaurio —dice Danny, el padre del dinosaurio, cuando alguien le pregunta por fin por el atuendo del niño, digno de una obra de teatro—. Primero dejó de usar cubiertos. Ahora come con la boca directamente del plato porque «los dinosaurios no usan manos» —puntualiza con comillas en el aire y exasperación—. Su madre tiene toda la paciencia del mundo, pero yo pongo el límite en servir a mi hijo de tres años carne cruda en el suelo.

Los demás estallamos en carcajadas.

Teniendo en cuenta la alternativa, la fase de princesa de Jamie es coser y cantar.

Volver a pegar la pedrería cada noche después de que se haya pasado todo el día sembrando el caos con ese traje no es el peor trabajo que podría tener como padre.

Cuando Jamie se acerca un par de horas más tarde, con los ojos cansados y el pelo castaño ondulado escapándole de la coleta, me doy cuenta de que le faltan algunos accesorios.

—¿Qué ha pasado con tu diadema y tus joyas, pequeña? —La cojo en brazos porque es probable que se duerma sobre sus diminutos pies—. ¿Las has perdido en el túnel de cuerda?

—Las he regalado —responde, apoyando la mejilla en mi hombro.

—¿Y por qué has hecho eso?

—Porque Lilli y Maria también querían ser princesas, pero no tenían cosas de princesa, así que les he dado las mías.

—Oh, tío —le dice Danny a Mark—. ¿Cómo es que a él le toca la dulce princesa y a mí el niño que intenta comerse al perro?

—¿Seguro que no te importa separarte de tus cosas? —le pregunto a Jamie.

—¡No! Debería haber más princesas. —Entonces se acurruca contra mí y casi me derrito. Es una niña muy dulce. Odio tener que despedirme de ella mañana. La voy a echar muchísimo de menos, pero esta luna de miel ya se ha demorado demasiado. Ha pasado un mes desde la boda. Un maldito mes. Pero ahora que Sabrina se ha graduado oficialmente de la facultad de Derecho, por fin me la puedo llevar para pasar un tiempo a solas, como adultos.

Mi plan es pasar los próximos diez días haciendo que mi esposa se corra de todas las formas posibles.

—Nos vemos en un par de semanas, amigos —les digo a los otros padres, antes de recoger la bolsa de lentejuelas rosas de Jamie y cargar con mi adormilada hija fuera del edificio.

Cuando llegamos a casa, quince minutos después, el coche de mi madre está aparcado delante del bar. No importa cuántas veces vea ese letrero, *Tucker's Bar*; todavía me invade una sensación surrealista. Abrí este local justo después de que naciera Jamie, y en casi tres años ya había obtenido beneficios y abierto un segundo local cerca de Fenway. Lo que aún no he hecho es mudarme con mi pequeña familia del apartamento de arriba. A ver, no hay nada malo en vivir encima de un bar, y nuestro *loft* tiene espacio de sobra para los tres. Pero quiero que Jamie tenga un patio. Quiero que Sabrina tenga un despacho como Dios manda. Quizá quiero uno para mí también.

Ahora que Sabrina ha terminado las clases, podría ser el momento de buscar una casa. Me lo apunto mentalmente mientras subo a Jamie por la estrecha escalera que hay en el lateral del edificio de ladrillo. Oigo a mamá y a Sabrina en la cocina cuando entramos por la puerta principal.

—Ya hemos vuelto —anuncio. Dejo a Jamie en el suelo y ella se mueve aturdida hacia el sonido de la voz de su madre.

—Suele despertarse entre las siete y las ocho —le cuenta Sabrina a mi madre, de pie junto a la isla de la cocina—. Te dirá lo que quiere desayunar. Tiene cereales y avena en la despensa, y algunos yogures en la nevera. He dejado fruta ya cortada para los próximos días, o puedes cortar un poco de plátano y ponerlo por encima. Te dirá que quiere una tostada o una magdalena, y puede comerlas, pero solo les dará un par de mordiscos y luego pedirá el yogur, así que es mejor que lo tengas preparado.

Sabrina apenas se da cuenta de que estoy ahí. En modo automático, levanta a Jamie y la sienta en una silla para prepararle la merienda antes de su siesta de la tarde.

—Todo irá bien —le asegura mamá con solo un rastro de irritación. Sabrina puede ponerse muy nerviosa con estas cosas.

Cuanto más se acerca nuestro viaje, más intensa se vuelve Sabrina en la planificación de la rutina de Jamie. Nuestra casa está plagada de notas adhesivas para recordarle a mamá dónde están las cosas, cuándo es la hora de dormir de Jamie y demás. Es demasiado. Afortunadamente, mi madre se lo está tomando con calma.

—Esta no es nuestra primera vez, ¿verdad, peque? —Mi madre acaricia el pelo rojo oscuro de Jamie y mira con adoración a su nieta. Quiere a esta niña tanto como nosotros. Puede que incluso más. Quiero decir, joder, se trasladó de Texas a Boston para estar cerca de nosotros, y eso que odia el invierno. Lo *aborrece.*

—¿Dónde están todas sus cosas? —me pregunta Sabrina después de notar que los accesorios de Jamie no están.

—Quería compartirlas con sus amigas. Mamá puede llevarla a comprar más.

Su ceño fruncido me dice que no está satisfecha con esa respuesta, pero la niña se está quedando dormida encima de su plato de frutas y verduras, así que Sabrina la coge en brazos y las sigo por el pasillo hasta la habitación de Jamie.

—Creo que Gail no ha escuchado ni una palabra de lo que he dicho en toda la mañana —susurra Sabrina, arropando a Jamie en la cama.

Reprimo una sonrisa.

—Estarán bien, cariño. Siempre se divierten juntas.

—Sí, una noche. Pero diez días es mucho tiempo. Ha sido una mala idea. —Sabrina se muerde el labio inferior—. No sé en qué estaba pensando.

Yo sí sé lo que *yo* estaba pensando. En que llevamos un mes casados y no he podido follar como Dios manda con mi mujer porque ciertas orejitas oyen todo lo que pasa en este apartamento. Y Sabrina no me deja cerrar la puerta de nuestro dormitorio porque tiene pesadillas en las que Jamie intenta entrar corriendo para avisar de que la casa está en llamas y no puede hacerlo. Como si fuera un *golden retriever.* Sin embargo, he hecho bien en no expresar mis frustraciones, porque sé lo difíciles que han sido para Sabrina los meses previos a la graduación, especialmente cuando ha tenido que compaginar la facultad con la maternidad.

Trabaja tan duro para ser una supermujer que me siento mal si la molesto con mis estupideces.

—Ven aquí. —Fuera de la habitación de Jamie, la atraigo hacia mis brazos y le aparto el pelo oscuro de la cara.

Me quedo allí, momentáneamente hipnotizado por sus ojos oscuros.

—¿Qué? —pregunta ella, sonriéndome.

Me paso la lengua por los labios, repentinamente secos.

—Eres preciosa, ¿lo sabías? Últimamente apenas tenemos cinco minutos para nosotros. Creo que a veces olvido lo preciosa que eres.

Sabrina pone los ojos en blanco.

—Cállate.

—En serio. Jodidamente preciosa. Y esto no es una mala idea. Necesitas este viaje, cariño. Prácticamente no has tenido un día libre en años. Y yo tampoco. —Me encojo de hombros—. Lo necesitamos.

—¿Lo necesitamos? —Todavía está estresada.

—Por supuesto que sí. Sol, arena y dormir todo lo que queramos —le recuerdo.

Al decirlo en voz alta, suena como el cielo. Diez días en St. Barth, en la casa de vacaciones de la familia de Dean. Los billetes de avión fueron el regalo de bodas de mamá. Va a ser el cóctel perfecto para descansar, relajarse y, en general, follar con Sabrina sin parar, porque tener a un humano diminuto correteando siempre por aquí ha sido un *cortarrollos* constante. Adoro a nuestra niña, pero mamá y papá necesitan hacerse cochinadas el uno al otro.

—Confía en mí —le aseguro—. Será mágico.

Ella arquea una ceja.

—No sé. Ha pasado mucho tiempo. Quizá no quieras prometer demasiado.

—Ja. En todo caso, estoy prometiendo poco. —La tomo por la cintura y me inclino para besarla.

Sabrina me devuelve el beso; luego se aparta y toma aire. Cierra los ojos. Exhala.

—Tienes razón. Nos merecemos una escapada. Nos vendrá bien.

Se ha convertido en un mantra. Se convence a sí misma de que debe tomarse un descanso, de que su mundo no se derrumbará si lo hace. Mientras planeaba este viaje, pasaba de la emoción al miedo al menos seis veces al día. Si consigo que salga por la puerta principal, lo consideraré una victoria.

CAPÍTULO 2

SABRINA

DÍA 1

Tucker ha empezado a ofrecerme vino en el bar del aeropuerto. En el avión, cada vez que pasa una azafata, me pide otra copa de champán y me la pone en la mano. No es que me queje. Reconozco que dejar a Jamie en casa ha sido más difícil de lo que imaginaba, pero Tucker tiene razón: está en buenas manos con Gail. Y si algo va mal, estamos a un corto vuelo de casa. Sobreviviremos.

—Te vi mirando sus zapatos, Harold.

—Te juro por Dios, Marcia, que nunca me he fijado en los zapatos de una mujer.

—No seas condescendiente conmigo. Sé lo que te gusta, pervertido.

Sin embargo, la pareja de mediana edad que está delante de nosotros en primera clase podría no sobrevivir al vuelo.

—Estoy con Marcia —me susurra Tucker al oído—. Está metido en algún asunto turbio de pies.

—De eso, nada. Es su fetiche, no el de él. A ella le gusta iniciar peleas en público para mantener viva la chispa.

Han estado así desde que se han sentado. Han discutido sobre los paquetes de azúcar y el sistema de ocio a bordo. Marcia ha regañado a Harold por pedir un *gin-tonic*. Harold ha emitido ruidosas y vivaces arcadas ante el abrumador perfume de Marcia, que él jura que ella compró solo para agravar su alergia y matarlo.

Me alegro de que Tuck y yo no nos peleemos así. Joder, no nos peleamos en absoluto, aunque mis amigas tienen opiniones diferentes al respecto. Carin cree que es algo bueno, que significa que nuestra relación está por encima de las demás. Sin embargo, Hope insiste en que no es normal que las parejas no se peleen. Pero, realmente, ¿qué puedo hacer al respecto? Tucker es el hombre más tranquilo del planeta. Puedo contar con los dedos de una mano el número de veces que le he visto perder los estribos.

—Un culo grande y redondo —dice Harold con orgullo. Una azafata levanta la cabeza con brusquedad del café que está preparando en la cocina para mirarlo, alarmada—. Eso es lo que me gusta, y lo sabes. Si miro a otra mujer, no será por sus zapatos, Marcia.

—¿Estás diciendo que mi trasero no es lo suficientemente grande para ti? ¿Me estás llamando flaca?

—¿Preferirías que te llamara gorda?

Ella gruñe como un gato salvaje.

—¿Crees que estoy gorda?

Tucker se inclina hacia mí de nuevo:

—Mujeres...

Aprieto la cara contra su hombro para sofocar una carcajada. No estoy segura de poder sobrevivir a las cuatro horas que nos quedan con Harold y Marcia. Puede que necesite más champán.

Cuando miro hacia la cocina con la esperanza de captar la atención de la azafata, percibo un olor a humo. Me llega sigilosamente tras la estela del hombre del asiento 3E que está moviéndose con torpeza por el pasillo. Le he visto fumando sin parar en el mostrador de facturación cuando hemos dejado nuestro equipaje, y, o bien el tío se va por la pata abajo, o está fumando un cigarrillo electrónico cada cinco minutos en el baño.

—Si nos hacen dar la vuelta por culpa de ese tío, me cabrearé —le digo a Tucker en un murmullo.

—No te preocupes, creo que la tripulación de vuelo lo tiene fichado. —Señala con la cabeza a un azafato y a una azafata que están en la puerta de la cocina; susurran entre ellos mientras miran fijamente al 3E.

Cuando el azafato se da cuenta de que lo estamos mirando, se acerca y nos dedica una practicada sonrisa servicial.

—¿Más champán para los recién casados?

—Por favor —digo, agradecida.

—Enseguida se lo traigo.

Justo cuando se aleja, el brazo fornido de Harold lo detiene.

—Otro *gin-tonic,* por favor.

—Ni se te ocurra —le advierte Marcia—. Peter y Trixie-Bell nos recogerán cuando aterricemos en St. Maarten.

—¿Y?

—¡No puedes estar borracho la primera vez que conozcas a la prometida de nuestro hijo!

—Es una maldita *stripper,* Marcia. ¡Su nombre es Trixie-Bell! ¡Con un guion! ¿Crees que me preocupa impresionar a la bailarina exótica que nuestro estúpido chaval conoció hace dos semanas en un club de baile caribeño y con quien se le metió en la cabeza que quería casarse?

Ahora es Tucker quien entierra la cara en mi hombro mientras tiembla de risa en silencio. El pobre azafato se queda en el pasillo como un ciervo congelado en la mira de un cazador, sin saber qué hacer.

—¿Señor? —le pregunta.

—Un *gin-tonic* —repite Harold con obstinación.

Pero su apasionado discurso sobre el idiota de su hijo debe de haber afectado a Marcia, porque levanta una mano cargada de bisutería de oro y murmura:

—Que sean dos, por favor.

Mientras se seca las lágrimas de risa, mi marido me mira.

—¿Quieres que veamos una película? —Señala nuestras respectivas pantallas, que muestran el menú de a bordo.

—Claro, pero dame un segundo. Quiero conectarme al Wi-Fi y ver si tu madre ha enviado algún mensaje.

Saco el móvil del bolso que tengo a mis pies y sigo las instrucciones de conexión del navegador. Una vez que el Wi-Fi se activa, mi pantalla se llena de correos electrónicos entrantes.

—Tu bandeja de entrada va a explotar —se burla Tucker.

Me desplazo por las notificaciones, pero no hay nada de Gail.

—Sí. Los de recursos humanos de Billings, Bower y Holt sigue enviando cosas. —Me desplazo más—. Uf. Los de Fischer y Asociados también me han enviado un correo.

—¿Cuándo tienes que darles una respuesta?

—Cuando volvamos.

—¿Por cuál te decantas?

—No lo sé —suspiro.

—¿Podrías dejar de juguetear con la pantalla? —Marcia vuelve a reprender a su marido.

—Es que la película no se carga —se queja Harold—. Quiero ver *Los Vengadores,* joder.

—¡No se cargará si sigues pulsando todos los botones! —resopla—. Mira lo que has hecho. Ahora se ha quedado congelada.

—¿Por qué no te ocupas de tus malditos asuntos y te centras en tu propia pantalla, mujer?

Por suerte, llega nuestro champán. Tomo un sorbo muy necesario mientras reflexiono acerca de mis opciones por enésima vez. Después de graduarme, recibí una oferta de trabajo del segundo bufete de abogados más importante de Boston. Un trabajo de ensueño, una buena forma de empezar. Pensaba aceptarlo sin dudar hasta que recibí una llamada de un pequeño bufete de defensa civil que me ha hecho considerar cómo han cambiado mis prioridades en los últimos años.

—¿Cuál es la diferencia, en la práctica? —pregunta Tucker.

—El gran bufete es lo mío. Defensa penal. Grandes clientes corporativos. Es donde está el dinero —le digo—. Los casos que llevaría serían, sin duda, un reto. Estimulantes.

Asiente lentamente.

—Muy bien. ¿Y Fischer?

—Sobre todo es defensa civil. No es muy emocionante, pero es un antiguo bufete tradicional. Llevan en la ciudad como cien años o algo así. El sueldo es competitivo, lo que probablemente significa que sus clientes son de familias adineradas.

—No son malas opciones.

—Si acepto la primera, estamos hablando de ochenta horas a la semana. Mínimo. Estar de guardia las 24 horas. Y luchar por escalar a la vez que otros cien asociados júnior.

—Sí, pero tú eres combativa —me recuerda Tucker con una sonrisa.

—Si aceptara el segundo, podría estar más tiempo en casa contigo y con Jamie.

Durante toda la carrera, estaba convencida de que no me sentiría satisfecha si no conseguía el trabajo de mis sueños. Luché con uñas y dientes en casos difíciles, luché en las trincheras. Sin embargo, desde la graduación, estar en casa todo el día con Jamie ha cambiado mi actitud. Me preocupa la sostenibilidad del equilibrio entre el trabajo y la familia a largo plazo.

Tucker, como siempre, se ofrece como mi roca. Mi verdadero sistema de apoyo.

—No te preocupes por nosotros —me dice; su voz se vuelve áspera—. Has trabajado toda tu vida para llegar hasta aquí, cariño. No renuncies a tu sueño.

Estudio su expresión.

—¿Seguro que te parece bien que acepte el trabajo con más horas? Sé sincero.

—Me parecerá bien decidas lo que decidas.

No veo más que sinceridad en su cara, pero una nunca puede estar segura con Tucker. No se le da bien decirme si algo le molesta, en las raras ocasiones en que eso ocurre.

Me coge la mano y las yemas de sus dedos callosos me recorren los nudillos.

—Puedo ayudar, hacer más cosas en casa. Jamie estará bien. Decidas lo que decidas, lograremos que funcione.

Viniendo de un hogar roto del sur y habiéndome quedado embarazada en la universidad, podría haber hecho algo mucho peor que acabar con Tucker. Incluso a la mitad de su capacidad, sería un buen tío, pero este hombre grande y hermoso ha decidido ser extraordinario de todos modos.

Estoy deseando pasar diez días en una isla con él para mí sola. A veces echo de menos los primeros días de nuestra relación. Antes de que llegara nuestro pequeño monstruo, y de que yo pasara cada segundo en clase o inclinada sobre un libro de texto. Cuando follábamos en su camioneta, o cuando venía después de que yo saliera del trabajo, me empujaba contra la pared y me subía la falda. Esos momentos en los que no importaba nada más que la abrumadora necesidad de tocarnos. Esa necesidad todavía sigue ahí. Otras cosas se interponen. Una parte de mí no está segura de recordar siquiera cómo ser espontánea.

Entonces Tucker me pasa la mano por la rodilla mientras arrastra los dedos adelante y hacia atrás, y yo contemplo el cartel luminoso del baño.

Debo de haberme quedado dormida en algún momento, porque a mitad de vuelo me despierto sobresaltada por unas breves turbulencias y las ruidosas voces de Marcia y Harold.

—Está embarazada, recuerda lo que te digo.

—¡Harold! Peter dijo que no lo estaba.

—Ese chico es un mentiroso patológico, Marcia.

—Nuestro hijo no mentiría sobre eso.

—Muy bien, entonces: apostemos. Si Trixie-Bell no está preñada, no probaré ni una gota de alcohol en esta farsa de boda.

—¡Ja! ¡No te lo crees ni tú!

—Pero si está embarazada... —reflexiona—. Tiraré todo el frasco de tu horrible perfume al mar.

—¡Pero si costó trescientos dólares!

Me encanta esta apuesta. Mi mente ya está tratando de imaginar cómo podríamos saber el resultado. ¿Hay algún registro de bodas en San Maarten? Tal vez podamos coger un barco privado desde St. Barth y colarnos en la ceremonia de Peter y Trixie-Bell.

Me vuelvo hacia Tucker para preguntarle si tiene alguna idea, pero está ocupado mirando a su alrededor, observando el avión.

—¿Va todo bien? —pregunto, nerviosa.

—¿Hueles eso?

—Oh, sí. Es el fumador compulsivo del asiento 3E.

—No creo que eso sea humo de cigarrillo —dice en voz baja, mirando por la ventana.

Frunce el ceño. Tiene esa mirada que solía poner después de pasar cinco horas seguidas viendo documentales sobre catástrofes de aviación en la televisión a las cuatro de la mañana, entre las tomas de Jamie.

Los dos azafatos van de un lado al otro por el pasillo exhibiendo sus sonrisas profesionales, pero ahora hay una intencionalidad en sus movimientos que se vuelve desconcertante cuando los observo. Casi imperceptiblemente, el avión comienza a descender de forma gradual.

—¿Estamos descendiendo? —le digo con un siseo.

—Creo que sí.

Y el olor a humo es cada vez más fuerte. Veo una ligera neblina en el aire, y no soy la única que lo nota. Un murmullo recorre la cabina de primera clase.

—Harold, cariño, ¿hueles eso? —oigo decir a Marcia; parece asustada.

—Sí, cielo. Lo huelo.

Oh, no. Si el humo es lo suficientemente malo como para que esos dos se digan palabras amables, significa que la cosa va en serio.

Mi estómago se retuerce mientras el avión sigue perdiendo altura.

—Tuck —digo, preocupada. Él vuelve a pegar la cara a la ventanilla y me coge de la mano.

—Veo las luces de la pista —dice, como garantía de que no estamos a punto de estrellarnos en medio del campo o algo así.

—Señoras y señores, les habla el capitán —anuncia una voz monótona por el intercomunicador—. Como estoy seguro de que ya habrán notado, estamos descendiendo. El control de tráfico aéreo nos ha dado permiso para aterrizar en el Aeropuerto Internacional de Jacksonville. Hemos cambiado de ruta y haremos un aterrizaje de emergencia en breve debido a una avería mecánica. Por favor, vuelvan a sus asientos y abróchense los cinturones de seguridad. Tripulación, por favor, preparen la cabina para el aterrizaje.

La megafonía se apaga.

Agarro la mano de Tucker y trato de reprimir mi creciente pánico.

—Esto está pasando de verdad.

—Estamos bien. No es grave. Los pilotos hacen aterrizajes de emergencia continuamente. —No estoy segura de si Tucker pretende animarme a mí o a sí mismo.

La tripulación sigue con sus asuntos con las mismas sonrisas artificiales, recogiendo amablemente la basura y apremiando a los rezagados para que cierren sus bandejas plegables. Estos sociópatas están decididos a mantener la farsa aunque acabemos entre llamas y metal retorcido.

Frente a nosotros, Marcia y Harold se abrazan, olvidando sus peleas anteriores mientras se profesan su amor.

—Te quiero, Harold. Siento haberte llamado pervertido.

—Oh, cariño, nunca más me pidas perdón por nada.

—¿Es demasiado tarde para cambiar el beneficiario de nuestro testamento? ¿Y si escribimos algo en esta servilleta? ¡No quiero que esa Trixie-Bell herede nuestro apartamento de vacaciones en Galveston!

Me vuelvo hacia Tuck, horrorizada.

—Dios mío. No tenemos testamento.

La voz del piloto vuelve a crepitar en el intercomunicador:

—Pasajeros y tripulación, por favor, pónganse en posición de apoyo.

Tucker coloca su mano sobre la mía mientras ambos nos agarramos a los reposabrazos y nos preparamos para el impacto.

CAPÍTULO 3

TUCKER

NOCHE I

No morimos.

El avión aterriza sano y salvo en Jacksonville, entre suspiros de alivio y algunos aplausos y silbidos incómodos. La tripulación se disculpa profusamente en la puerta mientras nos desembarcan y el personal de la puerta nos acompaña a una zona de espera donde nos acorralan y nos sobornan con aperitivos y café gratis. Una mujer de uniforme no se ríe cuando le pido una cerveza.

—¿A quién queremos para Jamie? —dice Sabrina, después de enviar un mensaje a mi madre para ver cómo va todo. Tanto la abuela como la niña están bien.

La esposa, en cambio…

—¿Eh? —La miro confundido.

—Para nuestro testamento. Necesitamos un plan de custodia para Jamie. —Empieza a rebuscar en su bolso—. Creo que tu madre sería la mejor tutora, ¿no?

—Toma, cariño. Come unas galletas. —Cojo tres bolsas de Oreos mini de la cesta que hay frente a nosotros y se las pongo en el regazo—. Todavía sientes la adrenalina. Ya se te pasará.

Sabrina levanta la vista de su bolso y me dedica una mirada asesina.

—¿Estás tratando de callarme con galletas? Casi morimos en un horrible accidente aéreo, y no tenemos nada que establezca lo que le ocurrirá a nuestra hija si ambos fallecemos.

—Yo daba por hecho que se convertiría en una nómada del circo hasta que se pusiera a hacer joyas de turquesa en el desierto.

—Vaya, John, me alegro de que esto te parezca divertido.

Mierda. Me ha llamado John. Ahora sé que va en serio.

—No me parece divertido —le aseguro—. Pero esta conversación quizá sea un poco morbosa, ¿no crees?

—Perdonen. ¿Podrían prestarme atención, por favor? —Una representante de la aerolínea, alta y de aspecto autoritario, vestida con un traje de pantalón, se sitúa en medio de nuestra zona de espera—. El equipo de mantenimiento ha determinado que hubo un pequeño fallo eléctrico en el avión que hizo necesario el aterrizaje anticipado.

—Anticipado. —Sabrina se burla del eufemismo.

—Parece que el sistema de ocio a bordo tuvo un cortocircuito.

Se oye un fuerte jadeo desde el final de nuestra fila, cortesía de Marcia.

—¡Fuiste tú, al pulsar todos esos botones! Congelaste la pantalla —acusa a su marido, señalándolo con una garra pintada de rojo.

El hombre rechoncho la mira fijamente.

—Les aseguro —dice suavemente la representante de la aerolínea— que el fallo se produjo en el propio cableado, y no como resultado de que ningún pasajero tocara la pantalla.

Luego nos comunica que nuestro avión está en tierra y que van a traer uno nuevo para llevarnos a St. Maarten, donde Sabrina y yo cogeremos un ferri a St. Barth.

—¿Cuánto tiempo va a tardar? —pregunta alguien.

La representante no se compromete a dar un plazo, lo que genera quejas y discusiones de los malhumorados pasajeros. Suspirando, empiezo a enviar mensajes para avisar de que no llegaremos según lo previsto. Primero a mi madre y luego a Dean, en cuya casa nos alojamos.

—Dame un bolígrafo —dice Sabrina con un codazo.

—¿Eh?

—Un bolígrafo. Necesito un boli.

Saco uno del equipaje de mano y ella me lo arrebata. Sabrina, que ahora está obsesionada con la idea de nuestras muertes prematuras, aprovecha el retraso para garabatear frenéticamente un testamento en el reverso de la confirmación de vuelo que imprimimos antes de salir de casa. Preferiría con mucho rodearla con un brazo, acercarla y sentarme a escuchar a escondidas a nuestros compañeros de viaje, pero mi esposa está totalmente concentrada en la tarea que tiene entre manos.

—¿Jamie se queda con mamá Tucker? —pregunta—. ¿Y Garrett y Hannah como suplentes?

—Me parece bien.

—Muy bien. Esta parte ha sido fácil. ¿Qué hacemos con nuestras finanzas? ¿Quieres dejar instrucciones para vender los bares, o que alguien más los administre hasta que Jamie sea mayor de edad? ¿Fitz, tal vez? Probablemente le gustaría. —Mordisquea el tapón del bolígrafo—. ¿Quieres dejarle dinero a alguien, o simplemente dárselo todo a Jamie?

—Creo que la pregunta más importante es: ¿en quién confías para borrar nuestro historial de navegación?

—¿Qué? —Sabrina ladea la cabeza hacia mí y se inclina sobre su regazo mientras escribe.

—No podemos dejar que mi madre lo haga, y creo que Jamie podría ser todavía un poco joven para usar los portátiles.

Las fosas nasales de Sabrina se dilatan.

—Te estás riendo de mí.

—No —digo inocentemente—. Solo intento contribuir a nuestros deseos póstumos.

No necesita hablar para decirme que me vaya a la mierda. Me fulmina con sus ojos marrones. Disimulando una sonrisa, abro una bolsa de galletas.

***

Cuando aterrizamos en St. Maarten, Sabrina está cabreada conmigo porque no me he tomado en serio cómo me gustaría que me enterraran o quién se quedaría con mi colección de juegos de la Xbox de la universidad. Durante el viaje en ferri privado a St. Barth, se queda mirando las aguas oscuras como si fantasease con tirarme por la borda. Los dos estamos agotados y sudorosos, y nos estamos arrepintiendo de toda esta experiencia hasta que el barco nos deja en el muelle y caminamos por el sendero de arena que sube por una colina hasta la casa iluminada en ámbar, en contraste con el cielo nocturno.

—¿Es una broma? —Al entrar por la puerta principal, Sabrina deja caer las maletas y da una vuelta completa, mirando el techo alto y las vigas expuestas. Se fija en los suelos de mármol y en la enorme amplitud de la casa—. Este lugar es increíble.

—La familia de Dean es asquerosamente rica. Ya lo sabes.

—Eso creía, pero esto es *obsceno* —dice, adelantándome—. Tienen un muelle privado. Y una playa privada. Y... Oh, Dios mío, ¡hay comida!

La encuentro en la cocina, abriendo una botella de agua de manantial Acqua Panna mientras se mete una pieza de fruta en la boca. En el mostrador de mármol blanco, el personal de limpieza de Dean ha dejado una bandeja con piña, melón y papaya cortados, junto con agua y una botella de Dom Perignon. Ya he tenido suficiente con el champán en el avión, así que dejo la botella a un lado. También hay una hoja de papel mecanografiado encima de una fina carpeta.

Mientras Sabrina muerde un trozo de melón, recojo la hoja y la leo en voz alta.

—«¡Bienvenidos a Villa le Blanc, Sabrina y Tucker! Esta carpeta contiene todo lo que necesitáis saber para vuestra estancia; encontraréis todas las llaves necesarias en el armario que hay sobre la nevera de vinos. Si tenéis alguna pregunta, no dudéis en acudir a nuestra ama de llaves, Isa, o a la administradora de la propiedad, Claudette. ¡Enhorabuena a los recién casados! Con cariño, Lori y Peter».

Dios, los padres de Dean son unos anfitriones fantásticos. La carpeta contiene información muy valiosa: códigos de alarma, un mapa de la extensa propiedad, números de teléfono de un chef privado, restaurantes locales y empresas de turismo, y la información de contacto de Isa, que al parecer trae fruta fresca y periódicos todas las mañanas; instrucciones sobre cómo hacer que traigan la comida a la villa, cómo conducir el barco, los vehículos todoterreno y otros juguetes de playa. Es como un resort a escala. Maldito Dean, menuda vida de lujo ha tenido. Damos un rápido paseo por la primera planta, que tiene vistas a la playa y está rodeada de palmeras en la parte trasera. Sabrina abre las puertas de cristal que dan a la terraza de la piscina para recibir la fresca brisa del océano, con las cortinas blancas ondeando a su alrededor.

—¿Oyes eso? —pregunta con una brillante sonrisa.

Sí. Oigo el océano. Las olas lamiendo la orilla. El chirrido de insectos lejanos. El silencio casi absoluto y reconfortante, que no se ve interrumpido por gritos infantiles ni por dibujos animados.

La horrible experiencia que acabamos de vivir se disuelve en el aire de la noche; toda la rabia y la irritabilidad se disipan cuando terminamos con la ducha al aire libre de la *suite* principal y nos deslizamos, desnudos, entre las lujosas sábanas.

—¿Todavía te arrepientes de haber venido? —le pregunto a Sabrina, acercándome a su cálido cuerpo.

Apoya la cabeza en mi pecho y sus uñas cortas acarician distraídamente los surcos de mis abdominales.

—¿Dejando de lado la catástrofe casi mortal? No, me alegro de que estemos aquí. Este lugar es increíble.

Creo que la ducha con dos cabezales ha sido el punto de inflexión que ha hecho que le parezca que el viaje ha valido la pena.

—Gracias por ser tan comprensivo —dice a modo de disculpa.

—No hay de qué. —Conozco a la mujer con la que me casé. Puede ser intensa, pero eso es, en definitiva, lo que me encanta de ella.

—Tengo muchas ganas de pasar un buen rato juntos. —Las yemas de los dedos de Sabrina suben por mi pecho hacia la cara, trazando suavemente la línea de mi mandíbula.

—Solo tú, yo y este culo. —Se lo agarro y le doy un apretón, ante lo que ella me da un golpecito en las costillas.

—Todos los tíos sois iguales.

—Ja, como si no tuvieras tantas ganas como yo.

Su risa silenciosa me hace cosquillas en el pezón.

—Tienes razón.

Y aunque los dos estamos muy cansados y mentalmente agotados por la horrible experiencia de hoy, eso no es excusa para desperdiciar esta oportunidad. Así que le levanto la barbilla para que me bese y le paso la mano por el pelo.

La verdad es que son las pequeñas cosas lo que echo de menos de ella. Cómo huele su pelo. La suavidad de la piel de su nuca. Pongo su pierna sobre mi cadera mientras me coloco de lado. Es casi como si no la hubiera tocado en meses. Las curvas de su cuerpo me resultan familiares y, sin embargo, la he echado de menos. Se acerca y me acaricia la erección mientras yo presto especial atención a sus pechos y le chupo los pezones perlados hasta que gime incontroladamente, con el puño apretado alrededor de mi dolorida polla.

—Sube aquí y móntate en mi polla —digo con voz ronca, tirando de ella para que se siente a horcajadas sobre mí.

La agarro por las caderas mientras se acomoda encima de mí y se hunde lentamente. Joder, me encanta verla rebotar sobre mi polla. Esta mujer es increíble. Mi esposa. Le acaricio las tetas mientras se balancea hacia delante y hacia atrás, utilizándome para alcanzar el punto que hace que le tiemblen las piernas y que clave los dientes en el labio inferior. Su larga y oscura cabellera cae alrededor de su rostro mientras respira con fuerza y determinación.

—Acércate, nena —susurro—. Déjame ver cómo te corres.

La petición lasciva hace que sus uñas se claven en mi piel, donde sus palmas están plantadas en mi pecho. El escozor envía un rayo de calor a mis pelotas, que llega a todo mi cuerpo. Joder, yo también voy a correrme. Me falta muy poco.

Aprieto las nalgas y me muerdo el labio para evitar el clímax. Todavía no. No hasta que Sabrina pierda el control.

Cuando su ritmo se ralentiza, le rodeo la cintura con el brazo y nos doy la vuelta para enterrarme más en ella. Levanto su rodilla para abrirla más mientras empujo, inclinándome para probar la gota de sudor que se acumula en su clavícula. Arrastro mi lengua por su pecho para chupar un duro pezón mientras Sabrina me araña la espalda.

—Más fuerte —suplica—. Más fuerte.

Me muevo sobre su cuerpo, gimiendo cuando siento que me aprieta y oigo los dulces gemidos de su orgasmo. Mientras agarra la almohada, se retuerce debajo de mí y libera cada gramo de placer que puede exprimir. Me pongo de rodillas, inclino sus caderas hacia arriba y veo cómo su coño se desliza hacia adelante y hacia atrás sobre mi polla hasta que mis músculos se tensan y me corro dentro de ella, jadeando.

—Estás listo para otra ronda, ¿verdad? —se burla Sabrina mientras me derrumbo sobre ella.

—Cariño, podría hacer esto toda la noche.

—Te tomo la palabra. —Tira de mí hacia abajo para besarme. Me aparta el pelo sudado de la frente—. Puede que necesitemos otra ducha —dice con pesar.

Sí, los dos estamos bastante sudorosos, probablemente por la humedad que entra por la puerta abierta del baño, que lleva a la ducha al aire libre. O tal vez por el sexo apasionado y primitivo.

—Venga, vamos a darnos otra ducha bajo las estrellas —digo, sacándola de la cama.

Mucho más tarde, cuando volvemos a la cama y nos estamos quedando dormidos, Sabrina murmura:

—Menuda historia de luna de miel para contar, ¿eh?

—No —respondo con voz soñolienta—. No creo que debamos contar a la gente que te comí el coño en la ducha de Dean.

Golpea ligeramente mi estómago.

Sé a lo que se refiere en realidad.

—Mañana será mejor —le prometo.

—No podría ser mucho peor, ¿verdad?

CAPÍTULO 4

SABRINA

DÍA 2

Me despierto con la firme intención de disfrutar de esta luna de miel. Aunque creo que el miedo extremo es una reacción totalmente razonable al hecho de estar a punto de convertirse en la noticia principal del telediario, una parte de mí se siente mal por el hecho de que Tucker se haya esforzado tanto en planificar este viaje y que todo le estalle prácticamente en la cara. Ahora es el momento de olvidar nuestro roce con la muerte y aprovechar este tiempo juntos fuera de casa. La villa es preciosa, el clima es perfecto y no tenemos otra responsabilidad que la de broncearnos lo mejor posible.

Así que cuando Tucker se despierta, desperezándose con somnolencia matutina, hago una ofrenda de paz. Gime cuando deslizo mi mano por debajo de las sábanas para tocar sus pelotas y acariciarle la creciente erección.

—Buenos días, cariño.

—Buenos días —respondo con dulzura.

Luego me deslizo hacia abajo para rodearle la polla con los labios, lamiendo la punta.

—Uf, me encanta tu boca —dice, y enreda los dedos en mi pelo.

Chupo con fuerza, lamiéndolo y apretando, hasta que empuja las caderas y me agarra el pelo. No tarda mucho en correrse y, una vez que se recupera, me devuelve el favor, lo que nos lleva a bañarnos desnudos en la piscina privada de la *suite,* envueltos en la exuberante vegetación que rodea la casa y que nos proporciona una privacidad total. Hay un auténtico bosquecillo de cocoteros que nos separa de los vecinos más cercanos, aunque están muy alejados de la enorme propiedad.

Después de secarnos y vestirnos para empezar el día, nos dirigimos a la cocina para preparar el desayuno. Pero en cuanto entramos en la enorme sala, dejo escapar un grito estruendoso.

—¿Qué? ¿Qué pasa? —Tucker, que estaba concentrado en su móvil, se pone en alerta inmediatamente. Su cuerpo largo y musculoso se coloca en posición defensiva mientras mira a su alrededor, dispuesto a protegerme del peligro.

Sin mediar palabra, señalo la encimera.

Su rostro palidece.

—No. Esto es inaceptable —gruñe.

Siento que se me llenan los ojos de lágrimas, y no exagero.

—¿Cómo es posible que esté *aquí*?

Nos quedamos helados, con la mirada fija en Alexander, que está apoyado en una cesta de piña fresca. El ama de llaves debe de haberlo traído. Pero ¿por qué? ¿Por qué nos ha hecho esto? Mi mirada desconfiada recorre el espeluznante rostro blanco del muñeco y esa diminuta boca roja, con los labios fruncidos en una sobrecogedora sonrisa, como si albergara un secreto enfermizo.

Estoy a medio segundo de imitar a mi hija e iniciar una rabieta épica cuando de repente aparece una mujer bajita con el pelo oscuro. Lleva una camiseta rosa pastel y pantalones blancos, y entra corriendo en la cocina, con el ceño fruncido por la preocupación.

—¿Qué ha ocurrido? ¿Están bien? —Habla con un acento marcado, pero no lo reconozco. La mayoría de las personas con las que habíamos hablado en la otra isla parecían francesas, pero el acento de esta mujer no da esa impresión.

—Sí, estamos bien —responde Tucker—. Perdone si la hemos asustado. Usted debe de ser Isa. —Ella asiente con cautela—. Soy Tucker, y esta es mi mujer, Sabrina. ¡Gracias por traernos la piña! Tiene un aspecto delicioso. —Su mirada se dirige hacia el muñeco—. ¿Sabe cómo llegó esta cosa aquí?

Isa parece confundida.

—¿El muñeco? Lo traje yo. El señor Dean dijo que era un regalo de bodas. Dijo que es un… ¿cuál es la palabra? ¿Juguete de colección? ¿Quiere que me lo lleve?

Echo mano de toda mi fuerza de voluntad para no coger a Alexander y aplastar su cara de porcelana contra el lateral de la encimera. La pobre Isa ya parece conmocionada, y no quiero que piense que acaba de traerles piña fresca a unos lunáticos. No es culpa suya. No sabía lo que hacía, y no puedo enfadarme con ella.

Tucker me lee la mente. Y como está genéticamente programado para rescatar a una dama en apuros, le dedica una sonrisa cálida y tranquilizadora.

—No, no, puede dejarlo aquí —le dice a Isa—. Nos ha pillado por sorpresa, pero no se preocupe, no pasa nada. Solo es una pequeña broma entre nosotros y el señor Dean.

¿Una broma? Sí, claro. No hay nada ni remotamente gracioso en el espíritu de un chico muerto durante la fiebre del oro atrapado dentro de un extraño muñeco. Todavía no puedo creer que Dean pensara en serio que a mi dulce e inocente hija le gustaría esa cosa espantosa. Jamie solo tenía dieciocho meses en aquel momento. ¿Quién le hace eso a un bebé? ¿Quién le hace eso a un adulto siquiera?

Respiro hondo. No. Me niego a dejar que Dean Heyward-Di Laurentis me arruine la luna de miel.

Esbozo una sonrisa tranquilizadora y la dirijo a la conmocionada ama de llaves.

—Muchas gracias por la fruta y los periódicos. Ha sido muy amable.

—Me vuelvo al barco.

Todavía parece insegura, así que Tucker vuelve a mostrar su sonrisa de chico tejano que arranca suspiros y le dice con su acento sureño:

—La acompaño a la puerta. Por cierto, me encanta su acento. Supongo que vive usted en la parte holandesa de St. Maarten.

Holandesa. Eso es. Había olvidado que nuestra isla vecina tiene una parte francesa y otra holandesa, cada una de las cuales con su propia cultura.

Isa se relaja.

—Sí, así es.

—¿Nació y creció allí? ¿O emigró desde otro lugar?

Sigue charlando con ella mientras desaparecen por la puerta principal.

Me quedo a solas con Alexander.

Intento no estremecerme. ¿Por qué lleva zapatos rojos? ¿Y por qué son tan brillantes? Lo odio.

—Te odio —le digo al muñeco.

Sus ojos inexpresivos penetran hasta mi alma. Casi espero que parpadeen. Logan jura que los ha visto moverse solos, pero las tres desafortunadas veces que he tenido a Alexander en mi poder, no ha hecho ninguna acción inquietante o extraña.

Mientras espero a que Tucker regrese, muevo a Alexander desde la encimera —porque ahí es donde comen los seres humanos, joder— al aparador del otro lado de la habitación.

Mi marido está hablando por teléfono cuando vuelve, con las facciones tensas de irritación.

—Una cosa es enviarlo sin venir a cuento en una ocasión —dice—, pero ¿en nuestra luna de miel, tío? ¿No tienes vergüenza?

—¿Es Dean? —pregunto. Tuck asiente distraídamente—. Ponlo en altavoz. ¡Ahora!

Tucker pasa el dedo por la pantalla.

—Ahora estás en altavoz. Sabrina tiene algo que decirte.

—¡Señora Tucker! —La voz del idiota de Dean suena desde el teléfono—. ¡Feliz luna de miel!

—No te atrevas a desearnos una feliz luna de miel —gruño.

—Tuck dice que no os gusta el regalo que Allie y yo os hemos hecho. Estoy dolido. Casi tanto como por el hecho de que no nos hayáis dado un regalo de compromiso.

—No tienes ni idea de lo dolido que te vas a sentir.

—Oh, vamos. No seáis hipócritas. Se lo habéis enviado a todos los del grupo en uno u otro momento.

—No os lo enviábamos a vosotros. Simplemente lo enviábamos lejos de nosotros —dice Tuck en tono sombrío.

Respiro hondo.

—Dean.

—¿Sí, Sabrina? —Tiene el valor de reírse.

—Esto se acaba aquí, ¿me oyes? Todos hemos sido cómplices, pero ya basta. No me importa cuánto haya costado. En cuanto colguemos, lo sacaré fuera y lo arrojaré al mar.

—No puedes contaminar el océano —protesta Dean.

—Veremos.

Agarro el móvil y termino la llamada.

Tucker me sonríe.

—¿En serio vamos a darle al pequeñín un entierro en el mar?

—¿Te apuntas?

—Oh, sí.

Y por eso, cinco minutos después, llevamos a Alexander a la playa, a solo unos pasos de la casa. Aparte del crucero oscuro y un poco siniestro desde St. Maarten hasta el muelle la noche anterior, nunca había visto el mar Caribe de cerca. Y es un millón de veces mejor que el Atlántico. Creo que nunca he visto un agua tan transparente. Puedes ver el fondo, por Dios. Admiro las suaves olas que llegan a la orilla y el cielo azul sin nubes. La arena es de un blanco impoluto en contraste con el agua turquesa. Jamie se volvería completamente loca por los cangrejos ermitaños que corren de un pequeño agujero a otro.

—¿Preparada? —pregunta Tucker.

—Hazlo.

Asintiendo con la cabeza, echa el brazo hacia atrás y lanza a Alexander lo más lejos posible. Luego nos quedamos allí, cogidos de la mano, viendo cómo el muñeco se balancea entre las tranquilas olas y cómo el mar se lo lleva lentamente.

—Ve con Dios —dice Tucker solemnemente.

—Cariño. Va con Satanás, y ambos lo sabemos.

—Es verdad, querida.

Cuando por fin perdemos de vista a Alexander, no siento pena. Solo alivio.

Libertad.

* * *

Una hora más tarde, estamos llenos tras un copioso desayuno y tumbados en un par de tumbonas de playa. Tuck está boca abajo, dormitando. Su esculpida espalda brilla por la crema solar que le he untado por todo el cuerpo. Yo llevo un bikini rojo y tengo una novelita de suspense en el regazo, pero la historia empieza demasiado lenta y no me engancha. Al final lo dejo en la mesa entre nuestras sillas, cojo el teléfono y llamo por FaceTime a casa para ver cómo están.

—¡Hola, pequeña! —saludo cuando la adorable cara de Jamie llena la pantalla—. Te echo de menos. Dile hola a papá.

—Hola, papi —dice ella, saludando a la pantalla.

—Hola, mi niña —dice Tuck sin darse la vuelta—. ¿Te estás portando bien con la abuela?

—Sí.

—¿Te has lavado los dientes esta mañana?

—Sí.

—Todavía no —dice la madre de Tuck, que le sostiene el teléfono a Jamie: ya está vestida con su bañador y una falda de tul. Se estaban preparando para ir a la piscina municipal cuando he llamado.

—Sube y lávate los dientes —le dice Tucker—. Dos minutos. Y no uses demasiada pasta.

Una vez que Jamie se va, Gail me asegura que la casa sigue en pie y que Jamie no se está aprovechando de ella. Cuando nos pregunta cómo estamos después del aterrizaje de emergencia, respondemos al unísono:

—Todavía conmocionados… —digo yo.

—Ya lo he olvidado —dice Tuck.

—¡Casi morimos, Tuck! —Me vuelvo para mirarlo, pero sigue con la cara pegada al antebrazo. Su pelo castaño rojizo brilla bajo el sol de la mañana.

—¿Tan grave fue? —Gail parece preocupada—. Creía que había sido un problema mecánico sin importancia.

—No le des cuerda, mamá. No fue para tanto. Aunque Sabrina estuvo a punto de meter un testamento escrito a mano en una botella y tirarlo al mar.

—El sistema de ocio explotó —le informo.

—No lo hizo —se ríe Tucker.

—¡Abuela! ¡Tengo los dientes limpios y quieren ir a la piscina!

La vuelta de Jamie marca el fin de la conversación. Envío un montón de besos al aire mirando a la cámara que mi hija finge atrapar y estampar en sus mejillas sonrosadas. Después de colgar, me acomodo en la silla, disfrutando del sol que me calienta el rostro.

Unos metros más abajo, en la playa, veo que un hombre, quizá de unos treinta años, lleva un trípode hasta la arena. La extraña visión capta mi interés, y paso los siguientes cinco minutos espiándolo descaradamente. Después de conectar un iPhone al trípode, procede a hacer una serie de flexiones seguidas de *burpees* modificados mientras narra animadamente para la cámara. Es musculoso, está untado en aceite y luce un magnífico bronceado. Es uno de esos *influencers* de *fitness* de Instagram.

Cuando me pilla mirándolo, no me da vergüenza que me vea. Lo saludo con la mano, hipnotizada al verlo actuar. Es extraño verlo desde el otro lado de la pantalla. Lo que me hace pensar en una idea para un TikTok que sea solo la parte posterior de otros TikToks. Una idea brillante, si tuviera el tiempo o la inclinación para hacer tal cosa. En fin.

A mi lado, Tucker deja escapar un gemido.

—Uf, me estoy derritiendo aquí, cariño. ¿Quieres ir a nadar?

—Claro. —Yo también empiezo a sentirme acalorada.

Vamos hasta la orilla y nos sumergimos en el oleaje. El agua es caliente y cristalina hasta el fondo arenoso, como las que solo se ven en los anuncios de cruceros. Es increíble.

—¿Has visto eso? —señala Tucker por encima de mi hombro mientras nos adentramos en aguas más profundas.

El miedo me contrae el estómago.

—Oh, no, ¿es Alexander? —Busco entre las olas, pero no veo ningún muñeco de porcelana del siglo XIX flotando.

—No, ha salido algo del agua.

—¿Qué? ¿Un tiburón? —Oh, Dios, no. Retrocedo frenéticamente hacia la orilla, pero Tucker me agarra del brazo.

—Ahí está otra vez. —Cuando no me lo creo, hace más hincapié—. En serio, ¿no has oído el chapoteo?

—Sé que estás mintiendo. —Lo salpico con agua.

—¿Por qué te iba a mentir? —insiste con esos ojos grandes e inocentes—. Mira, ahí —vuelve a señalar.

Miro por encima del hombro, siguiéndole la corriente. En el momento en que lo hago, algo me roza la pierna bajo el agua. Grito tan fuerte como para perder algo de dignidad, asustada por un momento antes de darme la vuelta y ver a un Tucker que se está riendo.

—Eres idiota. Sabía que ibas a hacer eso.

—Pero aun así te lo has creído.

Lo salpico de nuevo en la cara justo cuando deja escapar un grito de dolor.

—Oh, venga ya. —Pongo los ojos en blanco—. Solo es agua.

—Joder. *Joder.* —El tono de Tucker está impregnado de falso sufrimiento—. Algo me ha dado —gruñe entre dientes.

—No me lo voy a creer dos veces, cariño.

—No. Joder. De verdad que algo me ha dado, joder.

Entonces se lanza hacia la orilla. No estoy convencida hasta que lo veo girarse para examinar la parte posterior de su pierna. Me deslizo por el agua tras él y, cuando me acerco, me doy cuenta de que tiene un gran surco rojo en la piel, como la marca de un látigo.

—Me ha picado —gruñe—. Creo que me ha picado una medusa. —Tucker se deja caer de espaldas y se tumba en la arena, con su hermosa cara contraída de dolor—. Joder, esto duele.

Me queda claro que no está mintiendo. La piel ya está arrugada e hinchada y se le están formando protuberancias alrededor de las marcas de color rojo brillante.

—¿Qué hacemos? —le suelto—. ¿Debería hacerte pis encima?

Tucker vuelve a sentarse de un salto.

—¿Qué? No, claro que no.

—Creo que es lo que hay que hacer, ¿no?

—Cariño, no voy a dejar que me orines encima. Eso es un mito.

—Estoy segura de que no lo es.

Aprieta los dientes sin dejar de mirar la herida de color púrpura rojizo.

—Joder, duele.

—Oh, Dios mío, ¿crees que esto es una especie de castigo cósmico por ahogar a Alexander? ¿El espíritu de Willie se está vengando?

Tucker lo piensa. Luego dice:

—No —Me mira fijamente—. Creo que me acaba de picar una medusa.

—¿Qué pasa si no hacemos nada? —Me muerdo el labio con angustia—. No creo que la loción de calamina lo arregle.

Esto no es exactamente una pequeña picadura de abeja. ¿Y si se le hincha toda la pierna? ¿Pueden tener que amputarla por una picadura de medusa?

—Creo que la orina es la mejor solución, Tuck. —Entonces gimoteo—. En realidad, no creo que pueda —digo—. No tengo ganas...

Me detengo cuando veo que el chico del *fitness* se acerca a nosotros. Oh, gracias a Dios. Le hago una señal, agitando los brazos. Su ritmo se acelera mientras corre en nuestra dirección.

—Sabrina, no —me advierte Tucker—. No te atrevas, joder.

—¿Va todo bien? —pregunta el tío cuando llega hasta donde estamos. Unos ojos oscuros evalúan con agudeza a Tucker.

—¿Podrías orinar sobre mi marido? —le pregunto al desconocido—. Le ha picado una medusa, pero yo ahora no tengo ganas.

—Ignórala. Sabrina, te digo que es un mito. Estaré bien.

Pero parece que está al borde de las lágrimas y que corre el riesgo de romperse un diente con lo fuerte que los está apretando; le rechina la mandíbula. Su pierna tiene un aspecto horrible.

—No sé si es un mito —le dice el tío del *fitness*—. A ver, ¿por qué todo el mundo diría que hay que hacerlo si no funciona?

Imploro a Tucker con la mirada.

—Deja que lo intente.

Mi marido sigue firmemente en contra de la idea.

—Prefiero que me cortes la pierna con una cuchara oxidada.

—¡No pienso llevarte de vuelta a casa con mamá Tucker con una sola pierna! ¿Recuerdas cuánto tiempo tardé en caerle bien? —Estoy prácticamente vibrando por el estrés de la situación.

El chico del *fitness* me mira.

—Respira, corazón. Puedo ayudarlo. Es lo que hay que hacer entre vecinos, ¿no?

Entonces, para mi alivio y el horror de Tucker, el tío comienza a desabrocharse los bermudas justo cuando otro hombre con una camisa de lino y un sombrero panamá llega corriendo, levantando arena.

—Bruce, ¿qué narices le estás haciendo a esta gente?

—No, no, no pasa nada —le aseguro al recién llegado—. Le he pedido que orinara en la pierna de mi marido. Le ha picado...

Tucker gime.

—Sigo estando más que rotundamente en contra de esta idea, Bruce.

—Más vale prevenir que lamentar. —Bruce se encoge de hombros. Ahora está en proceso de bajarse la cremallera—. ¿Verdad?

El recién llegado se quita el sombrero y se seca el sudor de la frente, conteniendo una risa.

—Eso es un cuento de viejas. No hay absolutamente ninguna prueba que sugiera que la orina alivie una picadura de medusa, ni de cualquier otro tipo. De hecho, algunos estudios sugieren que exacerbaría el dolor y la hinchazón.

Ante eso, Bruce se sube la cremallera de los pantalones.

—¿En serio? ¿Te fías de su palabra? —Miro con el ceño fruncido al hombre que me ha traicionado.

—Oh, por supuesto. Kevin es una enciclopedia andante. Lee revistas académicas por diversión.

—¿Ves? —Tucker suspira aliviado—. Joder.

—Soy Kevin —dice el hombre, que me ofrece la mano. Parece mayor que el escultural Bruce; puede que tenga unos cuarenta años—. Me disculpo por su actitud.

—Solo intentaba ayudar. —Bruce le dedica una sonrisa de disculpa a Tucker.

—¿Estáis de visita? —pregunta Kevin.

—Nos alojamos en la casa de los Di Laurentis durante esta semana —les digo—. Siento haberos metido en este lío. —Miro a Tucker—. De verdad que solo intentaba ayudar.

—Vamos a presentarnos como es debido. Nos encantaría invitaros a cenar mañana por la noche —ofrece Kevin.

Sonrío.

—Sería genial. Gracias.

—Para la picadura —dice Kevin, con un asentimiento comprensivo hacia Tucker—, date una ducha caliente o métete en una bañera caliente durante unos veinte o cuarenta minutos. Tómate algún medicamento para el dolor. Eso es todo lo que hay que hacer. Me han picado dos veces, así que conozco el procedimiento.

—Lo haremos, gracias.

—Eso ha sido por lo del avión, ¿no? —me acusa Tucker mientras lo llevo de vuelta a la casa después de despedirnos de Bruce y Kevin.

—Por supuesto que no.

—Casi dejas que un hombre me mee encima, Sabrina.

—Para que veas lo mucho que te quiero.

CAPÍTULO 5

SABRINA

DÍA 3

—No tienes que cuidarme —dice Tucker al día siguiente. Está tumbado en la tumbona de playa junto a la mía, sacudiéndose distraídamente la arena del abdomen—. Estoy bien aquí, así que puedes ir a nadar, si quieres.

—¿Ahí? —Levanto la vista de mi libro para señalar con la cabeza la preciosa extensión azul que tenemos delante. Esconde horrores innombrables—. Ni hablar.

—¿Así que ahora el mar es el infierno?

—Sí. Sí lo es.

Se ríe de mí desde detrás de sus gafas de sol. Decido ignorarlo. Ahora le parece divertido, pero anoche era como un niño pequeño que lloraba por su pierna herida. Pasamos el resto del día encerrados, comiendo y viendo películas mientras yo seguía trabajando en nuestro testamento. No está siendo exactamente la luna de miel de nuestros sueños.

—El mar y yo tenemos un acuerdo —explico—. Me mantengo alejada de él y este no intenta matarme.

—He estado en la playa mil veces. Es la primera vez que algo me pica. No hay por qué tenerle miedo.

—Suena como algo que diría el mar.

Estoy pasando a la siguiente página cuando mi teléfono emite un pitido. El Wi-Fi de la villa alcanza esta sección de la playa, así que me he asegurado de conectarme a él cada vez que estamos fuera por si hay una emergencia en casa. Miro la pantalla y veo un mensaje que Grace acaba de enviar al grupo de chicas.

Grace: Quería compartir la noticia antes de que vierais esa estúpida publicación del blog de *Hockey Hotties.* Y si ya la habéis visto, entonces sí, es cierto.

¿Qué noticia? ¿Y qué publicación? En lugar de pedir que me lo aclare, hago clic en el enlace automático que genera mi teléfono y que me lleva a ese ridículo blog de *hockey* dirigido por un grupo de fanáticas.

El artículo en cuestión está en la parte superior de la página.

¡¡¡¡Escándalo: boda secreta!!!!!

¡Aseguraos de estar sentados, damas y caballeros! ¡¡¡PORQUE TENEMOS UNA NOTICIA!!!

¡Nos entristece informaros que nuestro John Logan está fuera del mercado!

Esperaremos mientras vais a buscar los pañuelos…

Vale, ¿habéis vuelto? Bueno, pues es verdad. Nuestras fuentes han confirmado que, efectivamente, JL se ha casado con su novia de toda la vida. Y no solo eso, sino que el muy pájaro se casó hace MESES. ¡¡¡HACE MESES!!! En plan, el pasado invierno. ¡¡¡Qué cara tiene!!!

¿Nos alegramos por ese sexy grandullón? Bueno, sí. ¡¡¡Por supuesto!!! ¡¡¡¡Pero también estamos DEVASTADAS!!!!

Dejo de leer. El exceso de signos de exclamación es demasiado para mí. Además, ya he entendido lo esencial. Si este estúpido blog dice la verdad, entonces Grace y Logan se han casado a escondidas de todos nosotros. El invierno pasado.

Qué descaro por su parte.

—¡Tucker! —gruño.

Él levanta la vista, alarmado.

—¿Qué ocurre?

—¿Tú sabías que Logan y Grace se han casado? —pregunto.

Mira hacia arriba, sorprendido.

—No. ¿En serio?

Vuelvo a hacer clic en el chat de grupo y no pierdo tiempo en escribir furiosamente.

Yo: Omg. ¿Nos has hecho enterarnos por internet? ¿¡Qué clase de amistad es esta!?
Allie: ¿¡En serio!?
Grace: Oh, cállate, Allie. Tú lo sabías.
Yo: ¿Lo sabías?
Allie: Oye, en mi defensa, Hannah también lo sabía.
Yo: Sí, pero Hannah no es una cotilla. TÚ eres la cotilla del grupo y eso significa que era tu deber decírnoslo.
Hannah: Gracias, S.
Allie: Venga ya. ¿Ahora es culpa mía? Son ellos los que se han casado en secreto.
Grace: Siento que no os hayamos dicho nada antes. Estábamos esperando a decírselo a mi padre, después de mi graduación. Al final compartimos la noticia con él y con mamá anoche, y con los padres de Logan.
Yo: Necesito detalles. Ya.
Grace: ¿Te acuerdas de cuando fuimos a Vermont para Año Nuevo? Se convirtió en una especie de fuga. La boda no fue para nada planeada. Pero no me arrepiento en absoluto. <3

A mi lado, Tucker intenta leer la conversación.

—¿Qué pasa? —pregunta—. ¿Qué estáis diciendo?

—Grace acaba de confirmarlo. Al parecer, ella y Logan hicieron una escapada a Vermont en Año Nuevo.

—¡Año Nuevo! —exclama. Ya está cogiendo su móvil, sin duda para abrir su propio chat de grupo.

—Sí. Se lo han estado ocultando a todo el mundo durante meses. Se lo contaron a sus padres anoche.

Los dos nos centramos en nuestros respectivos chats.

Yo: ¡Oh, es una gran noticia! A ver, si no tenemos en cuenta vuestras tácticas infames, me alegro mucho por vosotros. <3
Grace: ¡Gracias! Estamos muy contentos.
Hannah: Por si te sirve de algo, Allie y yo nos enteramos por casualidad en tu boda, S. Para entonces, ya llevaban meses casados.
Allie: ¡Sí! ¿lo ves? No dije nada porque no quería arruinarte el gran día. De nada, capulla.

Envío el emoji del corte de mangas, seguido de otra reprimenda.

Yo: No uses mi boda como excusa, traidora. Deberías habernos informado a todos en el momento en que te enteraste. Estoy decepcionada contigo, Allison Jane.
Allie: Hannah está embarazada.

Mi grito casi hace que Tucker se caiga de la silla.

—¿Qué? —exclama con preocupación—. ¿Estás bien?

Estoy a punto de responder cuando aparece la respuesta de Hannah, que me cierra la boca al instante.

Hannah: No. No es justo. Prometiste que no dirías nada.
Allie: Omg. Lo siento. Se me ha escapado. Mis dedos tienen vida propia. A lo mejor Alexander los ha poseído.
Yo: No te atrevas a intentar distraernos. Además, Alexander está nadando con los peces.
Grace: Espera, ¿qué?
Yo: Lo hemos ahogado.
Grace: No, lo de Hannah. ¿Estás embarazada? Supuse que te habías hecho la prueba después de la boda y que había dado negativo, y que por eso no habías dicho nada.
Hannah: Lo siento. No estoy ocultando nada a nadie a propósito. La prueba dio positivo. Allie es la única que lo sabe. Ni siquiera se lo he dicho a Garrett todavía.
Yo: ¿Esto qué es, un chat de grupo o una guarida de secretos y mentiras?
Hanah: No le digáis nada a los chicos. Por favor. No hasta que se lo haya contado a Garrett.

—¿Sabrina? —Tucker sigue intentando leer mi pantalla.

Aparto el móvil.

—Lo siento. Estamos echándole la bronca a Grace en el chat por ocultarnos lo de la boda.

—Sí, nosotros estamos haciendo lo mismo con Logan. —Envía otro mensaje.

Con Tucker distraído, vuelvo a prestar atención a mi propio chat tumultuoso.

Hannah: Por favor, chicas. No digáis nada. Ni siquiera sé lo que voy a hacer todavía.

Nos apresuramos a tranquilizarla.

Allie: Siento que se me haya escapado. Mis labios están oficialmente sellados, cariño.
Grace: Los míos también.
Yo: No diré una palabra. Lo prometo.

Me muerdo el labio tras enviar la respuesta. Normalmente no le oculto nada a Tucker. Le confiaría mi vida a este hombre. Y la de nuestra hija. Pero también sé lo que es lidiar con un embarazo no planeado. Al menos, tengo la sensación de que este no ha sido planeado. Y aunque lo fuera, Hannah necesita tiempo y espacio para asimilar la avalancha de emociones, y de hormonas, que probablemente esté intentando entender en este momento.

Así que destierro la noticia a un rincón en mi cabeza etiquetado como «cierra la maldita boca». Tuck lo entenderá. Habría odiado con toda su alma enterarse de que estoy embarazada por alguien que no fuera yo. Garrett merece enterarse por su novia, no por nosotros.

CAPÍTULO 6

SABRINA

NOCHE 3

Más tarde, en la cena con Kevin y Bruce, Tucker no deja el tema de que me niego a nadar en el mar en lo que queda de nuestra luna de miel.

Qué coño, en el resto de nuestras vidas.

—Fue a mí a quien picó la medusa, pero ahora a ella le da miedo el agua —les explica mientras comemos un tartar de atún en su inmaculado comedor. El enorme espacio abierto tiene vistas a la cubierta de la piscina y al panorama turquesa más allá de su finca—. Os juro que está intentando robarme el protagonismo a cada momento.

—No quiero nada de tu protagonismo —le digo mientras sonrío por encima de mi copa de vino—. Adelántate, lleva tu picadura de medusa como una insignia de honor. Yo estaré aquí, a salvo, en tierra.

Tuck suelta una risita.

Miro a nuestros anfitriones.

—En mi defensa diré que acababa de escapar de un horrible accidente de avión antes de llegar aquí. Tengo los nervios un poco alterados.

—Se ha pasado todo el día escribiendo nuestro testamento —bromea mi marido—. Si no la conociera, pensaría que está planeando deshacerse de mí.

—¿Hablas en serio? —Bruce nos mira horrorizado y luego se tranquiliza con un trago de vino tinto.

—Es verdad —digo—. Hubo una especie de incendio eléctrico en el avión y tuvimos que aterrizar de emergencia.

—Mientras tanto, una pareja de locos de delante de nosotros, que estuvieron a la greña todo el vuelo, se comportó de repente como la pareja que se hundió en el Titanic. Abrazados y profesándose su amor. —Tucker asiente con decisión—. Un viaje divertido.

—¿Ves? —Bruce mira melancólicamente a Kevin, que se ríe de nuestra desgracia—. A nosotros nunca nos pasa nada emocionante.

—Puedo cortar el conducto de frenos de uno de los coches y no decirte cuál —responde Kevin, impasible.

Tucker suelta una carcajada aguda.

—Oh, para ya. —Bruce empuja el brazo de Kevin—. No podrías vivir sin mí. —Luego me dice—: Te entiendo, querida. Mira cómo me trata.

Durante el plato principal, Bruce, que ya lleva unas cuantas copas de lo que parece un vino muy caro, empieza a interrogarnos. Está claro que es el más entrometido y extrovertido de la pareja, mientras que Kevin parece preferir sentarse y dejar que su novio lleve la mayor parte de la conversación. Resultan una pareja interesante.

—Entonces, ¿a quiénes hemos dejado entrar en nuestra casa? —pregunta Bruce, haciendo girar su vaso mientras me mira con los ojos entrecerrados—. Por lo que sabemos, podríamos estar disfrutando de una encantadora cena con esos chicos de *Asesinos natos*.

—¿Como si tuviéramos los cadáveres de los Di Laurentis apilados en el congelador?

—Eso es deliciosamente específico —dice Bruce, sonriéndome. Tiene una sonrisa blanca y deslumbrante, y parece mucho menos cretino cuando lleva ropa.

—Ignóralo —dice Kevin—. Está desesperado por tener un enemigo mortal.

—Soy un cotilla. ¿Y qué? —Bruce mira a Tucker—. ¿A qué te dedicas, Tuck? Yo diría que, a juzgar por ese físico... Eres deportista.

—No. —Tucker se encoge de hombros—. Dean y yo jugamos juntos al *hockey* en la universidad, pero ahora dirijo un par de bares en Boston.

Procede a hablarles sobre su negocio. Cómo el primer Tucker's Bar, que abrió nada más salir de la universidad, se había convertido en un popular lugar de reunión en el barrio que atraía a muchos deportistas profesionales. Con su éxito llegó el segundo local, al que le va incluso mejor. Bruce lo busca en Instagram, para vergüenza de Kevin, que frunce el ceño ante su novio por sacar el móvil en medio de la cena.

—Tu contenido y tu *marketing* son impresionantes —se maravilla Bruce—. ¿Lo haces todo tú mismo?

—Más o menos. Contraté a un par de vecinos que nos hacen los vídeos y la fotografía profesional. El personal de plantilla se encarga de las redes sociales. Sinceramente, muchos de nuestros buenos amigos nos ayudaron al principio. —Se encoge de hombros—. Un par de mis mejores amigos juegan en los Bruins, así que hablaron del bar, y ahora tenemos cierta clientela famosa que suele pasarse.

Bruce parece muy impresionado.

—¿Tienes planes más allá de los bares, o esta franquicia es el punto de partida?

—Tiene un montón de ideas —intervengo—. Solo acaba de empezar.

—Sin duda, estoy pensando en abrir más bares en otras ciudades. Pero... me aburro —admite Tucker.

Lo miro, frunciendo el ceño.

—¿Te aburren los bares? —Es la primera vez que lo escucho.

—No. Quiero decir, a veces. —Se encoge de hombros y coge su copa de vino—. Es el arma de doble filo de contar con un gran equipo y un excelente director general. Los bares funcionan sin mí, y al final tengo demasiado tiempo libre. Me pone nervioso.

Bajo la mirada al plato con la esperanza de ocultar mi expresión, sea cual sea. No estoy muy segura de cómo me siento al oír que Tuck no está disfrutando de su negocio. No había tenido la sensación de que se sintiera insatisfecho en su trabajo. Ni un solo indicio de ello. Siempre le pregunto por el trabajo, y siempre sonríe y dice que todo va bien.

—Te entiendo —le dice Bruce a Tuck, asintiendo—. Yo soy igual. Estoy lleno de ideas. Nunca paro.

—Este maldito hombre es incapaz de quedarse quieto —asiente Kevin con una sonrisa irónica—. Así es la vida de un gurú del *fitness,* supongo.

—¿Es eso lo que haces? —le pregunto a Bruce, obligándome a centrarme en nuestros nuevos amigos y no en la aparente infelicidad de mi marido—. Me lo estaba preguntando después de verte ahí afuera con la cámara.

Mientras Tuck y yo lo interrogamos sobre los entresijos de ser *influencer,* descubrimos que hay mucho trabajo detrás. Además de tener millones de seguidores en todas sus redes sociales y de ganar una fortuna con las publicaciones patrocinadas, Bruce también trabaja como entrenador personal para una clientela de élite.

—Entrena a dos congresistas de Nueva York y a un expresidente —presume Kevin, claramente orgulloso de su novio—. No puedo deciros quién es, pero podéis intentar adivinarlo.

Tucker y yo estamos gratamente impresionados.

Cuando Bruce me interroga y menciono que acabo de graduarme en Derecho, descubro que Kevin también es abogado. No solo eso, sino que es socio principal de uno de los tres mejores bufetes de Nueva York.

—Ejercemos derecho penal —me dice Kevin—. En mi sección, nos ocupamos exclusivamente de casos de condenas erróneas. La mayoría son trabajos *pro bono.*

Me inclino hacia delante.

—Eso es fascinante. Desde que empecé a estudiar Derecho, sabía que quería trabajar en derecho penal. Tu trabajo debe de ser increíblemente satisfactorio.

—Si te soy sincero, es más decepcionante que otra cosa. Llevamos a cabo un exhaustivo proceso de investigación de antecedentes y solo aceptamos los casos que creemos sinceramente que se deben revocar. Sin embargo, el listón está muy alto. Los tribunales suelen ser reacios. Pero cada derrota nos motiva a esforzarnos más en el siguiente. Cada caso es largo y arduo, pero sí, sin duda es gratificante. —Me sonríe—. Imagino que una joven como tú estará muy familiarizada con el trabajo duro. No puedo ni imaginarme criar a una hija durante la carrera. Yo mismo apenas pude sobrevivir a Harvard sin tener un ataque de nervios, y eso que no tenía hijos.

—No fue fácil —admito—. Tucker siempre ha sido un gran apoyo.

—Está siendo modesta —insiste él—. Incluso antes de conocernos, tenía dos trabajos para poder pagarse la universidad. Y después, se levantaba mañana y noche con nuestra hija, dándole de comer, cambiando pañales y todo eso mientras subrayaba libros de texto y hacía los trabajos de clase. Era agotador solo verla.

—Sois dos jóvenes extraordinarios —dice Kevin, mientras Bruce rellena nuestras copas—. No todo el mundo está tan motivado o es tan trabajador a vuestra edad. Yo, desde luego, no lo estaba. Tardé unos años en encontrar mi camino.

—Creo que tener a nuestra hija nos animó a querer darle la mejor vida posible —responde Tucker, agarrando mi mano bajo la mesa—. Queremos que lo tenga todo. Asegurarnos de que siempre esté atendida.

—Basta —se queja Bruce—. Sois adorables. No lo soporto.

Durante el postre, Bruce y Tucker discuten sobre temas de *fitness*. A Kevin se le salen los ojos de las órbitas cuando los dos hombres se levantan de la mesa para empezar a comparar técnicas de resistencia de peso corporal. Tucker está en una forma increíble y, aunque resiste el impulso de quitarse la camiseta, Bruce se da cuenta y comenta los increíbles abdominales y bíceps de mi marido. Como si alguien pudiera no hacerlo. No me lo tomo como algo personal cuando Bruce coquetea descaradamente con él mientras Kevin y yo hablamos de leyes y nos comemos nuestra *mousse* de mango. Para que conste, Kevin ni siquiera parece inmutarse por el flirteo de su novio. Es un buen tío.

—Estaremos aquí unos días más —les hago saber mientras nos acompañan a la salida después de una fantástica cena—. Estoy segura de que volveremos a encontrarnos, pero estaría bien devolveros el favor. No creo que podamos ofreceros una comida tan buena, pero ¿qué os parece tomar algo en nuestra casa?

—Tú solo dime dónde está la cubitera —dice Bruce, dándome un beso en la mejilla.

De camino a casa, bajo la luz de la luna, Tucker me coge la mano y dibuja formas con su pulgar sobre mis nudillos.

—¿Te has divertido?

—Por supuesto. —Entonces me acuerdo de algo y mi ánimo se ensombrece ligeramente—. ¿Por qué no me has dicho que estabas aburrido con los bares?

Se encoge de hombros.

—No estoy aburrido, no exactamente. Solo inquieto, a veces.

—Aun así, deberías haberme dicho algo.

—No digo nada porque no es un problema de verdad. Y no he visto necesario distraerte durante tu último año en Harvard.

—¿Llevas *un año* sintiéndote así? —Lo juro, amo a este hombre con todo mi corazón, pero ¿podría no ser un tipo fuerte y solidario todo el tiempo?

Tucker me aprieta la mano.

—No me siento de ninguna manera. Pero ¿ves? por eso no saqué el tema. Habrías intentado solucionar un pequeño problema, y ambos sabemos que tus niveles de estrés no pueden permitirse más tareas pendientes. Ya estás muy ocupada, cariño.

Que mi marido esté descontento con su trabajo no parece un «pequeño problema». Pero Tucker no me permite pensar en ello. Deja de caminar y se lleva mi mano a los labios para besarme los nudillos.

—¿He mencionado lo guapísima que estás esta noche? —dice.

—¿Acaso intentas distraerme de tus asuntos de trabajo?

—No, estoy intentando halagar a mi atractiva mujer.

Al intuir que no va a ceder, decido dejarlo estar. Cuando se sienta preparado para hablar de ello, lo hará. Por ahora, voy a disfrutar de esta noche con mi marido. Hacía mucho tiempo que no pasábamos una noche con otros adultos sin tener que correr constantemente a ver cómo está Jamie. Había olvidado lo que era ser nosotros como pareja, no solo como padres.

—Bueno, ya era hora de que lo hicieras. —Hago un mohín de burla—. Me he tomado la molestia de elegir este vestido, ¿y ni siquiera te has parado a elogiarlo?

Tengo que admitir que el vestido largo de lino que llevo le sienta de maravilla a mis pechos posparto.

—Soy un cabrón egoísta —coincide, agarrándome de las caderas para llevarme hasta una palmera, donde me apoya— que se olvida de decirte lo preciosa que estás.

—Qué chico tan malo —susurro.

Tucker me besa, con el sabor del vino aún en su lengua. En este camino de arena a través de los arbustos verdes y salvajes y las altas palmeras entre las dos casas, una cálida brisa recorre mi piel. Solo oigo las olas cercanas y los chirridos de los insectos. Es un lugar aislado, aunque no es exactamente privado.

—Llevo toda la noche queriendo hacerlo contigo —murmura contra mi boca. Sus manos rozan mi cuerpo para apretar mi culo—. Eres preciosa.

Tiro de su mano.

—Ya casi estamos en la casa.

—Quiero hacer que te corras ahora.

Oh, Dios. Cuando habla así, no puedo formar pensamientos coherentes. Hay muchas facetas de John Tucker, y puedo decir sinceramente que este lado primario y alfa de él es uno de mis favoritos. Es muy agradable la mayor parte del tiempo, feliz de ignorar sus propias necesidades y deseos para anteponer los míos y los de Jamie.

Pero *este* Tucker sabe exactamente lo que quiere y cómo conseguirlo. La noche que nos conocimos, me sedujo con tanta facilidad que apenas lo vi venir. Un momento estábamos flirteando en un bar deportivo de la universidad y al siguiente estábamos desnudos en su camioneta mientras me susurraba palabras obscenas.

Mis dedos se deslizan por su pelo y agarran su nuca mientras le devuelvo el beso, más profundo, y lo acerco. Me separa la abertura del vestido y desliza la mano entre mis piernas, metiendo los dedos por debajo de mis diminutas bragas. El primer roce de su mano con mi carne caliente y necesitada me hace olvidar por completo dónde estamos o el áspero tronco del árbol que tengo a mi espalda. Separo más las piernas y lo animo a seguir, meciéndome contra su palma.

—Te quiero —susurra, presionando con dos dedos dentro de mí—. Eres preciosa.

Realmente no lo escucho. Estoy demasiado fascinada por lo que hace con mi cuerpo.

Me muerdo el labio y me aferro a él para mantenerme en pie. Estoy tan sensible que mis músculos no tardan en contraerse y mis piernas empiezan a temblar. Ahogo mis gemidos en su hombro, estremeciéndome en un orgasmo que me deja mareada.

Con los ojos cerrados, sigo respirando con dificultad cuando oigo un chasquido por encima de nosotros.

Mis párpados se abren un instante antes de que algo pesado me *golpee* la parte superior de la cabeza.

Experimento una fracción de segundo de dolor punzante antes de que todo se vuelva negro.

CAPÍTULO 7

TUCKER

DÍA 4

—Eh. Eh, Sabrina. —Mientras acuno su cabeza en mi regazo, froto suavemente su mejilla y le acaricio la frente.

Lleva tanto tiempo inmóvil que me planteo llevarla de vuelta a la casa, pero me da miedo moverla.

—Despierta, cariño. Vamos.

Por fin, sus párpados se mueven y sus labios se separan. Con un gemido doloroso, se revuelve en mi regazo y me mira. Tarda un momento en enfocar.

—Aquí estás —digo, dejando escapar un suspiro de alivio.

—¿Qué ha pasado? —Se levanta y se toca la parte superior de la cabeza. Al instante se estremece, siseando.

—Tú, eh… —Me aclaro la garganta. Ahora que sé que no ha entrado en coma, me cuesta contener la risa—. Te ha caído un coco en la cabeza.

Hay un instante de silencio.

—¿En serio? —Se cubre la cara con las manos, gimiendo—. Por Dios.

—¿Estás bien? ¿Sientes los dedos de las manos y los pies?

Los mueve y mira hacia abajo para confirmarlo.

—Sí, bien.

—Vamos a intentar levantarte. —Le doy la mano y la sostengo mientras nos ponemos en pie, pero se inclina ligeramente hacia un lado.

—Vaya. No. —Le agarro la cabeza mientras se apoya en mí y sus piernas se tambalean—. Todo me da vueltas.

—Te tengo.

La cojo en brazos y avanzo por el oscuro camino de arena. De vuelta en la casa, la llevo arriba, a la *suite* principal, donde la ayudo a quitarse el vestido y la meto en la cama.

—Deja que busque en la carpeta el número de teléfono de un médico —le digo—. Deberían examinarte.

—Estoy bien —insiste, aunque débilmente.

—Podrías tener una conmoción cerebral.

—No lo creo. Y aunque la tenga, no van a hacer nada más que monitorizarme cada hora y preguntarme qué día es. Podemos hacer eso aquí.

—Vale. Pero si tengo la más mínima sensación de que tienes una conmoción cerebral, buscaremos un médico.

—Está bien. ¿Podrías traerme un ibuprofeno de mi bolso? Quiero adelantarme a la migraña que me espera.

Me meto en el cuarto de baño y vuelvo poco después con un vaso de agua y algunos analgésicos para lo que mañana será un chichón horrible.

—No te rías de mí —murmura Sabrina más tarde, bien arropada y con la cabeza elevada sobre dos almohadas.

—Nunca lo haría.

—Te conozco —dice ella con desconsuelo —. No quiero oír ni un sonido.

—Te lo juro.

Sabrina se queda dormida mientras me desvisto para ducharme. Con la puerta del baño cerrada, me tapo la boca y dejo escapar una risa ahogada bajo el sonido del agua que corre. Porque ha sido divertidísimo. No el hecho de que mi mujer se haya hecho daño, pero vamos. ¿Un coco le cae en la cabeza y la deja fuera de combate? Suelto otra oleada de risas contra mi antebrazo. Madre mía. Para cualquier otra persona, las probabilidades serían astronómicas. Pero ¿para nosotros? Empieza a ser lo normal en este viaje.

***

A la mañana siguiente, Sabrina se despierta temprano. La estoy esperando con agua y más analgésicos cuando sus ojos se abren.

—Cierra las persianas —refunfuña mientras se tapa la cara —. La cabeza me está matando.

La habitación se oscurece cuando las cierro.

—¿Qué día es?

—¿Miércoles, creo? —Espera que lo confirme o lo niegue.

Me encojo de hombros.

—Sinceramente, ni yo mismo lo sé.

Los dos sonreímos.

—¿Cómo se llama nuestra hija?

—James. Jamie para abreviar. Tu madre se llama Gail. Mi profesor favorito de Harvard era el profesor Kingston. Mi color favorito es el verde. —Se sienta y se estira para alcanzar las pastillas—. Estoy bastante segura de que no tengo una conmoción cerebral.

—¿Puedo ver tu cabeza? —le pregunto después de que se trague los medicamentos.

Sin mediar palabra, me deja que le revise el cuero cabelludo.

—¿Cuál es el pronóstico? —pregunta con un suspiro.

—Sí, tienes un buen chichón, pero no veo ninguna herida. A ver… —Presiono suavemente alrededor de la zona hinchada.

—¡Ay! Idiota. —Sabrina me aparta de un manotazo.

—No creo que tengas una fractura.

—Joder. Avísame la próxima vez.

La dejo con el mando de televisión mientras preparo unos huevos con beicon para desayunar. Todos los planes que habíamos hecho antes de llegar aquí —hacer snorkel, excursiones en todoterreno, salir en barco a explorar calas privadas— se han ido al garete, ya que esta isla parece que intenta matarnos. Es como si desde el momento en que salimos de Boston hubiéramos estado en una mala secuela de *Destino final*.

—Somos pésimos para esto —dice más tarde, mientras terminamos de desayunar abajo. Se mete una fresa en la boca y mastica con tristeza.

Isa nos ha vuelto a traer fruta fresca esta mañana, junto con una cesta de *croissants* recién horneados. Nuestra ama de llaves tiene el superpoder de la invisibilidad. Entra y sale de la casa sin hacer el menor ruido.

—¿Pésimos para qué? —pregunto mientras lavo los platos.

—Para las vacaciones. Siento que hemos pasado la mayor parte del viaje dentro de casa.

—Sí, porque este lugar nos la tiene jurada.

—Lo siento. —Sabrina recoge nuestros vasos vacíos y los pone junto a mí en el fregadero—. Sé que hablamos de salir en el barco hoy, pero me preocupa que mi cabeza esté dando vueltas todo el tiempo.

—Oye, no. —La agarro por la cintura y le beso la frente—. Tómate todo el tiempo que necesites. Me preocupa más que te sientas mejor. Yo también tuve que reposar hace un par de días por culpa de mi pierna. —La cual, por cierto, todavía tiene un aspecto horrible. Pero al menos el dolor ha desaparecido.

Mientras recogemos, unas voces llegan a la cocina desde la terraza trasera.

—¿Hay alguien en casa?

Al reconocer la voz de Bruce, grito:

—¡Aquí!

Un momento después, nuestros vecinos entran por las puertas de cristal abiertas y cruzan el comedor hacia nosotros. Con su polo, pantalones cortos de color caqui y sombrero panamá, Kevin parece preparado para un día de navegación. Bruce, por su parte, lleva una camiseta de tirantes ajustada que deja ver sus brazos untados en aceite y un bañador muy ajustado.

—Vamos a salir a pescar en alta mar —dice Bruce, saludándonos con una gran sonrisa.

—Tenemos sitio para dos más —ofrece Kevin.

Niego con la cabeza con pesar.

—Aunque suena fantástico, creo que hoy nos quedaremos en casa —les digo—. Sabrina está un poco indispuesta.

—Oh, no. ¿De verdad? —Kevin parece preocupado—. Tengo algo de equinácea y té que podría ayudar.

—No es ese tipo de dolencia —digo, mientras Sabrina me fulmina con la mirada—. Tuvimos un pequeño percance al volver de vuestra casa anoche.

—¿Pequeño percance? —La mirada sagaz de Kevin se dirige a Sabrina.

Mortificada, resopla y mira hacia otro lado.

Yo lucho con todas mis fuerzas para no reírme.

—Un coco cayó del cielo y la golpeó justo en la cabeza. La dejó inconsciente durante casi un minuto.

Bruce ahoga un grito.

—Oh, ¡Dios mío!

—¿Es broma? —Kevin advierte la expresión asesina de Sabrina y se ríe suavemente—. Ya veo que no.

—Pobrecita —dice su novio con simpatía—. ¿Estás bien?

—Sí —murmura ella—. Solo es un dolor de cabeza.

—Aquí esas cosas pasan más a menudo de lo que crees —dice Kevin—. Tienes suerte de que no haya sido grave.

Parece sincero, pero creo que tan solo lo dice para hacerla sentir mejor.

—De todos modos, hoy nos quedaremos en casa —digo—. Pero agradecemos la oferta.

Sabrina me toca el brazo; sus rasgos se suavizan.

—No, tú sí deberías ir. No hay razón para que ambos nos lo perdamos.

—No me importa. Prefiero quedarme aquí, por si necesitas algo.

—Estaré bien. Solo voy a pasar el rato en la piscina y, a lo mejor, haré FaceTime con Jamie. Probablemente también me eche una buena siesta. Si necesito algo mientras estás fuera, puedo enviarle un mensaje a Isa.

—Eso es —dice Bruce, asintiendo—. Resuelto.

—Sí —me dice Kevin—. Venga. Va a ser un precioso día en alta mar. Y no volveremos demasiado tarde.

Ante la insistencia de Sabrina, al final me rindo y acepto la oferta. Dar un paseo por el mar suena muy bien. Y, sinceramente, la idea de ver una sola película más en estas vacaciones en la playa me hace querer arrancarme los ojos.

—¿Nos vemos en nuestro muelle en cinco minutos? —dice Kevin.

—Ahí estaré.

—No olvides el protector solar —me recuerda Sabrina cuando los hombres se van. Me sigue hasta nuestro dormitorio, observando cómo me preparo—. E intenta que un pez espada, o lo que sea, no te empale.

—Tú también. Lo del protector solar. —Le guiño un ojo—. Y no te duermas bajo ningún árbol.

***

En el barco, la pesca es genial. Conseguimos algunos meros y lampugas. Un par de pargos de cola amarilla. Me siento como un traidor al pensar que probablemente sea el mejor día que he tenido desde que llegamos aquí. Hemos pasado la tarde bebiendo cerveza, sintiendo la brisa del océano en la cara, simplemente pasando el rato y charlando. Bruce y Kevin son buenos tíos. Y, aparte de un pequeño susto cuando casi me golpea un anzuelo en la cara, me las arreglo para volver ileso a tierra firme.

—Parece que la señora ha salido a recibirte —bromea Bruce mientras caminamos por el largo muelle de madera hacia la orilla.

Sigo su mirada y veo a Sabrina sentada en una de nuestras tumbonas. Lleva puestas sus enormes gafas de sol, el pelo oscuro recogido en una trenza despeinada y la nariz enterrada en su novela.

—Vamos a asar esa lampuga para cenar —dice Kevin, dándome una palmada en el hombro—. Sabrina y tú sois bienvenidos, si queréis acompañarnos.

Mi estómago gruñe ante sus palabras. Solo son las cuatro, un poco temprano para cenar, pero la ensalada de langosta y los colines que hemos comido en el barco no me han llenado.

—Déjame ir a preguntarle a la señora.

Sabrina sonríe cuando me acerco.

—¡Hola! ¿Cómo ha ido?

—De puta madre —admito—. Los chicos me preguntan si queremos... —Me detengo, horrorizado—. ¿Qué demonios te ha pasado?

Sabrina, que se estaba girando para meter su libro en la bolsa de playa, me mira confundida.

—¿Qué? ¿Qué quieres decir?

La levanto de la silla y le doy la vuelta. El breve vistazo que le había dado a su espalda no me ha engañado. Ahora que tengo una visión completa y clara, no hay duda de que se ha quemado. Su piel es casi del mismo tono de rojo que las tiras de su bikini.

Suspirando, le toco ligeramente entre los omóplatos.

—¡Ay! ¿Por qué has hecho eso?

—Te has quemado. Tiene mala pinta, cariño. ¿No te has puesto protector solar?

Su nariz se arruga y mira hacia otro lado mientras piensa durante un momento.

—Me quedé dormida poco después de acabar la llamada con Jamie. Puede que me haya olvidado.

Suspirando, la contemplo.

—No me pongas esa mirada paternalista —me advierte—. Porque tú también estás un poco rojo.

—Estoy bien.

Con los ojos entrecerrados, me levanta el dobladillo de la camiseta y me golpea el estómago.

Me encojo.

—Joder, Sabrina. Dios. —Es como si me hubiera tirado agua hirviendo encima.

Es entonces cuando miro hacia abajo y veo la huella blanca de su mano en un lienzo muy rojo.

—Mierda. —Supongo que yo también me he olvidado.

Sabrina parece no saber si reír o llorar. Abre la boca para hablar, pero la interrumpe un revuelo en la orilla del mar. Nuestra atención se desplaza hacia Bruce y Kevin, que están examinando algo en la arena mojada.

—¡Tuck! —grita Bruce cuando capta mi mirada—. ¡Sabrina! ¡Venid aquí! ¡No os vais a creer esto!

Intercambiando una mirada recelosa, nos acercamos a los hombres para ver de qué va todo ese alboroto. Cuando llegamos hasta ellos, Bruce está quitando las algas de algún objeto que no llego a distinguir.

Cuando se deshace de las últimas algas, se me corta la respiración. Maldita sea.

—¿No es increíble? —dice Kevin, con los ojos muy abiertos—. Ha llegado con la marea y flotado hasta nuestros pies.

Sabrina, intrigada, se adelanta antes de que pueda detenerla.

—¿Qué es?

Entonces ve a Alexander y se pone a llorar.

CAPÍTULO 8

SABRINA

DÍA 5

Este viaje es una ofensa tras otra. Al día siguiente de que Alexander vuelva a aparecer en nuestras vidas, Tucker y yo nos despertamos sintiéndonos como trozos de pollo frito. Nos pasamos la mañana untándonos con aloe mientras ponemos toallas para no estropear el caro sofá blanco del salón. Alternamos entre eso y tumbarnos en el frío suelo de mármol.

—Quizás deberíamos irnos —le digo a Tucker.

—¿Irnos?

—Aceptar la derrota e irnos a casa.

—¿Quieres irte? —Pegado al suelo, se vuelve para mirarme donde estoy tumbada boca abajo en el sofá, porque incluso el aire que toca mi espalda parece un millón de hormigas rojas dándose un festín con mi carne.

—Aún nos queda la mitad del viaje, y a este paso acabaremos muertos antes de que termine. Y echo de menos a Jamie. Unos minutos al teléfono no son suficientes. Y quién sabe lo que tu madre le estará dando de comer.

—Yo también la echo de menos, pero están bien. —Se sienta y hace una mueca de dolor cuando roza accidentalmente su estómago quemado con el pulgar—. Sé que ha habido algunos baches, pero no vamos a tener otra oportunidad como esta en mucho tiempo una vez que empieces tu nuevo trabajo.

—No me lo recuerdes.

Es el pensamiento constante que me acosa todos los días desde la graduación. No estoy más cerca de tomar una decisión, pero el estrés de equivocarme con mi elección aumenta; es como si mi garganta se llenara de arena. Y, sinceramente, no me gusta que Tucker me haga sentir más culpable todavía de que nuestra luna de miel tardía se esté yendo a la mierda.

—¿A qué viene esa mirada? —pregunta, porque sabe leerme como un libro abierto.

—Nada.

—Sabrina.

Yo también me incorporo, intentando contener las palabras que tengo en la punta de la lengua. Pero salen de todos modos.

—Siento que mi carrera esté arruinándolo todo.

—Oye. Eso no es lo que he dicho. Pero, si te sirve de algo, tener que elegir entre dos grandes oportunidades no es un problema tan horrible. Al menos estás entusiasmada con ambos trabajos.

—A diferencia de ti, ¿verdad? Tú, que no te molestaste en decirme que estabas descontento con tu trabajo.

Se pone en pie, entrecerrando los ojos marrones.

—¿Qué quieres oír? ¿Que apenas tengo nada que hacer en los bares? ¿Que se manejan solos y me aburro como una ostra? —Su mandíbula se tensa—. Cobro los cheques, sí, pero me siento inútil.

—Todo eso deberías habérmelo dicho hace meses —replico con un tono más agudo de lo que pretendo.

—Bueno, te lo digo ahora. Me muero de aburrimiento, pero no digo nada porque estoy intentando no presionarte más.

—¿Así que ahora es culpa mía que te sientas mal?

—¿Hay una corriente de aire? —pregunta con amargo sarcasmo—. ¿Dónde estás escuchando eso? Porque esas no son mis palabras.

—Da igual. Supongo que todo está en mi cabeza, ¿no?

Subo las escaleras, lo que efectivamente pone fin a la discusión. Pero la caja de Pandora que hemos abierto no se puede cerrar. Solo hemos eludido el tema y hemos metido los pies en un charco de resentimiento que no sabía que estaba allí.

Más tarde, una vez que el sol se ha puesto, la cosa se vuelve seria. Decidimos dar un paseo por la playa, porque nos estamos volviendo locos y ninguno de los dos quiere admitir lo que ha ocurrido desde que nos levantamos de mal humor esta mañana.

La tapa repiquetea sobre la olla hirviendo y el agua amenaza con derramarse por el borde.

—Lo digo en serio —insisto sin mirarlo—. Cambiemos los billetes y volvamos a casa antes. Si vamos a quedarnos sentados todo el día, también podemos hacerlo en Boston, con nuestra hija.

La luna está brillante y llena sobre nuestras cabezas. El sol, que acaba de sumergirse en el horizonte, da paso por fin a una brisa fresca que ofrece algo de alivio a la espesa humedad y a nuestras palpitantes quemaduras.

—Dios, Sabrina, ¿podrías por una vez darnos prioridad?

Me detengo en seco y me vuelvo hacia él.

—¿Perdona?

—Ya me has oído. La universidad, el trabajo, Jamie, incluso el maldito testamento tienen prioridad sobre mí. De alguna manera, siempre termino al final de tu lista de prioridades. ¿Recuerdas por qué vinimos aquí? —Tucker resopla, cabreado—. Fue para pasar unos días juntos. Nunca te veo en casa. No podemos tener cinco minutos a solas. Y eso no va a mejorar cuando aceptes ese estúpido trabajo de noventa horas a la semana.

—Oh, así que eso es lo que en realidad sientes, ¿eh? Tú eras el que me decía que aceptara la oferta de la empresa más grande.

—Porque sé que es lo que quieres en el fondo —replica, levantando la voz.

—Así que me has mentido.

—Por favor, Sabrina. —Se pasa las manos por el pelo, tirando de él. Como si mi frustración no estuviera justificada—. Odiarías ejercer el derecho civil. Te aburriría mucho.

—¿Y tú qué?

—¿Y yo qué?

Casi grito.

—Ay, Dios mío. Deja de ser agradable y comprensivo todo el tiempo, en plan: «No te preocupes, cariño, haz lo que tengas que hacer y yo estaré bien». Por una puta vez, ¿por qué no me dices lo que quieres?

La exasperación inunda su expresión.

—¡Quiero tener a mi mujer en casa más que un par de horas al día!

Retrocedo, aturdida.

Tucker parece igual de sorprendido por su inusual arrebato. Respira hondo y deja caer los brazos a los lados.

—Pero me muerdo la lengua porque quiero apoyarte, independientemente de lo que elijas.

—¿Esto es por el bar? ¿Crees que si acepto este trabajo significa que estás...? ¿Qué? ¿Atrapado allí?

—No sé qué voy a hacer con el bar. Lo que me importa es que seas feliz.

—¿Cómo voy a ser feliz si estás cabreado conmigo todo el tiempo?

No quiero estar en uno de esos matrimonios resentidos en los que ambos sufren en silencio, esclavizados por las decisiones hasta que llegan a odiarse el uno al otro. Y, desde luego, no quiero eso para Jamie.

—¿Cómo es que yo soy el malo por tratar de ser comprensivo?

—Ser pasivo-agresivo no es ser comprensivo. —Mi frustración empieza a alcanzar niveles altísimos—. ¿Y qué demonios se supone que debo hacer si no estás siendo sincero conmigo? ¿Me animas a dar prioridad a todo menos a ti y luego te cabreas conmigo cuando te tomo la palabra? ¿Qué tiene eso de justo? Necesito poder confiar en lo que me dices, joder.

—Está bien. —Tucker levanta las manos y se da la vuelta—. Me rindo.

—¿A dónde vas? —Boquiabierta, lo veo caminar enfadado en dirección a la casa.

—Al pueblo, tomar a una copa —me ladra por encima del hombro—. Me llevo el Jeep.

Por supuesto. Este desastre de luna de miel no estaría completo sin que una discusión se convirtiera en una gran pelea. Tucker me deja allí con las olas y la luz de la luna. Con la arena entre los dedos de los pies. Al menos, es el lugar más bonito en el que me han abandonado.

—¿Pelea de enamorados?

Me sobresalto cuando Kevin y Bruce emergen de un grupo de palmeras cercano y se acercan con una linterna.

Me muerdo el labio.

—Creo que el calor finalmente le ha nublado la mente.

—Perdónanos —dice Kevin—. Os hemos oído por casualidad desde la terraza y hemos bajado para asegurarnos de que todo iba bien.

La vergüenza me enciende las mejillas cuando me doy cuenta de que estamos frente a su propiedad.

—Aquí fuera se oye todo, ¿eh?

Se encogen de hombros, comprensivos.

—La verdad es que sí.

—Lo siento —les digo. Se me escapa un suspiro cansado—. Resulta que hemos metido en la maleta todos nuestros problemas, pero no suficiente protector solar.

Kevin echa un vistazo y toca ligeramente los enormes bíceps de Bruce.

—Mira a ver si puedes alcanzarlo. Asegúrate de que no se meta en ningún problema.

—¿Lo harías? —pregunto con alivio.

No me entusiasma la idea de que Tucker ande solo por un pueblo desconocido. Sobre todo si está bebiendo. Con nuestra suerte, terminaría conduciendo el Jeep por un muelle o algo así. Yo misma iría tras él, pero tengo la sensación de que Bruce tendrá más suerte convenciéndolo de que no tome malas decisiones.

Si fuera yo, es probable que lo empujase accidentalmente a tomar más.

—No hay problema. —Bruce asiente para tranquilizarme antes de echar a correr tras Tucker.

***

Kevin me invita a su villa para tomar una copa de vino y calmar los nervios mientras esperamos el regreso de nuestros hombres. Sentada junto a la piscina, me encuentro descargando todo el estrés acumulado en los últimos días sobre este pobre hombre desprevenido.

—Supongo que no es nada grave. Estoy segura de que todas las parejas se pelean constantemente por el trabajo y el tiempo que pasan juntos, y por el futuro. Y sí, sé que somos afortunados de estar literalmente en el paraíso quejándonos de todas las oportunidades entre las que debemos decidir. Solo quiero decir que, como pareja, como padres, estas cosas importan, ¿no?

—Así es —responde pacientemente.

—Es solo que desearía que me dijera lo que realmente siente en lugar de fingir siempre que todo va bien.

Kevin se ríe.

—En su defensa, muchos hombres tienen problemas para compartir sus emociones. Todo el negocio de la autoayuda se desmoronaría si no fuera así. Los hombres son de Marte, ¿recuerdas?

—Supongo. Pero no me di cuenta de que Tucker era uno de ellos. Siempre ha sido muy sincero conmigo, o al menos eso creía. —Bebo un poco más de vino—. No puedo leerle la mente. Si no siente que sea una prioridad para mí, tiene que decírmelo. ¿Cómo se supone que voy a cambiar mi comportamiento si ni siquiera me doy cuenta de que me estoy comportando mal? —Se me escapa un gemido—. Y ahora me siento fatal. ¿Sabes qué? Debería aceptar la segunda oferta de trabajo. Es menos emocionante, pero el horario es mucho mejor y el sueldo no está mal. Y así podré pasar más tiempo en casa con Tucker y Jamie.

Sinceramente, no es que Tucker no haya sido atento. Durante toda la carrera de Derecho y el embarazo, nunca se quejó de tener que hacer la cena o limpiar el apartamento. De cambiar pañales o levantarse a las cuatro de la mañana para acunar a Jamie para que se durmiera de nuevo, solo para que yo no tuviera que dejar los estudios. Y lo hacía todo con esa sonrisa suya, tomándoselo con calma.

—Tiene algo de razón al querer reciprocidad —admito—. Así tendrá el espacio para descubrir qué quiere, encontrar un nuevo proyecto de negocio. Sea el que sea.

—Parece que os preocupáis mucho por el bienestar del otro —comenta Kevin, sonriendo—. Ese es un buen punto de partida.

—Todavía siento que este viaje ha sido un fracaso total. A estas alturas, ni siquiera nos hablamos.

—Os debéis a vosotros mismos el intentar salvar las vacaciones. No puedo negar que habéis tenido mala suerte, pero no durará para siempre. Unos pocos días buenos compensarán los malos, si le dais tiempo. —Se ríe de nuevo—. ¿Quieres saber lo que es un fracaso total? Deja que te cuente las primeras vacaciones que nos tomamos Bruce y yo. Estábamos en la costa de Amalfi y…

Su teléfono suena y se enciende. Como está entre nosotros, en la cubierta de la piscina, veo claramente la foto de Bruce parpadeando en la pantalla.

Kevin contesta al instante.

—Va todo… —Apenas ha dicho nada antes de que Bruce lo interrumpa al otro lado. Escucha, y luego pregunta—: ¿Dónde? —Sus ojos se clavan en los míos.

Se me hace un nudo en el estómago.

—¿Cuánto?

El nudo se hace más grande.

—Ahora mismo vamos. —Kevin cuelga y toma aire antes de adoptar una expresión neutral.

—¿Qué ha ocurrido? —Me clavo las uñas en las manos, preparándome para lo peor.

—Bueno, lo que pasa es que… Han detenido a tu marido.

CAPÍTULO 9

SABRINA

NOCHE 5

En la cárcel del complejo municipal, la gente merodea fuera hablando por teléfono mientras los taxis pasan por el aparcamiento, descargando y recogiendo a un flujo constante de turistas demacrados y tambaleantes. Kevin y yo bajamos de un salto de su Land Rover y nos apresuramos a cruzar el pavimento agrietado e irregular hacia la entrada principal. No tardamos en ver a Bruce en el vestíbulo, con aspecto agitado junto a una maceta con una palmera y un ventilador en marcha.

—¿Qué narices ha pasado? —le pregunta Kevin a su afligido novio.

—No estoy seguro. —Bruce me mira; tiene la frente perlada de sudor—. Mi francés es una mierda.

—Cariño, te pedimos que hicieras una sola cosa. Apenas habéis estado fuera una hora —reprende Kevin—. ¿Cómo ha sucedido esto?

—Estábamos sentados en la barra, en ese lugar junto al puerto deportivo que ofrece karaoke los jueves por la noche y Mai Tais muy cargados —se apresura a explicar Bruce—. Un hombrecillo se acercó y empezó a gritarnos sin motivo. No tengo ni idea de quién era ni de dónde venía. No entendí nada de lo que dijo. Echaba humo y apuntaba con el dedo al pecho de Tucker. Intervine e hice que se alejara. Entonces, unos veinte minutos después, dos policías entraron, esposaron a Tucker y se lo llevaron. Le pagué treinta dólares a un tío para que me dejara subirme a su *scooter* y seguirlos hasta aquí.

—¿Eso es todo? —pregunto, consternada—. ¿No habló con nadie más? ¿En la calle? ¿No se dio un golpe con alguien en la carretera? ¿No golpeó un parachoques?

—No, nada. Ni siquiera se levantó para ir al baño. —Bruce se pasa una mano por la frente. El pobre parece haber venido corriendo desde el otro lado de la isla. Tiene la cara roja y la camisa húmeda se le pega a la piel—. Lo siento mucho, Sabrina. No sé qué ha pasado.

—Lo solucionaremos —me asegura Kevin.

Con su ayuda para traducir, encontramos a un oficial que me acompaña al calabozo para ver a Tucker. Está en una celda con otros veinte hombres, la mayoría jóvenes, borrachos y americanos. También hay un ruidoso irlandés que insulta al guardia, que lo ignora mientras lee una revista de cocina sentado en su pequeño escritorio contra la pared.

Cuando me ve entrar, Tucker se pone en pie de un salto y se abraza a los barrotes.

—Sabrina, te juro que...

—Dos minutos —ladra el oficial con un fuerte acento.

—No te preocupes, lo sé —le digo a Tucker—. Bruce nos ha puesto al corriente.

Suelta un largo suspiro y se desploma contra los barrotes.

—Menudas vacaciones, ¿eh? —Logra esbozar una débil sonrisa—. Lo siento. No debería haberme ido en medio de la conversación. No ha sido justo.

—No pasa nada. Los dos estábamos nerviosos.

—No quiero que nos peleemos más. —Niega con la cabeza varias veces, como si se reprendiera a sí mismo—. Siento haber logrado empeorar este viaje.

—Se acabó el tiempo —anuncia el guardia desde la puerta.

Lo miro por encima del hombro con los ojos entrecerrados.

—No han sido dos minutos.

El hombre uniformado se limita a sonreír.

Volviéndome hacia Tucker, le dedico una sonrisa tranquilizadora.

—Cariño, no me he pasado tres años estudiando Derecho en Harvard para dejar que mi marido se pudra en la cárcel en nuestra luna de miel. Mira cómo trabaja tu mujer.

De nuevo con la ayuda de Kevin, conseguimos que el supervisor de turno venga a hablar con nosotros. Al parecer, es el único de aquí que habla inglés con fluidez.

Antes de que el hombre nos salude siquiera, ya me he puesto en marcha, exigiendo ver los documentos de la acusación y cualquier prueba que tengan contra Tucker.

En contrapartida, él trata de darnos largas.

—Tienen que volver mañana —dice, encogiéndose de hombros.

—De eso, nada. Están reteniendo injustamente a un ciudadano americano y no me iré hasta que sepa de qué se le acusa.

Pasamos un rato discutiendo hasta que me pongo lo suficientemente pesada como para que se marche a recoger el papeleo, aunque solo sea para deshacerse de mí. Resulta que el informe está en francés, así que Kevin nos lo traduce. Básicamente, dice que el hombre que al parecer abordó a Tucker y a Bruce hizo señas a la policía para acusar a Tucker de haber robado en su tienda y de haber causado actos de vandalismo y destrucción de la propiedad.

—Eso es imposible —insiste Bruce—. Pillé a Tucker antes de que saliera de la casa y fuimos directamente al bar. No nos detuvimos en ningún otro sitio.

Frunzo el ceño.

—Y Tuck y yo no hemos salido de casa más que para ir a la vuestra, a la playa o a vuestro viaje de pesca. Hemos estado literalmente atrapados en casa desde que llegamos a la isla. Se han equivocado de persona.

Una vez más, le digo al oficial de la recepción que necesito hablar con el supervisor de turno, que está tratando de pasar desapercibido mientras nos observa desde el otro lado de una puerta, detrás del mostrador de recepción.

—Escuche, tiene a mi cliente encerrado ahí detrás. —Entrecierro los ojos observando al encargado de recepción—. Si alguien no viene a hablar conmigo, volveré aquí con otros diez abogados y el embajador de Estados Unidos, y usted les explicará por qué ha encerrado a un hombre inocente sin pruebas y se ha negado a darle acceso a su abogada.

El agente se levanta de mala gana. Oímos una animada conversación detrás de la puerta antes de que el supervisor de turno vuelva a acercarse. Y de nuevo intenta darnos largas, insistiendo en que tienen que retener a Tucker hasta su lectura de cargos por la mañana.

Ladeo la cabeza en señal de desafío.

—Le habéis registrado, ¿verdad? ¿Estaban los supuestos bienes robados en su posesión?

El silencio del hombre es respuesta suficiente.

—¿Los han encontrado en el Jeep?

De nuevo, solo un silencio hosco.

—No. Porque su demandante ha señalado al hombre equivocado. Ahora, si quiere, puedo conseguir las imágenes de las cámaras de seguridad de nuestra casa, los datos del GPS de su Jeep y de su teléfono móvil, además de una docena de testigos que lo vieron sentado en la barra del bar, y luego presentar una demanda contra su departamento por detención ilegal. O bien, puede admitir su error y dejarle ir, y yo le dejaré a usted en paz.

Después de más idas y venidas y de unos cuarenta minutos dando vueltas por el pequeño y húmedo vestíbulo, mi marido por fin sale con sus efectos personales en una bolsa de plástico.

—Eres mi heroína —dice con alivio, metiéndose la cartera y el móvil en el bolsillo antes de tirar la bolsa a la basura.

—Casarse con una abogada significa no tener que pasar nunca una noche en la cárcel —bromeo mientras me envuelve en sus brazos.

Salimos, y Kevin y Bruce se adelantan hacia el aparcamiento, como si supieran que necesitamos un minuto.

—Yo también lo siento, por cierto. —Dejo de caminar y le paso los brazos alrededor del cuello a Tucker—. Tienes razón. Tampoco quiero que nos peleemos. No tenía ni idea de que te sentías abandonado. Me siento tan…

—Oye, hablemos de ello en casa —me interrumpe, y luego enreda sus dedos en mi pelo—. Ahora mismo, solo necesito *esto*.

Levanta mi barbilla para besarme. Sus manos, mientras tanto, vagan para agarrarme el culo como si no hubiera estado con una mujer en meses.

Me río contra sus labios hambrientos.

—Solo has estado en la cárcel unas horas.

—Soy un hombre nuevo, nena. No sabes las cosas que he visto.

Luego, tras darme una palmada en el trasero, me coge de la mano y me lleva al todoterreno de Kevin. Después de parar en el puerto deportivo para recoger nuestro Jeep, regresamos a la casa.

—Siento haberme ido enfadado —dice, mientras me ve dejar caer el bolso en la mesa del vestíbulo.

—Siento haber provocado que te fueras enfadado.

—No lo has provocado. —Sus labios esbozan una sonrisa—. Estaba siendo un imbécil inmaduro. Para ser sincero, ni siquiera estoy enfadado por nada.

—Eso no es cierto —lo regaño.

—De verdad que no estoy enfadado —protesta.

—Tal vez no lo estés, pero desde luego sí que estás frustrado. Y no solo con tu trabajo. —Le dirijo una mirada mordaz—. Crees que no te doy prioridad.

—Sabrina...

—Y puede que haya algo de verdad en eso —termino, mordiéndome el labio—. Mi vida siempre ha sido agitada. Ni siquiera soy capaz de recordar una época en la que no estuviera haciendo malabarismos con dos o tres trabajos, con la universidad y las tareas domésticas y con cualquier otra cosa que necesitara hacer. Y luego tuvimos una hija y... —gimo—. La quiero, de verdad, pero es un trabajo a tiempo completo.

—Lo entiendo. Jamie es agotadora.

—Y supuse que, si alguna vez eras infeliz o te sentías solo, me lo dirías. Siempre intento preguntar...

—Sé que lo haces —interrumpe, y es su turno de lamentarse—. Siempre preguntas, y te quiero por ello. Esto es culpa mía. Soy yo el que siempre hace como si nada, porque no quiero estresarte.

—No debes hacer como si nada cuando se trata de tu felicidad, Tuck.

Se encoge de hombros.

—Tu felicidad es más importante para mí. No puedo evitarlo, así es como me siento. Haceros felices a ti y a Jamie es lo que me hace feliz a mí.

—No siempre. —Arqueo una ceja—. Dijiste que querías que nos diera prioridad como pareja, ¿recuerdas? Bueno, eso es lo que voy a hacer a partir de ahora. Pero tienes que prometerme que serás más sincero sobre lo que necesitas, ¿de acuerdo? Porque no puedo leerte la mente.

—Lo sé. —Sonríe de nuevo, avergonzado—. Intentaré mejorar en eso.

—Bien. Y yo intentaré mejorar en demostrarte que eres mi número uno. Siempre.

—Bien —me imita.

Nos quedamos ahí durante un rato, simplemente sonriéndonos el uno al otro. Supongo que Hope tenía razón: a veces las parejas *necesitan* pelearse. Quién sabe lo profundas que habrían sido las raíces del resentimiento si no hubiera salido todo esto a la superficie en este viaje.

—Así que… —Inclina la cabeza—. ¿Ya podemos irnos a la cama?

—Ni siquiera sé por qué seguimos aquí abajo.

En un abrir y cerrar de ojos, prácticamente me persigue por las escaleras hasta que me acorrala a los pies de la cama y presiona sus labios contra los míos. Su lengua se desliza por mis labios entreabiertos mientras me quita la ropa con brusquedad.

—Eres increíble —gruñe.

—Lo dices porque casi te conviertes en el novio encarcelado.

—Soy demasiado guapo para estar encerrado. —Tucker me besa el cuello, después el hombro—. No nos peleemos más. Nunca más. —Hace una pausa, encontrándose con mis ojos mientras sus manos se deslizan hacia mis caderas—. Odio que hayamos venido hasta aquí solo para discutir.

—Yo también. Pero no podemos ignorarlo todo. Tendremos que ver qué hacemos con todo el tema del trabajo en algún momento. Ya lo sabes.

—Lo haremos —me asegura—. Pero no es algo que tengamos que resolver en este viaje.

Tiene razón. Nuestro tiempo juntos tiene que ser nuestra prioridad. La mitad de nuestra luna de miel ya ha sido un desastre. No tengo intención de estropear los días que nos quedan con complicadas decisiones vitales.

—Dejémoslo para cuando volvamos a casa.

Asiente con la cabeza.

—Y para que lo sepas, pase lo que pase, siempre voy a estar ahí para ti. Siempre te apoyaré.

—Lo sé. Yo también. Te quiero. Siempre.

Tucker sella sus labios sobre los míos. Me baja suavemente hasta la cama mientras se quita la camisa y los pantalones. Luego coloca su cuerpo desnudo sobre el mío mientras se lame los labios y se apoya en sus antebrazos. Nunca he visto una imagen más *sexy.*

—Eres increíble —le digo.

Una sonrisa curva sus labios.

—No lo olvides, cariño.

—Nunca.

CAPÍTULO 10

TUCKER

DÍA 10

Me despierto antes que Sabrina en nuestra última mañana, disfrutando del peso de su cabeza sobre mi pecho y de su suave pierna sobre la mía. Me quedo tumbado, totalmente satisfecho, pasándole los dedos por el pelo y observándola dormir mientras el sol llena lentamente la habitación. Un rato después, bosteza y se estira hasta los dedos de los pies. Alza la vista y me mira.

—Buenos días —murmura, lamiéndose la sequedad de los labios.

—Última oportunidad. Podríamos llamar a Dean y decirle que nos quedamos para siempre.

—Tentador.

Entonces nuestros móviles empiezan a vibrar con la alerta de que nos quedan dos horas antes de que tengamos que estar en el aeropuerto.

—Puedes ducharte primero —le digo a Sabrina, y le doy un beso en la frente—. Voy a preparar algo para comer. Espero que Isa haya traído más *croissants*.

—Te quiero. —Se levanta desnuda de la cama y me deja observarla mientras se dirige al baño. No me cansaré de esa visión en toda la vida.

Resulta que tocar fondo en el pegajoso banco de una celda caribeña fue la cura para nuestros males de luna de miel. Desde que Sabrina me sacó de la trena, no ha habido medusas descarriadas ni vendedores furiosos. No ha habido ataques de coco, o quemaduras en la piel. Solo cielos despejados, aguas azules y mucho protector solar. Por fin, las vacaciones que habíamos estado buscando... Así que, por supuesto, se acaban demasiado pronto y es hora de hacer las maletas e irnos.

Mientras recogemos las maletas en la puerta, nuestros vecinos pasan a despedirse. Kevin y yo nos damos la mano, mientras que Bruce me dice adiós con un intercambio menos formal, palmadas en la espalda y un medio abrazo. Voy a echar de menos a estos dos. Nos hemos hecho muy amigos durante esta semana, y ayer pasamos nuestra última tarde emborrachándonos y comiendo ostras frescas en su yate.

—Queríamos despedirnos con una cosita —dice Bruce, entregándole a Sabrina una botella del vino que le había encantado en la cena de la primera noche—. Y, si tenéis un minuto, ¿podemos hablar de negocios?

Sabrina y yo nos miramos, confundidos.

—He pensado en nuestra conversación de la otra noche —le dice Kevin a Sabrina mientras los invitamos a entrar—. Espero que no te importe, pero te investigué un poco.

—¿Me investigaste?

—Tu expediente académico de Harvard. Hablé con tus profesores. Que, de hecho, tenían mucho que decir. Una investigación completa de los antecedentes, por supuesto. Somos muy minuciosos.

Intento no reírme.

—¿Y eso se considera investigar «poco»?

—No lo entiendo. —La voz de Sabrina se tensa—. ¿Cómo que «somos»?

—Lo he hablado con los socios del bufete, y nos gustaría que vinieras a trabajar con nosotros.

Sus ojos se abren de par en par.

—Perdona... ¿qué?

—Nos gustaría que vinieras a trabajar a Ellison y Kahn, mi bufete en Manhattan.

—¿Me estáis ofreciendo un trabajo? —Es raro pillar a Sabrina James con la guardia baja, pero en este momento parece que le cuesta formular una frase.

Al igual que yo, Kevin sonríe ante su expresión de sorpresa.

—Hay una vacante disponible en mi equipo, para representar a los condenados por error. Es una labor compleja y no es apta para pusilánimes. Pero el horario es razonable, y tendrías cierta flexibilidad horaria. Si estás dispuesta a ello.

—Yo...

No estoy seguro de la última vez que vi a Sabrina quedarse sin palabras.

—Es una oferta generosa —digo, mientras ella recobra la voz.

—Hay, por supuesto, un inconveniente —añade Kevin—. Tendríais que mudaros a Nueva York.

Eso nos coge por sorpresa a los dos. He oído la parte en la que decía que su bufete está en Manhattan, pero, por alguna estúpida razón, no he atado cabos.

Sabrina me mira en busca de una respuesta. Nunca hemos hablado de la posibilidad de irnos de Boston. Pero sé que, en algún recoveco de su mente, lo ha pensado alguna vez. Los mejores bufetes del mundo están en Nueva York y en Los Ángeles, y eso significa que mientras se quede en nuestra ciudad, su ambición tendrá un límite. Esto le abriría un montón de nuevas posibilidades.

—Antes de que respondas —anuncia Bruce—, hay una cosa más. Quiero ampliar mi marca de *fitness,* abrir un local. Quiero darle a mis rutinas *online* una presencia física.

—¿Gimnasios? —adivino, mientras me pregunto cómo encajamos Sabrina y yo en todo esto.

Asiente con la cabeza.

—Uno, para empezar. Una propiedad de primera en Manhattan. Lo que necesito es un socio con una inversión modesta, pero que sepa cómo poner en marcha un pequeño negocio, comercializarlo y hacerlo rentable. Luego, con suerte, ampliarlo a una franquicia a nivel nacional. —Sonríe ampliamente—. Por lo que he visto, serías un excelente director de operaciones.

—No puedes hablar en serio. ¿Así, como si nada? —No puedo evitar reírme, rascándome la nuca para asegurarme de que algunos de esos cocos no me han dado en la cabeza sin que lo advirtiera.

—No soy muy bueno con los negocios —dice Bruce, encogiéndose de hombros—. Pero sí con las personas. Me caes bien,

John Tucker. Creo que podríamos hacer grandes cosas juntos. Si estás dispuesto a aceptar el reto.

—Guau. Esto es mucho en lo que pensar —les dice Sabrina, que parece tan aturdida como yo.

—Perdón por la emboscada, pero no podíamos dejar que os fuerais sin decíroslo —explica Kevin.

—Gracias. De verdad —insisto—. No podemos expresar lo mucho que os agradecemos esto.

—¿Podemos tomarnos un tiempo para pensarlo? —pregunta Sabrina—. Tenemos que pensar en Jamie. Y en el bar.

—Por supuesto. —Kevin nos ofrece su mano—. Habladlo. Tenéis nuestros teléfonos.

Les damos las gracias de nuevo y, luego, casi nos desplomamos por la noticia en el momento en que se van.

—¿Esto está ocurriendo de verdad? —Sabrina me mira fijamente, con los ojos brillantes. Puede que sea lo más feliz que la he visto desde que salimos de Boston.

Empiezo a reírme de nuevo, maravillado por este suceso inesperado. Dos sucesos, para ser exactos.

—Supongo que nos esperaba algo de buena suerte en esta maldita isla.

En el taxi, de camino al puerto deportivo, intentamos evaluar a fondo la viabilidad de este plan.

—Mi madre iría a cualquier parte para estar con su nieta —le aseguro a Sabrina cuando se preocupa por dejar que unos extraños cuiden de Jamie. Mamá se mudó a Boston desde Texas para estar más cerca de nosotros. No hay razón para que no vaya a Nueva York.

—Y Kevin dijo que el horario era razonable. Flexible. —Hay un toque de emoción en la voz de Sabrina—. Así que puede que ni siquiera necesitemos tanto a una niñera. Podría vernos mucho más que si aceptara uno de los trabajos de Boston.

—Y yo no tendría que pasar ninguna noche en el bar. Supongo que el trabajo con Bruce sería durante el día.

—Espera. Jamie empieza preescolar en otoño. ¿Crees que conseguir una plaza en Boston fue difícil? Porque no tienes ni idea de lo difícil que será en Manhattan.

—Dean y Allie están allí —le recuerdo—. Apuesto a que su familia da dinero a alguien, a algún miembro de alguna junta, que les debe un favor. Si no es así, encontraremos una solución. Es una ciudad muy grande.

—Y ya tendríamos amigos allí —añade, mordiéndose el labio inferior—. Así que no es como si estuviéramos totalmente solos.

—Tal vez no sea una mala idea.

—También es cierto que esos mismos amigos han tratado de arruinarnos la luna de miel con Alexander, así que, en realidad, deberíamos estar discutiendo la posibilidad de sacarlos de nuestras vidas, no de acercarlos.

Mi expresión se ensombrece.

—No me gusta saber que está ahí —digo, señalando con la cabeza mi equipaje de mano.

—Quizá los de seguridad del aeropuerto piensen que estamos metiendo drogas dentro de su espeluznante cabeza y lo confisquen.

Me río de su cara esperanzada.

—Cariño, si deciden que somos mulas de droga, tendremos problemas más grandes con los que lidiar que un muñeco embrujado. Pero no te preocupes. Lo enviaremos a alguien en cuanto lleguemos a casa.

—Más vale que sea a Dean.

—No. Lo estará esperando. —Hago una pausa—. ¿No fue Garrett quien lo dejó bajo mi almohada cuando vinieron el pasado día de Acción de Gracias?

La indignación arde en sus ojos.

—Jamie se despertó cuando me oyó gritar y no pudimos hacer que se volviera a dormir durante horas.

Asiento con la cabeza.

—Pues a G.

Ella asiente en respuesta.

—Estoy de acuerdo. Quiero decir, él y Hannah están allí, viviendo sus vidas al máximo. No podemos permitirlo.

—Alguien tiene que bajarles los humos.

—Exacto.

Sonriendo, le paso un brazo por encima a mi compañera de fechorías.

—Ahora, volviendo al tema que nos ocupa. ¿Queremos mudarnos a Nueva York?

—Uf. No lo sé, Tuck.

Seguimos hablando mientras subimos al barco hacia St. Maarten, hasta que Sabrina levanta una mano y dice:

—Voto por que no tomemos una decisión hasta que estemos de vuelta en Boston. Dejemos que la idea se asiente durante un tiempo. Pero… madre mía, es muy tentador.

—Muy tentador —concuerdo—. Pero tienes razón, dejémoslo para más tarde.

Ahora mismo, lo único que quiero es llegar a casa y ver a nuestra pequeña.

PARTE 4

EL LEGADO

CAPÍTULO 1

HANNAH

Hay pocas cosas menos dignas que hacer pis en un enorme baño de mármol. Ni un vestido de lentejuelas ceñido alrededor de mis tetas lo hace más glamuroso. Ha sido una carrera alocada desde el vestíbulo del auditorio hasta esta cabina. Los veinte minutos que he pasado en la alfombra roja, de pie entre Garrett y Logan, luciendo una sonrisa falsa ante los gritos de los periodistas y los *flashes* de las cámaras, han sido un agónico ejercicio de resistencia mientras cada músculo de mi cuerpo se contraía con desesperación. Sabía que esa botella de agua en la limusina era una mala idea. Últimamente, solo de mirarla me entran ganas de mear como un caballo de carreras.

Los blogs y los artículos decían que esto pasaría, pero pensé, venga ya, ¿cómo de malo puede ser?

La respuesta: malo.

Horrible.

Humillantemente incómodo.

Estar embarazada es una mierda.

El último lugar en el que quiero estar ahora mismo es este exclusivo hotel en el centro de Boston, pero me recuerdo que tengo que aguantar. Esta noche es un gran momento para la carrera de Garrett, y no puedo dejar que nada empañe la celebración.

Lo que no es más que otra de las innumerables excusas que me he estado dando a mí misma durante las últimas ocho semanas.

Primero, no quería hacerme la prueba de embarazo porque era el fin de semana de la boda de nuestros mejores amigos. Luego me la hice y resultó positiva, pero no podía decírselo a

Garrett y distraerlo en un momento tan crucial como el final de la temporada regular. Tampoco podía darle la noticia mientras el equipo se concentraba en los *playoffs*. Luego, quedaron eliminados en la primera ronda, y Garrett estaba tan abatido que no me parecía el momento adecuado para anunciarle que debería aprovechar el tiempo libre para pintar la habitación del bebé.

Pero se lo voy a decir esta noche. Cuando lleguemos a casa, cuando haya bebido un poco y las estrellas aún brillen en sus ojos. Se lo contaré con mucho tacto.

—¿Te puedes creer que no hay barra libre? —Dos pares de tacones de aguja repiquetean por el brillante suelo al pasar cerca de mi cabina y se detienen en los lavabos—. La mujer de LeBron no tiene que aguantar esta mierda.

—La mujer de LeBron se casó con un jugador de baloncesto.

—Pensaba que al menos habría bolsas de regalo.

—¡Ja! Contendrían una lata de Molson Ice y una tarjeta regalo para Applebee's.

Ahogo una carcajada. Las mujeres que salen o se casan con alguien de la NHL esperando pasearse por South Beach con Gisele y Victoria Beckham suelen llevarse una sorpresa desagradable. Lleva un tiempo acostumbrarse al ambiente del *hockey.*

Esta noche se celebra la NHL Honors, una ceremonia de premios que reconoce los logros de la temporada pasada. Aunque no se trata exactamente de los ESPY, es muy importante que Garrett se lleve a casa el premio al Gol del Año. Nunca deja de trabajar para mejorar su juego. Todos los días somete a su cuerpo a un esfuerzo hercúleo. Se esfuerza por superar las barreras mentales que lo frenan. Lo menos que puedo hacer para ver sus sueños hechos realidad es sufrir una noche embutida en un vestido de fiesta y fingir que todo está como siempre. Y con Grace en París, visitando a su madre durante el verano, estoy haciendo un doble trabajo como mujer trofeo. No puedo comer ni beber nada durante el resto de la noche, a menos que quiera correr al baño cada diez minutos.

—¿Has visto que Garrett Graham se ha afeitado la barba? —dice una de las mujeres mientras me coloco el vestido—. Está muy guapo.

Por supuesto que lo está. Al equipo le dio por la superstición de no afeitarse cuando estaban en una buena racha para asegurar los *playoffs*. Garrett está *sexy* con algo de barba, pero se pasó de la raya. Ni siquiera se permitía retocarla. Estaba desaliñada y descuidada, y me costó toda mi fuerza de voluntad no ponerme a horcajadas encima de él en medio de la noche y atacarle con un par de tijeras. Quiero a ese hombre, pero la barba casi acaba con lo nuestro. Si vuelvo a ver esa cosa, le prenderé fuego.

—¿Has visto a su padre? Los genes de esa familia son increíbles.

—¿Phil Graham está aquí?

—Sí. Lo he visto en la alfombra roja. Va a entregar el premio a toda una carrera.

Una de ellas deja escapar un suspiro soñador.

—Me lo follaría. Montaría ese martillo accionado con pastillitas azules hasta la Ciudad del Orgasmo.

—Estás loca.

—Sabes que esa cabrona con suerte con la que vino Garrett lo ha pensado. Yo lo haría.

Me aguanto una repentina oleada de vómito mientras salgo de la cabina. Me coloco junto a las dos mujeres de pelo oscuro frente a la pica para lavarme las manos. Creo que tienen más o menos mi edad, pero una lleva tanto maquillaje que parece mayor. La otra tiene facciones juveniles y lleva un precioso vestido rojo.

—Puede que la cama estuviera un poco abarrotada —digo como quien no quiere la cosa—. También iba con el otro.

—¿Con quién?

—John Logan —les digo, encontrándome con sus miradas en el espejo—. Somos viejos amigos.

Cuando se percatan de quién soy, me miran fijamente, con los ojos abiertos como platos.

—Soy la cabrona con suerte —digo a modo de presentación—. Encantada de conoceros.

—Oh, Dios mío, qué vergüenza —suelta una de ellas—. Lo siento.

—Me encanta tu vestido —dice la otra mansamente, como ofrenda de paz.

Me encojo de hombros.

—No te preocupes. Tienes razón, Garrett está muy guapo.

—¿Cuánto tiempo lleváis saliendo? —pregunta la del vestido rojo.

—Desde tercero de carrera.

Sus ojos se posan en mi mano izquierda de forma no muy discreta.

—No estamos casados —confirmo—. Simplemente vivimos juntos, en pecado.

La del vestido rojo suelta una risita.

—Pecar con Garrett Graham. No es una mala manera de vivir.

No es una mala vida, desde luego.

Cuando termino, me seco y salgo del baño, despidiéndome con la mano. No me molesta en absoluto escuchar cómo hablan de mi novio. La verdad es que me preocupa más saber que el padre de Garrett está aquí. Nadie nos había dicho que estaría. Si Garrett se encuentra con Phil sin estar preparado, la cosa se pondrá fea.

Un acomodador me ayuda a encontrar mi asiento junto a Garrett y Logan, que están cerca del final de la fila. Me coloco entre los chicos, que están hablando del próximo viaje de Logan a París. Se va en un par de semanas y estará fuera un mes. Qué suerte tiene Grace. No sé cómo se las ha arreglado Logan para librarse de un mes de actividades fuera de temporada con el equipo. Garrett odia hacer esas cosas.

—Me muero de ganas de ver a la parienta —dice Logan.

Le dedico una dulce sonrisa.

—Le voy a decir a Grace que la has llamado así.

Él palidece.

—Dios, por favor, no lo hagas.

A mi lado, Garrett está visiblemente enfurruñado.

—Todavía no puedo creer que te hayas casado sin mí —acusa a su mejor amigo.

Reprimo una risa.

—No es un deporte en equipo, cariño.

Me ignora.

—Se suponía que yo sería tu padrino. —Se inclina hacia mí para mirar a Logan—. ¿Te das cuenta de que esto significa que cuando Wellsy y yo nos casemos, ya no serás el padrino número uno? Lo será Dean. Dean, Tucker y luego, tú.

Logan también se inclina hacia delante.

—No, no lo será. Voy a ser el primero.

Garrett suspira.

—Vas a ser el primero.

—¿Queréis iros a un hotel? —pregunto mientras prácticamente se ciernen sobre mí, haciéndose ojitos.

—Shhh, Wellsy —me regaña Logan, como si fuera yo quien molesta—. Esto va a empezar.

Efectivamente, las luces se atenúan. Un instante después, comienza una presentación en el escenario con las mejores jugadas de la última temporada. Aprovecho la oportunidad para acercarme más al robusto cuerpo de Garrett y llevar mis labios junto a su oído.

—¿Sabías que tu padre iba a estar aquí? —le susurro.

Su expresión se nubla. Los mismos labios tensos y mirada perdida que veo cada vez que se ve obligado a ser amable con ese hombre en algún acto mediático. Por mucho que odie arruinarle el buen humor, será peor si no lo aviso.

—No tenía ni idea.

—Creo que ha venido para presentar un premio.

—Landon debería haberme avisado —murmura, refiriéndose a su agente.

Su mano se tensa alrededor de la mía, y sé que está luchando contra toda su rabia latente. Nada le enciende más rápido, nada ensombrece tanto su ánimo como tener que estar cerca de su padre.

Siento compasión por él, que se mezcla con mis persistentes náuseas. Se suponía que esta noche iba a ser otro gran hito en la carrera de Garrett, un momento de orgullo para él. En lugar de eso, se verá obligado a sonreír y a posar para las cámaras con el hombre que lo molía a palos.

CAPÍTULO 2

GARRETT

No podemos llegar al bar lo suficientemente rápido una vez que termina la ceremonia y nos llevan a un salón de baile para la fiesta posterior. A mi chica no suele gustarle que beba en estos actos por miedo a que haga el ridículo ante algún periodista. Esta noche, me quita el premio de la mano y lo sustituye por un vaso de *whisky*. Tal vez espera que me distraiga. O que adormezca mis instintos. Aunque lo dudo. Siempre estoy en alerta máxima cuando mi padre anda cerca, completamente consciente de su proximidad. Lo he visto nada más entrar y lo he seguido con la mirada por toda la sala mientras se abría paso entre los flashes de las cámaras.

—No tienes que hacer esto —dice Hannah, mirándome con cautela por encima del borde de su vaso de agua con gas. Supongo que piensa que es mejor que uno de nosotros esté sobrio si acabo en la cárcel esta noche—. Podemos saltarnos esta parte.

—A Landon le daría un ataque si no colaboro.

Mi agente deportivo estaría aquí, vendiéndome a la prensa y haciéndome trabajar por toda la sala, si no se hubiera intoxicado con la cena anoche. Supongo que le pago para eso, aunque esta es la parte de mi trabajo que preferiría no hacer.

—¿Por eso no te ha avisado de que Phil estaba aquí?

No he perdido el tiempo; le he enviado un mensaje furioso a mi agente en cuanto ha terminado la ceremonia.

—Dice que no tenía ni idea. Al parecer, Viktor Ivanov se retiró en el último momento, así que Phil lo sustituyó.

Mi mirada se dirige de nuevo hacia él. Está charlando con el dueño del equipo de Dallas, soltando esa risa falsa que tiene.

—No nos quedaremos mucho tiempo —le digo a Hannah, frotando la parte baja de su espalda con el pulgar.

Tocarla hace que los pensamientos más destructivos se alejen de mi cabeza. Esta noche está muy *sexy*, con ese vestido largo y plateado que se ciñe a todos los lugares adecuados. Si no estuviera tan tenso ahora mismo, y tan alerta ante la presencia de mi padre, trataría de convencerla para irnos a un lugar privado y deslizaría mi mano por debajo de esa sensual tela. Haría que se corriera en un ropero o le comería el coño en algún cuarto de suministros.

—Estaré aquí —promete.

No lo dudo. Hannah Wells es mi roca. No soy de los que presumen, pero… vale, está bien, sí que lo soy. Pero estoy bastante seguro de que Wellsy y yo tenemos la relación más sana de todas. Después de cuatro años juntos, es innegable: somos, simplemente, los mejores. Nuestras habilidades de comunicación son excelentes. El sexo es la hostia de increíble. Cuando nos conocimos en la universidad, nunca imaginé que nos enamoraríamos, o que con el tiempo nos mudaríamos juntos y construiríamos una vida en común. Sin embargo, aquí estamos.

No quiero que esto se malinterprete: no somos perfectos. Discutimos a menudo, pero, a ver, eso es porque ella es una capulla testaruda. Aunque si le preguntas, te dirá que es porque yo —supuestamente— siempre necesito tener la última palabra. Lo cual es algo que diría un capullo testarudo. Reprimo una maldición cuando Phil mira de repente en mi dirección y nuestros ojos se encuentran entre la multitud.

Mis dedos se tensan sobre los de Hannah y los aprieto con fuerza.

—¿Estás bien? —pregunta.

—No —respondo animadamente.

Que la órbita de Phil me absorba es como si el vórtice de un barco que se hunde me arrastrara bajo el agua. O que una fuerte corriente me arrastrase al mar. Luchar contra esa fuerza inevitable e ineludible solo lleva al agotamiento, y te mata más rápido.

La única salida es atravesarla.

—Hijo —su voz retumba; tira de mí para darme un apretón de manos delante de un grupo de empresarios y un par de reporteros. Saluda a Hannah con una ligera inclinación de cabeza antes de volverse hacia mí. Esos dientes de tiburón quedan al descubierto en una sonrisa falsa.

—¿Te acuerdas de Don y los chicos? —Los chicos, los llama. Un patrimonio neto de cien mil millones. Propietarios de tres de los cinco clubes más importantes de la liga—. Ven, vamos a hacernos una foto.

—Ha sido una temporada increíble —me dice uno de los empresarios. Está posando para la cámara mientras mi padre me sitúa en medio del grupo y, de la nada, me coloca mi premio en las manos; me muerdo el interior de la mejilla.

—Récord de puntos y asistencias del equipo en la era moderna. —Por la forma en que Phil lo dice, uno pensaría que es él quien estaba en el hielo.

Pero bueno, ese siempre ha sido su problema. El hombre no puede dejar ir los viejos tiempos. No es suficiente ser querido en todo Boston por su época en el hielo; también tiene que vivir el éxito a través de mí.

Ser el hijo de una leyenda es una auténtica mierda.

Sobre todo cuando esa leyenda solía darte palizas. Cuando esa leyenda martirizaba a tu madre y os trataba a los dos como trofeos que podía poner y sacar de la estantería cuando le apetecía. Si abrieras el pecho de ese hombre, encontrarías un trozo de carbón en lugar de un corazón. Su alma es negra como el alquitrán.

—¿Irás a por el récord de tu viejo el año que viene? —pregunta otro empresario. Se ríe antes de dar un sorbo a su copa de champán.

—Ya veremos —digo, llenándome la boca de *whisky* mientras mantengo la vista clavada en Hannah para evitar mirar a Phil.

Es una tortura. Toda esta estúpida pantomima. Fingir que el viejo y yo no nos despreciamos el uno al otro. Tener que dejar que juegue a ser el padre orgulloso como si yo no conservase todavía las cicatrices de su «entrenamiento». Doblegarme a las apariencias, porque nadie quiere oír la verdad: que Phil Graham era un hijo de puta abusivo mientras todo el mundillo del *hockey* lo adoraba.

Afortunadamente, mi mejor amigo y compañero de equipo ve a nuestro pequeño grupo desde el bar. Al leer mi expresión, John Logan se dirige hacia nosotros.

—Hola, tío —dice con una sonrisa ligeramente achispada mientras balancea una botella de cerveza y se interpone entre nosotros y la cámara—. Te acuerdas de Fred el Pelirrojo, ¿verdad? De la cosechadora. Acabo de encontrarme con él junto a los bocaditos de cangrejo. Ven a saludarlo.

—Sí. Fred. —Reprimo una carcajada al ver lo malo que es disimulando—. Dios, no lo he visto en años.

Agarro la mano de Hannah y me escabullo de entre Phil y los empresarios, para su consternación.

—Si me disculpáis —digo amablemente, y nos alejamos lo más rápido posible. Prácticamente nos escondemos detrás de las macetas con plantas decorativas del otro lado de la sala.

—Estoy orgullosa de ti —dice Hannah, cogiendo el premio de mis manos y sustituyéndolo por un nuevo vaso de *whisky*—. Una parte de mí esperaba que le rompieras la cabeza a tu padre con esta cosa.

Sonrío con ironía.

—Confía un poco en mí. No soy un completo salvaje.

—Tío, ha sido muy incómodo —dice Logan.

—Todo bien. Gracias por el rescate. Me has hecho un favor.

—Sí, bueno, puedes compensarme en el *green* este fin de semana. El médico del equipo dijo que no debería cargar nada pesado por mis espasmos en la espalda.

Resoplo. Espasmos en la espalda, una mierda.

—No te voy a llevar los palos —le digo—. Para eso están los novatos.

—Por favor, dime que alguien lo grabará —se ríe Hannah, golpeándome en las costillas—. La última vez que intentaste jugar al golf, tuvimos que pagar el parabrisas de aquel tío, ¿te acuerdas?

—No es culpa mía que su maldito coche estuviera en el camino del hoyo.

Sus ojos verdes se llenan de exasperación.

—Su coche estaba donde debía estar, en el aparcamiento. El hoyo estaba justo delante de tu cara.

—Eso dijo ella —interviene Logan, moviendo las cejas.

—Qué asco. —Hannah le da un golpe en el brazo.

—Logan le dio a un árbol la última vez —cuento, para dejar de ser el centro de las burlas—. Tenía un nido de pájaros encima, y se derrumbó sobre la hierba; todos los huevos se rompieron.

Logan me mira fijamente.

—Guau. ¿Qué parte de «nos llevamos esto a la tumba» no entendiste?

—¿Mataste a un montón de embriones de pájaro? —Hannah parece horrorizada.

—No a propósito —dice Logan a la defensiva. Para mí, murmura—: Los soplones sangran a borbotones, G. No lo olvides.

Pongo los ojos en blanco.

—¿Qué vas a hacer? ¿Golpearme en el torneo? ¿Delante de todos los niños de Make-A-Wish?*

Aunque no estoy seguro de que esta vez juguemos para Make-A-Wish. Creo que podría ser un evento de rescate de animales. Cada año, el equipo organiza un torneo de golf benéfico en el que los mayores donantes pagan por jugar una partida de golf con los miembros del equipo. O, en el caso de algunos de nosotros, pagan para vernos lanzar bolas contra árboles y aparcamientos.

—Oh, joder. ¿Quién ha dejado entrar a estos mierdas?

Miramos a tiempo para ver a Jake Connelly abrirse paso entre la multitud y caminar hacia nosotros. Lleva un traje azul marino, y el pelo oscuro peinado de forma que deja a la vista su cara bien afeitada. Al igual que yo, se ha quitado la barba después de que nos eliminasen en los *playoffs*.

Connelly acaba de terminar su año de novato con Edmonton, que estuvo a punto de llegar a la final de la Copa Stanley. Literalmente tres segundos. Su serie contra Ottawa estaba empatada tres a tres, y ganaban por un gol en el séptimo partido... cuando en los últimos tres segundos del partido, Senator marcó un gol de chiripa que todas las cadenas deportivas retransmiti-

* La Fundación Make-A-Wish es una organización sin ánimo de lucro de los Estados Unidos fundada en 1980, que concede deseos a los niños (de entre dos y dieciocho años) con patologías médicas que amenazan sus vidas. *(N. de la T.)*

rán durante años. El condenado disco rebotó en las nalgas de un tío y pasó volando por encima del desprevenido portero de Edmonton. Ottawa ganó la serie en la prórroga, y eso fue todo.

—Justo a tiempo. —Logan se bebe su cerveza y trata de pasarle la botella vacía a Jake—. Ve y tráeme otra, ¿quieres, novato?

—Lo haría. —Connelly levanta su premio de novato del año y su propia botella de cerveza—. Pero tengo las manos un poco ocupadas.

—Míralo —digo, negando con la cabeza—. Ya se ha olvidado de dónde viene.

A mi lado, Hannah tiene esos ojitos soñadores que pone cada vez que está cerca de Connelly. Estoy seguro de que cuando él se vaya, hará su habitual pantomima de darme un golpecito en el brazo y susurrar: «Es muy guapo».

Personalmente, no lo entiendo. Es decir, es un tío guapo, sin duda. ¿Pero ha visto Wellsy con quién está saliendo?

—Hola, Jake. —Hannah se adelanta para darle un abrazo—. Enhorabuena. Parece que te está yendo muy bien en Edmonton.

—Gracias. —Se encoge de hombros modestamente—. Sí, no me puedo quejar.

—Estoy orgulloso de ti —le digo sinceramente. Me encanta ver que mis antiguos compañeros de juego tienen éxito al entrar en la liga.

—No me puedo creer que le hayas dicho eso a un exjugador de Harvard —me reprende Logan, con los ojos azules acusadores y brillantes. Vuelve a mirar a Jake y arquea una ceja—. ¿Dónde está la hija del entrenador? ¿Ya te ha roto el corazón?

—Oh, joder. Cierto. —Este idiota se enrolló con la hija del entrenador Jensen, Brenna; fue como si quisiera ser asesinado—. ¿Seguís juntos?

—Sí, nos va bien.

Miro a mi alrededor.

—¿Está aquí? —Solo he visto a Brenna un par de veces, pero parece guay.

Connelly niega con la cabeza.

—Ha volado desde Viena esta mañana temprano solo para venir a la ceremonia. Estaba de viaje por Europa con su amiga Summer… oh, ya la conocéis. La hermana de Di Laurentis. —Se encoge de hombros—. Pero bueno, sí. Estaba agotada, así que ha vuelto a la habitación para dormir un poco.

—Déjame darte un consejo —dice Hannah, sonriéndole—. Cuando tu novia vuela desde otro continente para verte recibir un premio y dice que quiere irse a la cama temprano, te vas con ella.

Jake nos mira a mí y a Logan, que asentimos solemnemente. No voy a discutir con Wellsy en esto. Todavía espero tener un poco de sexo de celebración cuando lleguemos a casa.

—Muy bien —dice Jake, vaciando su cerveza y pasándosela a Logan—. Supongo que me pondré al día con vosotros más tarde. Y enhorabuena —me dice. Señala mi premio—. No te pongas demasiado cómodo, viejo. El año que viene iré a por eso.

—Nos vemos en el hielo, chaval.

—Es muy guapo —suspira Hannah mientras se aleja.

—Mantenlo en tus pantalones —le digo.

En cuanto Connelly se va, Logan me da un golpecito en el hombro para indicarme que el director general del equipo viene pavoneándose hacia nosotros con Phil.

—Lo tengo controlado, si quieres escabullirte —me ofrece como el amigo leal que es.

—¿Nos vamos? —le pregunto a mi novia.

Ella asiente con firmeza.

—Larguémonos de aquí.

Antes de que puedan acorralarnos, nos escabullimos por la puerta lateral y escapamos.

CAPÍTULO 3

GARRETT

Más tarde, en casa, sigo sin poder liberarme de la tensión que me atenaza los hombros. Siento una presión en el pecho, como si no pudiera respirar hondo, y un tirón en el cuello que no me puedo quitar. Intento olvidarme de Phil mientras Hannah y yo nos preparamos para irnos a la cama, pero hay algo más en la habitación, con nosotros, que no puedo discernir del todo. Hannah se lava la cara y se cepilla los dientes, pero es como si me observara por el rabillo del ojo. Su frente se arruga, como siempre que le preocupa algo.

—¿Qué? —digo, escupiendo el enjuague bucal en el lavabo.

Ella mira mi reflejo en el espejo.

—No he dicho nada.

—Te oigo pensar.

—No lo estoy haciendo.

—Parece que quieras decirme algo.

—No. Lo juro.

—Suéltalo.

—No sé de qué hablas.

Por el amor de Dios.

—Da igual. —Si se va a hacer la difícil, esta noche no tengo la energía para insistir. Me limpio la cara con una toalla suave y me dirijo al dormitorio principal de nuestra casa.

Me meto en la cama y me quedo mirando al techo hasta que Hannah se desliza a mi lado y apaga la luz. Se tumba de lado y posa la mano sobre mi pecho desnudo.

—Lo siento —dice en voz baja—. No quería actuar de forma extraña. Estaba pensando en ti y en tu padre. Sé que esta noche ha sido difícil, pero, si te consuela, creo que te has desenvuelto bien.

La atraigo hacia mí mientras mi mano juega con el dobladillo de su fina camiseta de tirantes.

—Cada vez que me abraza con esa sonrisa falsa, me dan ganas de darle un puñetazo. Es un hipócrita. Y todos lo adoran.

Hannah se queda en silencio durante un rato.

—¿Qué? —la presiono.

—No sé... solo estaba pensado. Tal vez sea el momento de tener la charla.

—¿Qué charla?

—Dile a tu padre lo que sientes. Dile que prefieres que mantenga las distancias.

No puedo evitar soltar una carcajada.

—Lo que yo sienta sobre cualquier cosa es irrelevante en lo que a él respecta. Se trata de mantener las apariencias.

—Podrías intentarlo. Si no te pones límites a ti mismo...

—Déjalo. —Mi comentario es más cortante de lo que pretendo, y siento que Hannah retrocede. La acerco, rozando rápidamente con los labios su suave pelo—. Lo siento. No quería ser brusco. Créeme cuando digo que, si pensara que hablar con él serviría de algo, lo habría hecho hace mucho tiempo.

—Tranquilo, lo entiendo.

—A él no le importa lo que tengo que decir. Por eso me atrapa así, acorralándome en fiestas con muchos testigos. Sabe que, si lo desprecio, se convertirá en noticia. Y me avergonzaría tanto como a él aparecer en la prensa a la mañana siguiente.

Hannah refunfuña indignada.

—Es que odio ver lo mucho que te afecta. No debería tener ese poder sobre ti.

—Lo sé, cariño. —Me aferro a ella, porque tener su cálido cuerpo acurrucado contra el mío ayuda mucho a ahuyentar los pensamientos más desagradables—. Y de verdad, aprecio que hayas estado a mi lado esta noche. No podría haberlo soportado sin ti.

—Siempre te apoyaré. —Me besa la mandíbula y se acomoda de nuevo en mis brazos.

Minutos después, o una hora, no lo sé, sigo despierto. Sigo mirando el techo oscuro y rechinando los dientes mientras la noche se reproduce en mi mente. Qué engreído es, exhibiéndome ante sus amigos. No siente ni un ápice de vergüenza por lo que me hizo. Ni a mi madre. Ni la más mínima gota de remordimiento. ¿Qué clase de hombre puede ser tan condenadamente sinvergüenza?

—¿No puedes dormir? —susurra Hannah. No sé por qué se ha despertado, o si ha llegado a dormirse siquiera.

—Estoy bien —miento, porque no tiene sentido mantenernos despiertos toda la noche.

No me hace caso. Mi cabezota y hermosa mujer nunca lo hace. En lugar de eso, recorre con los dedos las líneas de mi pecho y baja por mi abdomen. Mis músculos se contraen ante la provocadora sensación. La agarro con más fuerza por la cintura cuando su mano me baja los pantalones del pijama a cuadros para acariciarme.

Se me pone dura en cuanto me toca.

—No tienes que hacerlo —susurro.

—Qué tierno.

—No es que no quiera. —Sonrío en la oscuridad. Es como cuando un amigo se ofrece a pagar la cuenta en una cena. Es educado negarse la primera vez. Hannah empuja las sábanas hacia abajo y pasa la lengua por mi polla. Me agarro a las sábanas y me muerdo los labios al sentir su boca sobre mí. Al fin y al cabo, no tiene sentido discutir con ella una vez que se ha decidido.

Cuando llega a la punta, la besa con la boca abierta y casi exploto en ese mismo momento. Respiro por la nariz y le ordeno en silencio a mi polla que colabore.

—Ve despacio —le digo—. Si no, no aguantaré.

—Me lo imaginaba. —Y entonces saca la lengua para rodear suavemente la punta de mi polla. Lenta y deliberadamente. Una exploración perezosa y tortuosa. Siento que la tensión desaparece de mis hombros. Todos mis pensamientos se evaporan mientras observo su silueta cerniéndose sobre mí.

Con su culo alzado a mi lado, aprieto las sábanas con el puño, lo que hace que me la chupe un poco más rápido. Sus delicados dedos se deslizan por mi polla con cada movimiento ascendente, y luego su cálida y húmeda boca se desliza hacia abajo con avidez. Joder. Sabe que no puedo durar mucho así. Joder, Hannah es demasiado buena en esto.

—Me voy a correr —trago saliva.

Siento su sonrisa alrededor de mi polla, y eso es el detonante. Salgo disparado como un cohete, gimiendo por la oleada de placer. Me libera de su boca y me acaricia hasta que ya no puedo más, mientras cada músculo se contrae y el nudo de mi estómago se deshace.

Estoy sin aliento y agotado cuando me limpia y vuelve a la cama.

Se acurruca a mi lado y me da un beso en los labios.

—¿Estás mejor?

No sé si consigo responder antes de quedarme dormido.

***

Todavía me duele la cabeza de la noche anterior, y el teléfono está lleno de mensajes cuando me tiro en el sofá con un tazón de cereales por la mañana. Hannah ya se había ido cuando me he despertado. Últimamente ha estado haciendo turnos de diez a doce horas en el estudio, produciendo un álbum con un nuevo rapero.

Tucker: Hicimos una fiesta virtual para tu gran noche. Bebimos cada vez que la cámara te enfocaba hurgándote la nariz.
Dean: Qué pantalones tan ajustados llevabas anoche. ¿Hay tallas para hombre?

Pongo los ojos en blanco ante los mensajes del grupo. Mis amigos son unos capullos. En respuesta, les envío una foto que Logan me hizo anoche, en la que se me ve haciéndole una peineta mientras sostengo mi premio en una mano y en la otra una botella de un caro *bourbon* que robó del bar.

Dean: En serio. Enhorabuena.
Tucker: Estoy orgulloso de ti.
Yo: Gracias, idiotas. Os lo agradezco de verdad.
Logan: ¿Cómo es que nadie me felicita?
Dean: ¿Has ganado un premio? Ya, eso me parecía.

Tucker: Mejor suerte el año que viene.
Logan: Hablando de mi matrimonio...
Dean: ¡Ni una sola persona estaba hablando de eso!
Tucker: Nadie.
Logan: No mintáis. Todos estabais pensando en ello.
Yo: No lo hacíamos.
Tucker: Para nada.
Logan: Estamos debatiendo si este viaje a París se considera una luna de miel. Yo digo que sí, porque, a ver, es Europa. Es el epicentro de las lunas de miel. Pero Grace dice que no, porque ya estaba planeando ir a ver a su madre antes de que decidiéramos casarnos impulsivamente. Pero es una luna de miel, ¿verdad?
Dean: Voy a dejar que sea Tuck quien decida.
Tucker: No es una luna de miel. Planea otra cosa, cabrón, eres muy poco original.
Logan: Claro, porque unas vacaciones en la playa son muy originales.
Tucker: Casi morimos en un accidente aéreo y luego celebramos un entierro en el mar para un muñeco embrujado. Intenta superar eso.
Dean: Imbécil. Pensaba que Sabrina estaba bromeando. ¿De verdad tirasteis a Alexander al mar?
Tucker: Claro que sí.

Y lo acompaña con una carita sonriente y un emoji de celebración.

Guau. Apruebo totalmente que alguien por fin haya tomado la iniciativa de hacer lo que todos hemos querido hacer desde siempre. Solo que no esperaba que fuera Tucker. Pensaba que Logan sería el primero en caer. O tal vez Allie. Pero Tuck se ha llevado el gato al agua.

Logan: Bien. HNALBE.
Dean: Qué coño, tío. ¿Por qué siempre tienes que hacer eso?
Yo: Espera, creo que lo tengo.

Miro fijamente la pantalla mientras mi cerebro trabaja para descifrar el acrónimo de Logan. Él y yo tenemos una conexión mental cósmica. Finalmente, me arriesgo a adivinar.

Yo: ¿Hasta nunca a la basura embrujada?
Logan: ¡¡¡Casi!!! Basura encantada.
Tucker: Me tengo que ir. Es el día de «papá y yo» en la zona infantil.
Dean: Qué aburrido.

Dejo el móvil junto al tazón de cereales vacío y me desplomo en el sofá. Ahora que ha terminado la temporada de *hockey*, no tengo nada mejor que hacer que tumbarme frente al televisor. Voy por la mitad de la trilogía original de *Parque Jurásico* cuando llama mi agente.

—Hola, tío. ¿Qué tal?

—No mates al mensajero —empieza Landon; su tono, normalmente descarado, suena inusualmente tímido.

—¿Qué ha pasado? —Una docena de posibilidades pasan por mi cabeza. Me han cambiado de equipo. El equipo se muda. Nos han vendido. Han despedido al entrenador.

—Necesito que recuerdes que estoy obligado a hablarte de estas ofertas.

—Suéltalo.

—He recibido una llamada de un productor de ESPN para ese programa de televisión, *El Legado* —dice.

—¿Ese en el que están en el salón de alguien y el tío siempre está llorando?

—Eh, sí. Ese es.

—Vale. ¿Y quieren que participe? No voy a abrir mi corazón frente a una chimenea, pero...

—Esta es la cuestión —me corta Landon. Luego no continúa.

Me siento y me paso una mano por el pelo despeinado. Este es el tipo de oportunidad que podría elevar el perfil de mi marca como deportista, como siempre dice Landon. Es el tipo de colaboración que esperábamos que llegara después de los premios de la NHL. Sin embargo, algo no encaja.

—Tío, ¿qué pasa? —pregunto—. Me estás preocupando.

—Os quieren a ti y a tu padre.

—Vete a tomar por culo. —Suelto una carcajada sin humor.

—Espera. Escúchame.

Landon empieza a hablar rápido, explicándome que quieren una especie de historia de padre e hijo, en plan «antes y ahora», comparando nuestras carreras. Lo cual, incluso si no lo odiara, suena estúpido. Ya es bastante difícil crecer a la sombra de un padre. Que nos comparen con ellos durante toda nuestra carrera es algo que ningún hijo querría.

—El ángulo que están buscando es una historia en plan «de dónde vienes y hacia dónde te diriges». Pondrán algunas fotos antiguas de la familia. Tú de niño. En el estanque donde tu padre te enseñó a patinar. Luego batiendo récords como profesional. Ese tipo de cosas. Es un segmento de dos horas.

—Sí, bueno, de eso nada.

—Mira, lo entiendo —dice con cierta simpatía—. Sabes que lo entiendo, G.

Landon lo sabe todo sobre mi historia con Phil Graham, aunque no se lo conté desde el principio. Fue complicado esquivar este tipo de peticiones después de firmar mi primer contrato, y, al final, tuve que revelarle mis sórdidos secretos familiares. Ni que decir tiene que la conversación fue incomodísima. Fue difícil confesarle a mi agente que mi padre me pegaba. Fue la hostia de difícil.

Hannah siempre dice que no debería avergonzarme de ello, que no fue culpa mía, que no podría haberlo evitado, bla, bla, bla. Quiero mucho a esa mujer, pero las chicas tienen la mala costumbre de convertirlo todo en un discurso terapéutico. Sé que no fue culpa mía y sé que no podría haberlo evitado, al menos hasta que llegué a la pubertad y me volví más grande que él. Después de eso, no dejé que volviera a pasar. Pero me costó años superar todos esos sentimientos de vergüenza, que afloran cada vez que tengo que contarle mi historia a una nueva persona.

Estoy cansado de revivirla.

Mi negativa a hacer este programa no debería ser una sorpresa para Landon, así que me gustaría que se limitase a librarme de este tipo de ofertas.

—Dicho esto —continúa—, creo que tienes que considerar cómo lo verá el público si te niegas.

—No me importa cómo lo vean. Ese es tu trabajo. —Tenso la mandíbula—. Sonreír para las fotos es una cosa. Me comportaré y seré amable. Pero no voy a ponerme frente a un periodista y una cámara de televisión y sentarme al lado de ese hombre durante horas, fingiendo que no es un monstruo.

—Te entiendo…

—Lo juro por Dios, Landon. En cuanto mencionase a mi madre en la entrevista, le soltaría un puñetazo. Y entonces tendrías que lidiar con eso. Así que, ¿por qué no haces una de tus pequeñas evaluaciones de riesgo y decides qué consecuencias serán peores? Decir que no, o darle una paliza en la tele. Tú eliges.

—Está bien. De acuerdo. Les haré saber que tenemos que rechazarlo. Les diré que ahora mismo no aceptas entrevistas. Pensaré en algo.

Después de colgar, las sienes me laten aún más fuerte. Levanto las manos para frotarlas y suelto una serie de improperios silenciosos. De alguna manera, sé que todo esto es obra de mi padre. Apuesto a que fue él quien propuso la idea a la cadena. O si no lo hizo, quiso que la oferta existiera. Lo hace a propósito. Para joderme. Para recordarme que siempre está ahí, al acecho, y siempre lo estará.

Y está funcionando.

CAPÍTULO 4
HANNAH

Tengo alrededor de una docena de personas en mi sala de control, discutiendo sobre letras de canciones mientras un tío de dos metros llamado Gumby está parado detrás de mí, mirando por encima de mi hombro.

—¿Sabes para qué sirven todos esos botones? —me pregunta mientras me observa hacer una primera mezcla de la estrofa que Yves St. Germain acaba de grabar.

—No —le digo mientras pincho la pista de muestra de los violines que le gustaban a Nice—. Ni idea.

—Tío, deja de molestar a la señorita —le dice Patch. Se echa hacia atrás en la silla que hay a mi lado, balanceándose hasta estar a punto de caerse—. Ella no te dice cómo vestirte como si tu madre te comprase la ropa del colegio a plazos en los noventa.

—Oye, en serio —dice Gumby. Intenta tocar uno de los atenuadores, y yo le aparto la mano de mi mesa de mezclas de un manotazo—. Son muchos botones. ¿Cómo has aprendido a hacer todo esto?

Entrecerrando los ojos, susurro:

—No se lo digas a nadie, pero ni siquiera trabajo aquí.

Él resopla, negando con la cabeza con una sonrisa.

—Aléjate de ella y deja que haga su trabajo. —Nice, como Yves insiste en que lo llame, vuelve a la sala de control tras un breve descanso. Su nombre de rapero es YSG, pero su apodo de pequeño era «Nice».

Porque era un buen chico. Es asquerosamente íntegro, y me encanta.

—Está bien —digo—. Ven a escuchar esto.

Llevamos aquí desde las siete de la mañana. El chico solo tiene diecinueve años, pero su ética del trabajo es encomiable. Es una gran parte de la razón por la que nos llevamos tan bien. Los dos preferimos estar en el estudio, trasteando y experimentando, que en cualquier otro sitio.

Reproduzco lo que hemos grabado hasta ahora en esta última pista. Sus acompañantes guardan silencio mientras escuchan, moviendo la cabeza al ritmo de la música. Entonces entran los violines y Nice silba, con una enorme sonrisa en la cara.

—Sí, Hannah. Esto mola.

—¿Y si le añades unos *ad libs?*[*] —sugiero—. Para darle un poco de fuerza.

—Me gusta la idea. Vamos a probarlo. —Entonces saca una caja del bolsillo de su chaqueta de color amarillo brillante—. Por cierto, te he traído una cosita. Para darte las gracias por tu duro trabajo.

No puedo evitar reírme.

—¡Te dije que parases de hacerme regalos!

Este chico me trae «una cosita» cada vez que lo veo. Nice firmó un importante contrato de grabación después de que su *single* se hiciera viral el año pasado. Ahora tira el dinero exactamente como lo haría cualquier adolescente que tuviera tanto que no supiera qué hacer con él.

—Pero tengo que hacerte saber que te lo agradezco. —Su sonrisa es tan sincera que me derrite.

—Tío, tienes que buscarte un asesor financiero —le aconsejo—. Guarda algo de ese dinero para cuando seas mayor.

—No he parado de decirle que invierta en eso de las criptomonedas —dice Gumby.

—No, hermano. ¿Sabes que esa mierda consume tanta electricidad como la que se necesita para alimentar a todo un país durante un año? —dice Nice seriamente—. Que les den.

Dentro de la caja hay un hermoso reloj.

—Es precioso —le digo—. Pero es demasiado caro. En realidad, no debería aceptarlo.

* Un *ad lib* es un eslogan, un momento donde el rapero puede llenar el espacio entre las letras y agregar énfasis a una línea anterior, pero hacerlo con la creatividad que considere necesaria. *(N. de la T.)*

—Pero no quieres ofenderme, así que lo harás —dice, radiante—. Está hecho de plástico reciclado del océano. Solo han producido veinte de estos. Elon Musk tiene tres. —Luego se sube la manga de la chaqueta para mostrar que lleva cuatro. Dos en cada muñeca. Chúpate esa, Musk—. Están financiando el barco que limpia la isla de basura flotante del Pacífico.

Niego con la cabeza con asombro.

—Es increíble. Gracias.

En lo que respecta a raperos, Nice es único. Muchas de sus letras hablan del cambio climático y el ecologismo. De causas que le apasionan. Es, sin duda, uno de los adolescentes más inteligentes que he conocido, lo que se refleja en su música y en la forma en la que compone sus temas.

—¿Sabéis que el novio de Hannah ganó un premio de *hockey* anoche? —les dice a sus amigos, que están apiñados en el sofá de cuero, concentrados en sus móviles. El chaval viaja con un séquito.

—*¿Hockey?* —dice Gumby, mirando hacia arriba—. Rompe con él. Puedo presentarte a mi colega de los Celtics.

—Gracias, pero estoy bien.

—¿Cómo fue? —pregunta Nice.

—Fue genial. Estoy muy orgullosa de él. —Sonrío—. Incluso aunque su ego esté a punto de volverse insoportable.

—Dile que le felicito. Y que no se lo crea mucho.

Lo que es irónico viniendo de Nice. No es que se lo tenga muy creído, pero es bastante divo. Algunas personas simplemente nacen para ser superestrellas.

Volvemos a grabar, pero no pasa mucho tiempo antes de que empiece a encontrarme mal. Me remuevo en la silla. Está empezando a hacer calor aquí, y tengo un sabor amargo en la boca. Oh no. No, no, no. Aquí no, joder. Pero no hay manera de detenerlo. En medio del coro de Nice, suelto: «¡Tengo que hacer pis!», y salto de la silla. Salgo corriendo de la habitación, dejando una vergonzosa ola de risas a mi paso y Patch diciendo: «Señor, las vejigas de las chicas son minúsculas, hermano».

Por suerte hay un baño a menos de cinco metros de distancia. Me inclino sobre el inodoro unos minutos, respirando con dificultad mientras trago a través de las oleadas de náuseas. Pero nada sale. Ha sido así durante días, superdivertido.

Después de lavarme las manos y mojarme la cara con un poco de agua fría, reviso mis mensajes y veo que tengo un montón.

Allie: No me dejes con la intriga. ¿Lo hiciste?

Suspiro. Allie es mi mejor amiga y la quiero muchísimo, pero está empezando a volverme loca. Desde que le dije que estaba embarazada, no para de pedirme que hable con Garrett. No es que sea una petición absurda ni nada por el estilo. A ver, por supuesto que necesito decirle al padre de este bebé que es, bueno, el padre de este bebé. Pero empiezo a sentir presión, y eso me hace estar más revuelta.

Yo: No. Nos encontramos con su padre en la ceremonia de premios. No era un buen momento.

En lugar de responder al mensaje, me llama inmediatamente.

—Hola. Todavía estoy en el estudio, así que no puedo hablar mucho —le digo.

—Oh, no te preocupes, esto no llevará mucho tiempo. —Su tono se vuelve en parte regañina y en parte compasión—. Han-Han. Cuando empieces a comer pepinillos y una tarta *red velvet* entera en el sofá a las dos de la mañana, se va a dar cuenta. Tienes que decírselo.

—Ay, no menciones la comida. —La idea hace que se me revuelva el estómago de nuevo—. Ahora mismo estoy en el baño intentando no vomitar.

—Vaya. ¿Ves? No beber e ir al baño cada diez minutos para hacer pis o vomitar son otras de las cosas que va a notar en algún momento.

—Sé que tengo que decírselo. Pero parece que cada vez que lo intento, hay alguna razón para no hacerlo.

—Y siempre la habrá, si quieres que la haya.

—Allie.

—Yo solo te lo digo. Tal vez necesites preguntarte si lo estás retrasando por algún otro motivo.

—¿Qué quieres decir con «algún otro» motivo? Por supuesto que lo estoy retrasando, y sé exactamente por qué. —Una risa histérica burbujea en mi garganta—. Quiero decir, Dios, no es como si esto fuera a cambiar completamente nuestras vidas para siempre o algo así. ¿Por qué iba a dar miedo?

Garrett y yo ni siquiera hemos hablado sobre la posibilidad real de tener hijos. Quedarme embarazada y soltárselo me parece una forma horrible de abordar el tema. ¿Cómo podría no parecer una trampa?

—¿Puedo preguntarte algo? —dice vacilante—. ¿Quieres tenerlo?

Mis dientes se clavan en mi labio inferior. Esa es la cuestión. La gran pregunta. La que me mantiene despierta por la noche mirando a Garrett mientras duerme y tratando de imaginar cómo sería nuestra vida dentro de un año.

—¿En un mundo perfecto? ¿En el momento adecuado? Claro —admito, con un ligero temblor en la voz—. Siempre he pensado que tener un par de hijos estaría bien. Un niño y una niña. —Al ser hija única, de pequeña envidiaba a mis amigos que tenían hermanos. Parecía muy divertido crecer con otro niño.

—¿Pero? —pregunta Allie cuando no continúo.

—Pero todo esto del *hockey* no lo hace fácil. Él está de viaje durante meses cada año, lo que básicamente significa que yo estaría cuidando sola de un bebé. Eso no es precisamente lo ideal.

Incluso sin un niño, es un estilo de vida duro. Entre la pretemporada y la postemporada, la vida del *hockey* consiste en viajes, largas horas y agotamiento. Cuando Garrett entra por la puerta, apenas tiene energía para comer antes de caer rendido en la cama. Apenas tenemos tiempo para nosotros, y mucho menos para un niño. Y encima un recién nacido, que no paran de llorar.

El pánico empieza a subirme por la garganta. Trago con fuerza y mi voz tiembla cuando vuelvo a hablar:

—No puedo hacer esto sola, Allie.

—Oh, nena. —Su suspiro resuena al otro lado de la línea—. Es una mierda que tu familia no viva más cerca. Para darte algo de apoyo, al menos.

—Eso sería genial, pero no puede ser.

Mis padres están atrapados en una segunda hipoteca en el pequeño y asqueroso pueblo de Indiana donde crecí. Enterrados bajo una montaña de deudas que probablemente los mantendrá en ese miserable lugar el resto de sus vidas.

—Mira. Pase lo que pase —me dice Allie—, me tienes aquí. Para cualquier cosa que necesites. Lo único que tienes que hacer es llamarme y cogeré el próximo vuelo o tren a Boston. Haré autostop si es necesario.

—Lo sé, y te quiero por ello. Gracias. —Parpadeo a través de mis ojos irritados—. Tengo que regresar al trabajo.

Después de terminar la llamada, vuelvo a mirarme al espejo para asegurarme de que no parezca que he estado llorando. En mi reflejo veo unos ojos verdes cansados, unas mejillas pálidas y una mirada de puro terror.

A fin de cuentas, tengo miedo. De criar a este niño yo sola. De la abrumadora responsabilidad. De lo que dirá Garrett cuando por fin encuentre la forma correcta de contárselo. Porque se lo voy a decir. Solo tengo que encontrar las palabras.

Sin embargo, por ahora, hay asuntos más urgentes. Como la exorbitante tarifa que Nice está pagando por el tiempo de estudio, que es como prenderle fuego al dinero a cada minuto que tengo un colapso existencial en el baño.

Pasamos las siguientes horas en el estudio, grabando unas cuantas canciones más. Cuando Nice y yo cogemos el ritmo, trabajamos rápido. El *flow* está ahí, esa energía creativa libre que hace que el tiempo pase en un abrir y cerrar de ojos. Hasta que, de repente, parpadeamos y descubrimos que todos sus amigos están dormidos en el sofá y que el conserje nocturno entra para vaciar los cubos de basura.

Por fin damos por terminada la jornada. Recojo mis cosas y acepto el ofrecimiento de Patch de acompañarme al coche. En los tiempos que corren, es mejor extremar las precauciones.

—Buenas noches, Hannah. Cierra la puerta con pestillo. —Patch toca el marco de la ventanilla de mi todoterreno antes de volver al edificio.

Acabo de salir del aparcamiento cuando recibo una llamada de mi agente. Elise suele llamar a esta hora todas las noches para comprobar nuestro progreso. La discográfica la llama cada diez minutos para asegurarse de que su dinero no se desperdicia en el estudio.

—¿Tienes algo caliente en la mano? —pregunta en lugar de saludar.

—¿Eh? ¿Te refieres a si hemos escrito algo bueno esta noche?

—No, ¿estás literalmente sosteniendo algo caliente en las manos ahora mismo? ¿Café? ¿Té? Si es así, suéltalo —me ordena.

Me pongo en alerta.

—Estoy conduciendo de camino a casa. ¿Qué pasa?

—Nada, si te gusta el dinero. —Elise suena demasiado satisfecha de sí misma, lo que me pone nerviosa.

—Me gusta el dinero —digo, aunque con recelo.

—Bien. Porque la canción que escribiste para Delilah ha reventado las listas de éxitos del último trimestre, y acabo de enviarte un cheque obsceno. De nada.

—¿Cómo de obsceno es obsceno?

—Es una sorpresa. Felicidades, Hannah. Así es como se siente una al triunfar.

Dudo en adivinar el número. La estrella del pop para la que había escrito la canción ha copado todas mis redes sociales durante meses, y sabía que las visualizaciones y las descargas del *single* estaban funcionando bien. Lo que significa que mi parte de los derechos de autor debería ser buena. Pero tengo la costumbre de no prestar demasiada atención a esas cosas. Es mejor concentrarse en el trabajo que tenemos por delante que obsesionarse con el que ya hemos hecho. Si nos obsesionamos demasiado, la música se resiente.

La verdad es que esta industria es voluble. Lo que está de moda hoy es basura mañana. Solo podemos acumular los reconocimientos y disfrutar del viaje mientras dure.

***

Ya en casa, me muero de ganas de compartir la noticia con Garrett —y luego encontrar la manera de incluir un bebé en la conversación—, pero cuando entro por la puerta, ya hay varias botellas de cerveza abiertas en la encimera de la cocina y él está jugando a videojuegos en el salón, cabreado.

—Joder —gruñe, y arroja el *joystick* a la mesa de centro, donde aterriza con un fuerte chasquido.

—Hola. —Me apoyo en el marco de la puerta y le ofrezco una sonrisa cautelosa.

Garrett se limita a suspirar. Sigue con el pijama que llevaba esta mañana. Lo que nunca es una buena señal.

—¿Qué pasa? —Tomo asiento en el brazo del sofá para saludarlo con un beso, pero nuestros labios apenas se encuentran antes de que él se aparte irritado, soltando una maldición.

—Me está jodiendo —escupe.

—¿Quién? ¿El niño del ceceo? Oh, no. ¿Ha vuelto?

Durante semanas después de la última Navidad, Garrett tuvo una némesis de diez años que se burlaba de él en uno de sus juegos. Pensé que tendría que deshacerme de la consola, verdaderamente preocupada de que Garrett encontrara una manera de rastrear al niño y se presentara en su casa con su palo de *hockey*. Pero, entonces, el niño y su ceceo simplemente desaparecieron en la primavera, y pensé que el calvario había terminado.

—Mi padre —dice sombríamente—. Nada le satisface, así que ahora tiene que restregármelo.

Noto el inicio de un dolor de cabeza.

—Empieza por el principio. ¿Qué ha pasado?

—Landon me ha llamado esta mañana. Me ha dicho que un productor de ESPN quiere que haga un episodio de *El Legado*. Solo que no es uno de sus habituales episodios de imágenes de la carrera de un deportista, sino una historia de mierda de padre e hijo, de estas felices. Para que mi padre puede salir ahí y hablar sobre criar a un prodigio mientras ponen mis fotos de bebé de fondo. —Los ojos de Garrett brillan con un gris tormentoso—. A estas alturas, está siendo realmente sádico.

—¿Crees que Phil lo ha montado?

—Como si fuera una novedad que actuara a mis espaldas y tratase de interferir en mi vida. —Garrett me lanza una mirada de complicidad—. ¿No te resulta familiar?

Tiene razón. Cuando todavía estábamos en la universidad, Phil Graham casi me chantajeó para que rompiera con Garrett, amenazando con dejar de apoyarlo financieramente si no lo hacía.

—Tienes razón. Es exactamente algo propio de él.

—Me está castigando por algo. O tal vez se ha vuelto loco con tanto poder. Sea lo que sea, no voy a picar.

—Bien —digo, frotándole los hombros. Nada le pasa tanta factura a Garrett como su padre—. Que se joda. Sea cual sea la atención que espera, no se la des.

Pero mi novio está demasiado agitado para quedarse quieto. Sigo su amplio y musculoso cuerpo mientras va a la cocina a coger la última botella de cerveza de la nevera. Se bebe casi la mitad de un trago y rebusca algo para comer.

—Son mierdas como esta las que hacen que no quiera tener hijos, ¿sabes?

La amarga reflexión sale tan de la nada que me deja total y completamente atónita.

Me golpea en toda la cara, y una aguda punzada irradia a través de mi pecho mientras asimilo lo que acaba de decir.

—Tienes suerte —dice con brusquedad, volviéndose hacia mí. Se apoya en la puerta de la nevera—. Tus padres son gente decente. Tienes los genes de los buenos padres en tu ADN, ¿sabes? Pero ¿y yo? ¿Qué pasa si un día me vuelvo igual que mi padre y la cago con mis hijos? ¿Y hago que crezcan odiándome?

Trago el nudo de ansiedad que asfixia mis vías respiratorias.

—Tú no eres tu padre. No te pareces en nada a él.

Pero Garrett tiende a encerrarse en sí mismo cuando Phil lo saca de sus casillas. Se vuelve callado y retraído. Y he aprendido que la única cura es el tiempo y el espacio. Que tengo que dejarle lidiar con los pensamientos en su cabeza sin intervenir o añadirle más presión.

Lo que significa que, una vez más, no llegaremos al tema de: «Oye, tengo un niño con el que, desde luego, no la vas a cagar, gestándose en mi vientre».

CAPÍTULO 5

GARRETT

El sábado por la mañana, bajo del avión en Palm Springs con la otra media docena de compañeros del equipo que se han visto obligados a jugar este torneo de dos días. Los miembros de la organización benéfica nos alojan en un bonito hotel, al que nos llevan dos coches privados. El servicio de habitaciones nos trae el desayuno, mientras Logan me envía un mensaje desde la habitación de al lado para decirme que están emitiendo *Happy Gilmore* en la televisión, por si quiero algunos consejos antes de llegar al primer *tee*. Estoy a punto de contestarle cuando me llama mi agente.

—No sabía nada de esto —advierte Landon antes de que pueda decir una palabra.

—¿Qué?

Salgo al balcón, donde, varias plantas más abajo, la gente se empieza a reunir para el torneo. La prensa se está preparando. El personal va de un lado a otro, reuniendo a los espectadores. Es un día soleado. No hace demasiado calor y corre una ligera brisa. Hace buen tiempo para jugar al golf. Al menos, para la gente a la que se le da bien el golf.

—Cuando he llegado a la oficina, tenía un mensaje de voz de ese productor —explica Landon.

Dios. Esta gente es muy cansina.

—La respuesta sigue siendo no.

—Correcto. Fui muy claro con ellos. —Hay una larga e inquietante pausa—. Salvo que, al parecer, tienen la impresión de que Phil aceptó la oferta por los dos.

Casi tiro mi teléfono por el balcón. Retrocedo y apenas me detengo para no soltarlo; solo me contengo cuando me doy cuenta de que es muy probable que golpee a alguien abajo.

—Joder, no, Landon. ¿Me has oído? —Mi agarre se tensa alrededor del teléfono, y siento que la caja de plástico empieza a crujir—. Diles que se vayan a la mierda. Él no habla por mí. Jamás.

—Desde luego. Te entiendo.

—No podrían meterme en un plató junto a él ni con una pistola en la cabeza.

—Lo entiendo, Garrett. Lo entiendo. —Otra pausa inquietante—. Haré la llamada. Lo que quieras. —Se aclara la garganta—. Pero esta es la cuestión: por lo que ellos entienden, te has comprometido a esto. Si voy y les digo que no lo vas a hacer, vas a quedar mal.

—Me importa una mierda.

—No, ya lo sé. Son circunstancias especiales. Solo que ellos no lo saben. Así que podrían empezar a preguntarse si hay algo más.

—Quizá no lo hagan —murmuro entre dientes. Estoy rechinando tanto las muelas que las estoy haciendo polvo.

—Te aseguro que lo harán. Esto puede generar un efecto bola de nieve. ¿Estás preparado para lo que suceda cuando la gente comience a preguntarse si hay mal rollo entre vosotros? ¿Por qué te negarías a hacer una entrevista con tu padre? Porque te diré lo que parece. Empiezan a llamar a tus compañeros de equipo, a tus entrenadores, a tus viejos amigos de la universidad y a algún niño de tu clase de primaria para preguntar sobre tu familia y tu relación con tu padre. ¿Puedes estar seguro de lo que dirán?

Respiro de forma superficial y entrecortada.

A la mierda.

Por el bien de mi carrera, me he visto obligado a fingir durante años. No había forma de evitarlo: Phil Graham es uno de los nombres más grandes en el *hockey* americano. Era ventilar nuestro trauma ante todo el mundo o fingir ser la familia feliz. Elegí lo segundo, porque lo primero es demasiado... Dios, es demasiado humillante.

La idea de que el mundo entero me vea como una especie de víctima me da ganas de vomitar. Hannah lo ha mencionado antes, preguntando si tal vez es hora de dejar que las acciones de mi padre salgan a la luz, para que todos sepan a qué clase de hombre han estado endiosando. Pero ¿a qué precio? En un instante, pasaría de ser «un jugador de *hockey*» a «el jugador de *hockey* al que su padre pegaba». Quiero que me juzguen por mis habilidades en el hielo, no que me diseccionen y compadezcan. No quiero que gente desconocida se meta en mis asuntos. Me pongo enfermo solo de pensarlo.

Durante estos últimos años, he sido capaz de seguirle el juego poniendo buena cara. Ahora, por alguna razón inexplicable, mi padre parece empeñado en hacerme la vida especialmente difícil.

Sin embargo, lo último que quiero es que algún periodista deportivo entrometido husmee en mi vida. Si localizan al entrenador Jensen en la Universidad de Briar, no tengo ninguna duda de que me cubriría las espaldas. Chad Jensen tiene los labios sellados. Si alguien se presentara en su pista de *hockey* buscando cotilleos sobre un antiguo jugador, le daría una paliza. Pero no puedo decir lo mismo de toda la gente que he conocido en mi vida. Jugué con un montón de chicos en Briar que sabían que tenía una historia turbia con mi padre.

Así que, a pesar del ácido que me sube por el fondo de la garganta, no tengo otra opción que hacer exactamente lo que ese imbécil esperaba cuando tramó esta farsa.

—Está bien —le digo a Landon, odiando cada palabra que sale de mi boca—. Lo haré.

Después de colgar, busco el nombre de mi padre en mi lista de contactos. No recuerdo la última vez que lo llamé. Pero si me está metiendo en esto, no me voy a quedar callado.

—Garrett. Me alegro de oírte. ¿Listo para golpear algunas bolas? —dice, la mar de despreocupado, lo que aumenta mi ya acentuada ira. Ni siquiera está involucrado en el torneo, pero siempre sabe lo que estoy haciendo.

—¿A qué coño estás jugando? —Mi voz es un susurro. Apenas puedo contener la rabia.

—¿Perdona?

¿En serio tiene el valor de hacerse el tonto?

—Esta tontería de la entrevista. ¿Por qué?

—Vinieron a verme —responde con fingida inocencia—. No vi una buena razón para decir que no.

—¿Así que tomaste la decisión por mí? —Me tiemblan las manos. Odio tanto a este hombre que me provoca una perturbación física.

—Es la decisión correcta. No se rechaza una oportunidad como esta.

—Yo soy quien decide. No tú. Solo porque ya no puedas soportar no ser el centro de atención...

—Garrett —suspira. Parece muy aburrido de mis preocupaciones—. Esperaba que hubieras madurado en el último año, pero ahora veo que te sobrestimé.

—Vete a tomar por culo, viejo. Ya no soy un niño. No me puedes salir con esta mierda.

Hubo un tiempo en que la rutina del padre decepcionado funcionaba. Cuando tenía cinco años, seis, siete. Un niño pequeño, desesperado por impresionar a un padre difícil de impresionar. Me llevó a espirales de depresión y dudas sobre mi valía. Hacía cualquier cosa para conseguir su aprobación. Hasta que crecí y comprendí la viciosa manipulación a la que jugaba. Con un niño. Y me di cuenta de lo cabrón que es.

—No voy a hacer caso a tus rabietas, chaval. Algún día entenderás todo lo que he hecho para darte una oportunidad en este deporte. —La condescendencia impregna su tono—. Tal vez entonces apreciarás lo afortunado que eres por haber sido mi hijo.

Preferiría comerme mi propio pie.

—En cualquier caso —dice, con esa manera de hablar tan monótona y llena de suficiencia que me provoca un tic en el ojo—, harás esa entrevista. Te sentarás ante las cámaras, serás encantador y simpático, y tal vez seas lo suficientemente inteligente como para alcanzar el siguiente nivel y convertirte en uno de los grandes. Es lo que haría un profesional.

Cuelgo, porque, si se lo permitieran, seguiría hablando para masturbarse con el sonido de su propia voz. De todos modos, ya he escuchado este discurso antes. Sé el Michael Jordan del *hockey.* La fama que trasciende el deporte.

Lo cual está muy bien, pero si Phil Graham está a mi lado cuando suceda, no me veo disfrutando de nada de eso.

Tal y como están las cosas, no puedo olvidarme de la conversación ni del miedo a la entrevista durante el torneo, y nuestro equipo termina el día en último lugar. Estoy a dos golpes por encima del par en un hoyo y me he pasado la mayor parte de la tarde de rodillas en el *rough*. A Logan no le ha ido mucho mejor: ha terminado en más de un banco de arena mientras los espectadores se reían. Lo cual es un fastidio para nuestros compañeros de equipo, que han pagado para jugar con nosotros, pero han sido comprensivos con todo el asunto. Atiborrarles con bebidas ha ayudado, así como los entrecots que hemos comido en un reconocido restaurante cercano después de que el torneo terminara por hoy. Los dos hombres son hermanos, de Texas, y llevan juntos un rancho de ganado, así que confío en que saben de lo que hablan cuando nos dicen que este es el mejor asador de todo el estado.

Cuando volvemos al hotel después de la cena, son las nueve y cuarto y lo único que quiero es ducharme y quitarme esta ropa sudada. No me molesto en encender la luz mientras entro en mi habitación y me quito la camisa por encima de la cabeza antes de que la puerta se cierre tras de mí. Estoy medio desnudo cuando algo se mueve de repente en el espejo.

Por instinto, cojo una botella de cristal del escritorio y me doy la vuelta, dispuesto a lanzarla contra lo que sea que esté detrás de mí.

—No me mates —responde una burlona voz femenina.

Bajo la botella. Rápidamente enciendo el interruptor de la pared, inundando la habitación de luz. El corazón me late con fuerza y la adrenalina sigue bombeando por mis venas, así que tardo un segundo en comprender que hay una mujer desnuda tumbada en mi cama, solo parcialmente tapada por las sábanas.

Con una sonrisa despreocupada, levanta las manos en señal de rendición.

—Estoy desarmada.

Respiro hondo para tranquilizarme.

—¿Quién coño eres?

—Tu regalo —bromea antes de quitarse el resto de la manta para revelar los lazos rojos pegados a sus pezones—. De nada.

Luego se da la vuelta y me enseña su culo desnudo, que tiene mi nombre escrito con rotulador permanente negro.

Garrett en una nalga, Graham en la otra.

No puedo.

Hoy no puedo con esto, joder.

Sin decir nada, doy media vuelta y salgo de la habitación. Me pongo la camiseta mientras entro en el ascensor, todavía con la botella de agua en la mano. Juro por Dios que la próxima persona que me toque los cojones acabará muy mal.

En la planta baja, mi estado de ánimo se vuelve más oscuro y turbulento cuando me pongo a discutir con el encargado de la recepción, que parece haberme confundido con alguien paciente. En plan, tío, podríamos hablar de tu lamentable e inadecuada seguridad que ha dejado entrar a una chica desnuda en mi habitación con mi nombre escrito en el culo como si buscara arrancarme la piel para ponerla en uno de sus peluches, o podrías darme una nueva habitación para que pueda irme a dormir, joder.

Mientras espero a que por fin se pongan las pilas y trasladen mis cosas, le envío un mensaje a Logan.

Yo: Los dioses del *hockey* han decidido perdonarte esta noche. Acabo de encontrarme a una fan en mi cama. Con lazos en las tetas y mi nombre en rotulador permanente en el culo.

Logan: JAJAJAJA. Qué grande. Rotulador permanente, ¿eh? Ojalá mis acosadoras tuvieran esa dedicación.

Yo: Me han dado una habitación nueva, así que no grites tonterías al azar en mi puerta. No estaré allí.

Logan: ¿Por qué no has venido a dormir conmigo?

Yo: ¿Porque soy un hombre adulto que no necesita que le cojan la mano cada vez que me asaltan un par de tetas desconocidas?

Logan: Tú te lo pierdes. Podríamos habernos abrazado.

Resoplando, salgo del chat y busco el de Hannah. Con toda la prensa dando vueltas por este hotel, es de esperar que los rumores lleguen a la red en una hora.

Yo: No mires ninguno de los blogs de deportes. Y no te metas en las redes sociales.

Hannah: ¿Acaso has apuñalado a una pelota o has matado a una garceta en peligro de extinción o algo así?
Yo: No. He encontrado a una loca desnuda en mi cama. El hotel afirma que eso es algo normal, no un error.
Hannah: JAJAJAJA, al menos esta vez no estaba yo en la cama.

La culpa se asienta como una roca en la boca de mi estómago.

Yo: Lo siento. Me gustaría que la vida de deportista profesional no fuera tan jodidamente intrusiva. No quería que te pillara por sorpresa.
Hannah: No te preocupes. Confío en que no me pongas los cuernos con una acosadora aleatoria.

No es que esperara otra cosa, pero que Hannah esté tranquila con esto es la única victoria que he tenido hoy. Es lo único en mi vida por lo que no tengo que estresarme. Estamos bien, siempre, pase lo que pase. Cuando todo lo demás está fuera de control, es ella quien me sostiene.

Yo: A ver, si quieres estar un poco celosa, también está bien…
Hannah: Oh, iré a por ella. Que no me pongan a prueba.

Me sorprendo a mí mismo sonriendo en lo que parece ser la primera vez en días.

Yo: Te echo de menos. Qué ganas de volver a casa.
Hannah: Vuelve pronto. Te quiero.

En momentos como este recuerdo por qué me enamoré tan perdidamente de esta chica.

CAPÍTULO 6

HANNAH

—No entiendo qué está pasando —dice mi madre, por encima del estruendo enlatado del pasillo de productos del supermercado cuando los pulverizadores se ponen en marcha. Eso me fascinaba de niña—. ¿Vais a romper?

—No, mamá. Todo va bien. —Estoy tumbada en el sofá del salón con un paquete de galletas que, al parecer, no puedo comer. Cada vez que pruebo un bocado, siento náuseas.

—Tommy, el de la carnicería, ha dicho algo sobre una amante.

Tommy, el de la carnicería, debería ocuparse de sus propios asuntos.

—Solo es un cotilleo tonto. No le prestes atención. Yo no lo hago.

La fábrica de rumores se mueve rápido; esta mañana, en cuanto he abierto los ojos, mi teléfono estaba lleno de mensajes. Mi chat de grupo con las chicas rebosaba de enlaces graciosísimos a los blogs que habían publicado artículos sensacionalistas sobre la mujer desnuda que habían pillado en la cama de Garrett en California. Eso ha producido todo tipo de especulaciones calenturientas en masa.

Las periodistas de *Hockey Hotties* —y uso el término «periodistas» por decir algo— finalmente se retractaron de su especulación anterior de que Garrett y Logan son amantes en secreto. Ahora están convencidas de que Garrett me pone los cuernos con una *escort* de Palm Springs. Y Logan también está siendo infiel, porque, al parecer, quería su propio turno con la *escort*. Es el tipo de basura ridícula y misógina que me esperaba de los tabloides, esos periodicuchos obsesionados con la vida amorosa de los deportistas profesionales. Pero el hecho de que el cotilleo haya llegado a mi madre en Indiana me ha dado más problemas de lo que esperaba.

—Lo siento mucho, cariño —dice mamá—. Qué cosas tan terribles para escribir.

—Son gajes del oficio. —Lo sabía cuando Garrett se hizo profesional. Aunque no lo hace más fácil cuando se convierte en el protagonista de las noticias deportivas del día.

Mi madre, que es muy buena leyéndome la mente, dice:

—Aun así, estas cosas pueden pasar factura a una relación.

—No es lo que más me gusta —admito—. Ya sabes que últimamente prefiero mantenerme al margen de los focos.

Ser compositora y productora es algo que unos pocos elegidos han convertido en un trabajo muy visible, pero yo prefiero estar en segundo plano. No me malinterpretéis, no tengo ningún problema en subirme a un escenario y actuar ante el público; lo hacía siempre en Briar. Y no me falta confianza. Pero desde que mi novio se convirtió en una sensación nacional del *hockey*, me he dado cuenta de que no me gusta la atención constante. Podría haber intentado ser cantante después de la universidad, pero ya no me atrae. Los *paparazzi*, los tuits crueles, la obsesión del público... ¿Quién demonios necesita eso?

—Espero que sepa lo afortunado que es por tenerte.

—Lo sabe —le aseguro.

Y aunque esperaba que mi madre se preocupara por mí, la verdad es que aguanto todas estas tonterías porque, al fin y al cabo, estar con Garrett merece la pena.

Una vez que he disipado los temores de mamá, me levanto del sofá y abandono mis galletas sin comer para ir a ver el correo en la entrada. El buzón está lleno de facturas, folletos, más facturas, más folletos y un cheque de derechos de autor de Elise.

Entro y dejo todos los sobres menos uno en el aparador del vestíbulo. Se me hace un nudo en el estómago al abrir la solapa. O quizá son las náuseas, que vuelven a aparecer. Pero Elise dijo que era obsceno. Había dicho obsceno, ¿verdad?

Cierro los ojos y respiro profundamente antes de mirar los números del cheque.

Veo ceros. Y más ceros. Siguen hasta que mis piernas se tambalean un poco y busco una silla.

Trescientos mil dólares.

No he visto tanto dinero junto en mi vida.

Esta es una cantidad de esas que te cambian la vida. Suficiente para pagar una gran parte de la deuda de mis padres. Tal vez incluso pueda sacarlos de esa casa. Ay, Dios mío.

Las posibilidades inundan mi mente. Tendré que hablarlo con Garrett. Hago caso al recordatorio silencioso de no adelantarme a los acontecimientos. Pero esta podría ser una verdadera oportunidad para cambiar la vida de mis padres.

Si ellos me lo permiten, me recuerda una vocecita.

Porque es cierto que la última vez que abordé el tema de ayudarlos con sus deudas, lo rechazaron. O, mejor dicho, rechazaron la ayuda de Garrett. Después de su primer año, firmó un contrato multimillonario de cinco años con el equipo, tanto dinero que los dos nos habíamos quedado sorprendidos por la cantidad. Y como es una persona increíble, se ofreció de inmediato a hacerse cargo de las deudas de mis padres, a lo que ellos se negaron en redondo.

Y Garrett pensaba que yo soy testaruda. Tuve innumerables conversaciones con ellos, pero mamá y papá no cedieron. Mamá dijo que no estaría bien. Y papá dijo que se negaba a dejar que su futuro yerno se hiciera cargo de sus deudas. Son demasiado orgullosos para su propio bien.

Pero esto podría ser diferente. Técnicamente, este es «mi» dinero, aunque Garrett y yo compartamos nuestras finanzas. Si se lo propongo con tacto, tal vez pueda convencer a mis padres para que, por fin, acepten mi ayuda.

Con la emoción revolviéndome el estómago, paso gran parte de la tarde investigando los precios de las viviendas en Ransom, Indiana, y las penalizaciones por dejar una hipoteca antes de tiempo. Incluso le dejo un mensaje a un agente inmobiliario de la zona para hacerle algunas preguntas. Para tener una idea de si esto es siquiera factible. Pero, Dios, ¿y lo increíble que sería que mamá y papá pudieran pagar sus deudas y mudarse a Boston? O incluso a Filadelfia, si quisieran estar más cerca de la tía Nicole. Obviamente, tengo debilidad por Boston, pero simplemente me alegraría que se fueran de Ransom.

Esa ciudad no tiene más que malos recuerdos para mí y mi familia. Cuando tenía quince años, uno de mis compañeros de clase me agredió sexualmente en una fiesta y la vida nunca volvió a ser igual después de eso. Me acusaron de cosas horribles; la peor de ellas fue que me lo había inventado todo. A mis padres se los rechazó y marginó mientras se veían obligados a relacionarse con los padres de mi agresor; su madre es la alcaldesa de Ransom.

Que le den a ese lugar. Si Garrett está de acuerdo, voy a gastar hasta el último centavo de este cheque para rescatar a mis padres, y esta vez no me van a detener.

Mis ánimos están por las nubes cuando Garrett llega a casa por la noche.

Antes me ha enviado un mensaje desde el avión quejándose de que la comida era un asco, así que me aseguro de comprarle la cena en su restaurante favorito.

No importa lo corto que haya sido el tiempo que hemos estado separados; en cuanto entra por la puerta, me saluda como si no me hubiera visto en meses. Deja su bolsa en el pasillo, me agarra por las caderas y presiona su boca contra la mía. El intenso beso me roba el oxígeno de los pulmones y me deja sin aliento.

—Hola —digo, sonriendo contra sus labios.

—Tienen que dejar de enviarme a estas cosas.

—¿Tan mal ha ido?

—Siento que debería devolverles el dinero a esos tíos.

—Entonces, supongo que podemos tachar lo de golfista profesional de tu plan de jubilación del *hockey*. —No debería ser tan diferente, ¿verdad? —Nos dirigimos hacia la cocina cuando él percibe el olor de la comida, que se está calentando en el horno—. Un palo y un proyectil. Pero la mitad de las veces ni siquiera sabía a dónde iba la maldita bola.

Por su postura, me doy cuenta de que su mala actuación en el *green* no es lo que realmente lo tiene estresado. En un mensaje anterior, me ha avisado de que ha aceptado hacer la entrevista de *El Legado* con su padre, pero no me ha dado más detalles.

Odio abordar el tema, pero siento demasiada curiosidad como para no hacerlo.

—Así que, eh, ¿qué te ha hecho aceptar la entrevista de ESPN con Phil? —Le doy una cerveza.

—Me obligaron a hacerlo —gruñe antes de dar un trago—. Básicamente, el cabrón se adelantó y aceptó en mi nombre.

Landon dijo que provocaría demasiadas especulaciones si me echaba atrás ahora.

—Chico, tu padre es un imbécil.

—Chica, lo sé. —Pero ahora está sonriendo, mirándome por encima de su botella—. Pareces feliz. Quiero decir, claro que lo estás, porque estoy en casa...

Resoplo. Mi hombre es un dechado de modestia.

—Pero ¿hay algo más?

Incapaz de ocultar mi alegría, me acerco a la mesilla y cojo el cheque. Con una floritura, se lo entrego.

—Sorpresa.

Sus ojos saltan del papel a los míos.

—¡La hostia! ¿En serio? ¿Esto es por *una* canción?

Asiento con la cabeza, llevándome a los labios mi propio vaso de agua con gas.

—Sí. La que escribí para Delilah —confirmo antes de dar un sorbo.

—Esto es increíble. Joder, Wellsy. Enhorabuena.

—Gracias. —Me siento bastante satisfecha de mí misma cuando su botella golpea mi vaso en un exultante brindis.

—Lo digo en serio. Estoy muy orgulloso de ti. —Sus ojos grises brillan—. Sé lo mucho que trabajas. Y está dando sus frutos. De verdad. —Me abraza—. Te lo mereces, cariño.

«Este es el momento», me insta una voz. «Díselo ahora».

Debería hacerlo. De verdad que debería. Pero es la primera vez en años que lo veo tan relajado. No hay tensión en sus hombros. Hay alegría en sus ojos. En el momento en que le diga que estoy embarazada, esta ligereza se volverá pesada. Nos obligará a pasar días o semanas teniendo profundas discusiones con las que mi mente no quiere agobiarse en este momento.

Así que me muerdo la lengua y nos sentamos a disfrutar de una buena cena. A lo mejor soy una cobarde. Probablemente lo sea. Pero no quiero arruinar lo que es un momento breve y perfecto. Últimamente tenemos pocos de estos.

Ni siquiera llegamos al postre antes de que Garrett me ponga las manos encima. Me mete mano mientras yo saco las cucharas del cajón para que podamos dividir la enorme ración de *mousse* de chocolate que he comprado en mi pastelería favorita. Pero a Garrett no le interesa la tarta, y cuando me levanta la camiseta para apretarme los pechos, me estremezco incontroladamente y me olvido de ella también.

De repente, nos encontramos yendo torpemente hacia el salón, porque está más cerca que el dormitorio. Tropezamos con la ropa que cae al suelo. Hacemos lo mismo y nos dejamos caer sobre la alfombra, desnudos y comiéndonos la boca.

—Dios, te quiero —gruñe, hundiendo los dientes en mi hombro.

El pequeño escozor me hace gemir. Le aprieto el culo desnudo y levanto las caderas para apretarme contra su tensa erección. Estar de nuevo en sus brazos, incluso después de un par de días, me recuerda lo adictiva que es esta sensación. La química pura que hay entre nosotros. Lo mucho que le quiero.

Los escalofríos regresan cuando empieza a besar mis pechos. Joder, mis tetas están hipersensibles y hace que se me nuble la vista.

Y después de semanas sin darse cuenta de mis constantes viajes al baño y de que el olor a huevos me marea, Garrett elige este momento para notar algo: mis pechos hinchados y sensibles.

—Vaya, tus tetas están más grandes —murmura, cogiéndolas con las dos manos—. ¿Te va a bajar la regla?

Casi me echo a reír.

«Hazlo ya», me ordeno. «Díselo».

Es el momento perfecto. «Pues verás, hace dos meses que no me viene la regla. ¡Sorpresa! ¡Estoy embarazada!».

Pero entonces deja de hacerlo y baja la cabeza para chupar un pezón dolorido. Y está tan sensible que envía ondas de placer a través de mi cuerpo. Suelto un gemido de felicidad. Dios mío. Quizá el embarazo no sea tan malo. Tal vez este huracán hormonal que me está causando estragos tenga finalmente algunos beneficios. Como la exquisita agonía de la boca de Garrett en mi pezón. Y lo increíblemente húmeda que estoy cuando desliza su mano entre mis muslos.

Él también lo siente y gime en voz alta.

—Joder —dice—. ¿Todo esto es para mí?

—Siempre —murmuro contra sus labios.

Me besa de nuevo; su lengua busca la mía, al mismo tiempo que se sumerge en mi interior, con su gruesa erección llenándome hasta el fondo. Luego me folla sobre la alfombra del salón por la que discutimos durante casi una hora cuando nos mudamos a esta casa. Yo quería algo más duradero, más fácil de aspirar. Él había defendido valientemente la alfombra más larga y suave. Y después de que yo siguiera preguntando por qué, se frustró. En medio de IKEA, frente a un vendedor cuya mirada ansiosa oscilaba entre nosotros, Garrett me acercó y me gruñó al oído:

—Porque habrá un momento en que estaré demasiado cachondo para ir hasta el dormitorio y acabaré follándote en el suelo del salón. Lo siento por querer que tu culo esté cómodo.

En respuesta, me callé y le dije al vendedor que queríamos la alfombra.

Ahora, hago rodar a Garrett sobre su espalda y me pongo a horcajadas sobre sus musculosos muslos mientras él empuja hacia arriba, llenándome por completo. Está muy guapo, tumbado a mi merced. Con los ojos grises fundidos y los párpados pesados. Tiene el labio inferior atrapado entre los dientes mientras deja escapar una respiración entrecortada, luchando claramente por mantener el control.

—No te resistas —le digo, rozando con mis uñas sus pectorales definidos mientras pongo mis palmas de las manos sobre su pecho. La parte inferior de mi cuerpo lo aprieta, acercándonos a los dos al límite—. Ya casi estoy.

—¿Sí?

—Sí.

Aprieto mis muslos y él gime, sus rasgos se tensan.

—Me corro, nena —gime.

Lo observo mientras lo hace, y me encantan los ruidos que emite, la forma en que sus párpados se vuelven pesados antes de cerrarse del todo. La sensación de que se libera dentro de mí desencadena mi clímax, y pronto soy yo la que hace ruido, con los ojos cerrados mientras me derrumbo sobre él.

Un rato después, volvemos al dormitorio, donde nos duchamos antes de caer en la cama y volver a sudar. Mientras me duermo entre los fuertes brazos de Garrett, me prometo a mí misma que mañana se lo diré.

CAPÍTULO 7
HANNAH

Se lo voy a decir hoy.

No puedo *no* decírselo hoy.

Estoy llegando a un punto en el que no creo que pueda retrasarlo más. Ha pasado una semana desde nuestro festival de sexo en el salón, y todavía no me he armado de valor para decirle a mi novio que estoy embarazada. Pero Allie tiene razón: Garrett empezará a notar mis cambios físicos. La última vez ya se dio cuenta de mis pechos hinchados. Quién sabe lo que notará la próxima. Y quizá entonces, finalmente, ate cabos.

Así que hoy es el día. Lo único que tengo que hacer es esperar a que Garrett se decida a salir de la cama para poder decírselo. Aunque, en su defensa, solo son las ocho de la mañana. Soy yo la que se ha levantado a una hora intempestiva.

Creía que la ventaja del embarazo era no tener dolores menstruales, pero me ha salido el tiro por la culata. Ahora tengo calambres de embarazo. Me he despertado al amanecer con la sensación de que un caballo me daba coces en el estómago. Ni siquiera una larga ducha caliente y un poco de Tylenol han servido para aplacar esta sensación que me hace añorar las náuseas constantes de la semana pasada.

«No hay excusas», me dice una voz interior, esa parte sabia de mí que sabe que he estado a punto de convencerme de que los calambres son una excusa para volver a retrasarlo.

Pero no. No lo voy a retrasar más.

Hoy es el día.

—¡Hijo de puta! —grita Garrett desde el dormitorio.

Vale, quizá hoy no sea el día.

Tumbada en el salón con mi portátil y mis auriculares mientras trabajo en una nueva canción, me sobresalto al oír el estallido. Al quitarme los auriculares, oigo lo que parece ser una palabrota de Garrett, que se pelea con el armario.

Me apresuro hacia nuestra habitación.

—¿Te encuentras bien?

—¿Tengo que llevar corbata para esto? —Sale medio vestido, con un montón de corbatas en la mano.

—¿Qué cosa?

Me dedica una mirada sombría.

—La entrevista de *El Legado*. La primera grabación es en un par de horas.

Vaya. Hoy, desde luego, *no* es el día.

Había olvidado por completo que Garrett iba a hacer eso esta mañana. El estúpido cerebro de embarazada ha empezado a hacer efecto últimamente, desordenándome los pensamientos. Ayer no recordaba dónde había dejado las llaves del coche, y estuve buscándolas durante veinte minutos antes de darme cuenta de que las tenía en la mano.

—Cierto. —Miro la selección de corbatas—. Normalmente diría que no, pero tu agente probablemente no estará de acuerdo conmigo.

Garrett murmura algo grosero en voz baja y vuelve al armario para la segunda ronda.

—La premisa de todo esto es ridícula, para empezar. No entiendo por qué creen que alguien está interesado en ver a Phil inventándose un montón de bonitos recuerdos familiares.

—Porque no saben que se lo inventa —señalo.

Pero Garrett está en bucle con su pequeña diatriba. No le culpo. Si yo tuviera un padre como Phil Graham, también estaría furiosa todo el tiempo.

—Te juro que, si menciona a mi madre, voy a perder la cabeza. —Garrett reaparece con una corbata de seda azul marino alrededor de su cuello. Tira tanto de ella que me preocupa que se estrangule.

—¿Les diste a los productores una lista de preguntas prohibidas? —Sé que muchos famosos lo hacen. Cada vez que Nice concede una entrevista en el estudio, su representante interviene para recordarles a los periodistas las preguntas que no pueden hacer.

—Landon les dijo que no quiero hablar de mi madre. Les puso la excusa del dolor, que es demasiado doloroso, ese tipo de cosas. —La mandíbula de Garrett se tensa—. Pero no me extrañaría que fuera mi padre quien sacara el tema.

Me muerdo el labio.

—Sabes, no tienes que hacer esto. Puedes simplemente llamar a Landon y decirle que no quieres. Le pagas por decir que no por ti.

—¿Y entonces qué? ¿Tendré que responder a un montón de preguntas sobre por qué me echo atrás en el último minuto? Phil sabe que no puedo.

—Entonces no digas nada; los ignoras y, en una o dos semanas, el tema desaparecerá. Arrestarán a algún jugador de fútbol o alguno dirá que no quiere volver a jugar hasta que le compren un poni, y te dejarán en paz.

Pero no quiere escucharme. Es demasiado tarde para sacar a Garrett de esta espiral de ira, y lo único que puedo esperar es que mantenga su temperamento bajo control mientras las cámaras estén grabando. Quizá Landon tenga más suerte con él.

***

Cuando Garrett se va, agradezco el tiempo a solas. Me pongo unos bóxers de algodón y una camiseta de tirantes y vuelvo a meterme en la cama mientras paso el siguiente par de horas soportando los calambres y tratando de avanzar algo de trabajo.

Al final, me doy cuenta de que parte de mis dolores de estómago se deben al hambre, y me levanto para prepararme un sándwich, solo para volver a la cama y ver una pequeña mancha roja en las sábanas.

Cuando me apresuro a ir al baño para comprobarlo, me doy cuenta de que mi ropa interior también está manchada.

Aunque no me entra el pánico, mi pulso se acelera mientras me cambio, deshago la cama y le envío un mensaje a Allie. Me responde mientras pongo las sábanas en la lavadora y me asegura que es normal que haya algunas manchas.

Yo: ¿Estás segura? Me he sentido fatal toda la mañana.
Allie: Ahora mismo estoy mirando la página web de la Clínica Mayo. Dice que es normal.
Yo: ¿Cuándo deja de ser normal?
Allie: Te enviaré algunos enlaces. Pero no lo sé. ¿Sabes qué? Llama a Sabrina. Probablemente sea la persona más indicada con la que hablar.
Yo: Buena idea.

Mi primer instinto había sido enviarle un mensaje a Allie, que es mi mejor amiga. Pero tiene razón. Debería hablar con alguien que haya pasado por esto. Y oye, incluso podré evitar la incómoda parte de darle la noticia, porque Sabrina ya sabe lo del embarazo. A Allie, la traidora, se le escapó en nuestro chat de chicas.

Así que llamo a Sabrina, que contesta al momento. Tengo la sensación de que ha visto mi nombre en el teléfono y ha pensado, ¿qué demonios? Rara vez hablamos por teléfono fuera del hilo del chat.

—Hola. ¿Va todo bien? —pregunta inmediatamente.

—No lo sé. —De repente tengo ganas de llorar. Estúpidas hormonas.

—Cuando estabas embarazada de Jamie, ¿alguna vez tuviste algún sangrado?

—¿Estás sangrando o manchando? —Su tono es agudo.

—Manchando.

—¿Ligero o abundante?

—Ligero, creo. He manchado las sábanas y la ropa interior, pero no es un flujo constante.

Casi la oigo relajarse al otro lado de la línea, mientras exhala un suspiro.

—Oh, entonces sí. Eso es normal. ¿Algún otro síntoma?

—Algunos calambres esta mañana, pero han disminuido.

—También es normal. Mi consejo es que lo vigiles durante el día. Si el manchado se convierte en sangrado, yo iría al hospital. —Duda—. Podría ser un signo de aborto involuntario. Pero también podría no ser nada.

—¡Mami! —Oigo un gemido lastimero de fondo—. ¡No encuentro mi bañador morado!

—Lo siento. Es Jamie. —La voz de Sabrina se apaga un momento—. ¿Y por qué no te pones el verde?

—¡PERO YO QUIERO EL MORADO!

Dios. Estoy bastante segura de que Sabrina está tapando el teléfono con la mano, pero aun así oigo el grito de la niña.

—Vale, te lo buscaré. Un segundo. —Sabrina vuelve—. Hannah, tengo que dejarte. Voy a llevar a Jamie a la piscina y…

—Lo he oído.

—Llámame si algo cambia, ¿vale? Mantenme informada.

—Lo haré.

Después de colgar, respiro hondo y me digo que todo va bien. Pero no importa cuántas veces lo repita; no puedo quitarme de encima la idea de que algo va mal. Poco después, caigo en mi propia pequeña espiral mientras me adentro en blogs sobre embarazos y revistas médicas en busca de una explicación. El consenso es que Sabrina probablemente tenga razón.

A menos que no la tenga.

CAPÍTULO 8

GARRETT

—Cuéntanos uno de tus primeros recuerdos de cuando aprendiste a jugar.

El entrevistador, un antiguo jugador universitario convertido en locutor, está frente a mí, con sus páginas de preguntas en el regazo. Mi padre y yo estamos sentados en sillas idénticas. El plató es un foco candente rodeado de oscuridad, salvo por las luces rojas de dos cámaras que observan cómo se desarrolla esta incómoda farsa. Parece un interrogatorio. O una película *snuff*. Para ser sinceros, no estaría en contra de que se asesinara a alguien ahora mismo. Preferiblemente, al imbécil con traje de Armani que tengo al lado.

—¿Garrett? —insiste el entrevistador, Bryan Farber, cuando no respondo—. ¿Cuándo cogiste por primera vez un palo de *hockey?*

—Sí, bueno... era demasiado joven, no lo recuerdo.

No es mentira. He visto fotos mías con dos, tres y cuatro años, con un palo Bauer tamaño infantil, pero no tengo ningún recuerdo claro de ello. Lo que sí recuerdo es lo que no puedo compartir con Farber.

Este tío no quiere escuchar que mi padre me arrancó de la cama cuando tenía seis años y me sacó a rastras bajo la helada aguanieve para hacerme agarrar un palo demasiado grande para mi cuerpo de niño y golpear discos en la calle.

—Creo que tienes una foto —interviene Phil hábilmente—. Una Navidad, cuando era pequeño, ¿tal vez con dos años? Llevaba una camiseta que le firmaron todos los chicos. Está delante de nuestro árbol con un palo de juguete en las manos. Enseguida le gustó.

—¿Recuerdas el primer par de patines que te pusiste? —pregunta Farber, con una sonrisa sensiblera de televisión.

—Recuerdo los moratones —digo distraídamente, pero tal vez a propósito.

Mi padre carraspea y se apresura a intervenir:

—Al principio se caía mucho. La primera vez que fuimos a patinar fue en invierno, en el lago que hay detrás de nuestra casa de Cape Cod. Pero nunca quería volver a casa. —Pone una falsa mirada perdida, como si rememorara el pasado—. Garrett me despertaba y me rogaba que lo llevara allí.

Qué raro. Recuerdo haber llorado, suplicándole que me dejara volver a casa. Tenía tanto frío que no sentía los dedos.

Me pregunto si debería contarle a Farber cómo mi castigo por quejarme fue subirme a una cinta de correr con pesas en los tobillos a los siete años mientras Phil le gritaba a mi madre que se callara cuando se opuso a ello. Decía que me estaba convirtiendo en un campeón, y que ella solo me haría ser un blando.

—¿Te motivaba estar a la altura del éxito de tu padre? —pregunta Farber—. ¿O más bien, el miedo a fracasar a su sombra?

—Nunca me he comparado con nadie.

El único miedo que conocí fue el de su violencia. Tenía doce años la primera vez que me puso la mano encima. Antes de eso, eran golpes verbales, castigos cuando me equivocaba o no me esforzaba lo suficiente, o simplemente porque Phil estaba de mal humor ese día. Y cuando se aburría de mí, se desquitaba con mi madre.

Farber mira por encima del hombro, donde su productor, mi agente y el de mi padre están cerca del operador de cámara más cercano. Sigo su mirada y noto que el representante de Phil y el productor parecen molestos, mientras que Landon solo parece resignado.

—¿Podemos cortar un segundo? —grita Landon—. ¿Puedo hablar con mi cliente?

—Sí —acepta el agente de mi padre. Su tono es frío—. ¿Tal vez pueda recordarle a su cliente que una entrevista requiere responder a las preguntas que le hagan?

Landon me arrastra a un rincón oscuro del plató, con expresión de incomodidad.

—Tienes que echarles un cable, Garrett.

Aprieto la mandíbula.

—Te lo dije, tío, no tengo buenos recuerdos de mi infancia. Y me conoces, se me da fatal mentir.

Asintiendo lentamente, se pasa una mano por el pelo perfectamente peinado.

—Muy bien. ¿Qué tal si intentamos algo como esto? ¿Cuántos años tenías cuando te diste cuenta de que estabas jugando al *hockey* para ti, y no para él?

—No sé. ¿Nueve? ¿Diez?

—Entonces elige un momento de esa edad. Un recuerdo de *hockey,* no un recuerdo sobre tu padre. ¿Puedes hacerlo?

—Lo intentaré.

Una vez que estamos sentados de nuevo, Farber hace otro intento de sonsacarme algo que suene genuino.

—¿Decías que nunca te habías comparado con tu padre?

—Así es. —Asiento con la cabeza—. Sinceramente, para mí, el *hockey* nunca ha tenido que ver con intentar tener éxito, ni conseguir grandes contratos o ganar premios. Me enamoré del juego. Me convertí en un adicto a la emoción, al entorno de ritmo rápido en el que un error puede costar todo el partido. Cuando tenía diez años, perdí un pase en un momento crucial de la tercera parte. Mi palo no estaba donde debía estar, mis ojos miraban al compañero equivocado. La cagué y perdimos. —Me encojo de hombros—. Así que, al día siguiente, en el entrenamiento, le rogué a mi entrenador que nos dejara hacer el mismo ejercicio de pase una y otra vez. Hasta que lo dominara.

—¿Y lo hiciste? ¿Lo dominaste?

Sonrío.

—Sí. Y la siguiente vez que salimos al hielo, no fallé ni un solo pase. El *hockey* es una locura, tío. Es un desafío. Me encantan los retos, y me encanta desafiarme a mí mismo para mejorar.

Bryan Farber asiente con la cabeza, animándome, claramente satisfecho de que me esté abriendo.

—Me acuerdo de ese partido —dice mi padre, y no lo dudo. Nunca se perdió ninguno de mis partidos. No perdía la oportunidad de decirme en qué me había equivocado.

Farber se dirige de nuevo a mí:

—Apuesto a que tener a tu padre animándote en la banda, desafiándote también, era una gran motivación, ¿no?

Vuelvo a callarme. Joder, no voy a sobrevivir a esta entrevista. Y esto es solo la primera grabación. Se supone que lo haremos dos veces.

Al cabo de una hora de grabación, el productor sugiere que nos tomemos un descanso, y yo salgo del plató tan rápido como puedo. ¿Cómo es que solo ha pasado una hora? Han parecido dos putos días.

Evito la sala verde y en su lugar cojo una bebida de una máquina expendedora del pasillo. Cuando vuelvo al plató y miro el móvil, tengo una docena de mensajes y un mensaje de voz de Hannah.

Como no es una persona propensa al dramatismo o al pánico, le hago una señal a Landon de que necesito un segundo y me alejo para comprobar el buzón de voz.

Habla rápido, y una mala cobertura o el ruido de fondo distorsiona parte del mensaje, pero las partes que capto casi me paran el corazón.

—Garrett. Hola. Siento hacer esto, pero necesito que vengas a casa. Yo... eh...

Frunzo el ceño cuando se queda en silencio durante varios segundos. La preocupación empieza a carcomerme por dentro.

—Realmente no quiero decírtelo por teléfono, pero estás grabando y no estoy segura de cuándo volverás a casa y estoy un poco asustada, así que simplemente te lo voy a decir: estoy embarazada.

¿Que está *qué*?

Casi se me cae el móvil al suelo por el *shock*.

—Quería que nos sentáramos de manera apropiada y habláramos de esto, no soltártelo en un mensaje de voz. Pero estoy embarazada y estoy sangrando... y creo que algo va mal. Necesito que me lleves al hospital. —Suena asustada. Hace que se me hiele la sangre de miedo—. No quiero ir sola.

—¿Estamos listos para empezar de nuevo? —grita el productor con impaciencia.

Levanto la vista y veo que Farber y mi padre ya han tomado asiento.

Después de quedarme un momento en blanco, mi cerebro vuelve al presente y a lo único que importa: reunirme con Hannah ahora mismo.

—No —respondo. Me libero de los micrófonos y se los lanzo a Landon, que se acerca a mí, preocupado—. Lo siento, tengo que irme. Me ha surgido una emergencia.

CAPÍTULO 9
HANNAH

—Joder. ¡El semáforo está en verde, imbécil!

Garrett toca el claxon.

Estamos de camino al hospital, y llevo agarrada a mi asiento desde que hemos salido de casa y casi hemos chocado con un coche que pasaba. El tráfico no nos da un respiro mientras Garrett se aferra con fuerza al volante y alterna entre arrebatos de impaciencia, preguntas preocupadas y exigencias airadas.

—¿Desde cuándo estás así? —suelta, frunciendo el ceño con la mirada clavada en el parabrisas.

—Me he despertado sintiéndome mal. Tenía calambres, sentía algunas náuseas. Luego ha empeorado.

—¿Por qué no has dicho nada, entonces?

—Porque estabas muy alterado por la entrevista y no quería añadirte más estrés. No podía decirte que estaba embarazada cinco minutos antes de que tuvieras que salir de casa para ver a tu padre.

—¡No habría ido! —grita. Luego respira profundamente—. Lo siento. No quería gritarte. Es que no lo entiendo, Wellsy. ¿Cómo es posible que no me lo dijeras?

—No quería preocuparte. Cuando he notado la sangre y le he enviado un mensaje a Allie…

—¿Allie lo sabe? —Garrett da un volantazo entre los vehículos.

—… Me ha dicho que debía preguntarle a Sabrina si era normal y…

—¿Sabrina lo sabe? —ruge—. Por Dios. ¿Soy el último en enterarme?

Mi mano se agarra al reposabrazos con todas sus fuerzas.

—Quería contártelo —digo, sintiéndome culpable—. Lo intenté una y otra vez, pero nunca me parecía el momento adecuado. No intentaba ocultártelo, Garrett. Quería decírtelo.

—Pero no lo hiciste. Y me entero ahora, después de pasarme todo el día siendo interrogado al lado de Phil, cuando compruebo mi buzón de voz para oírte básicamente llorando y diciéndome que vuelva a casa porque estás embarazada. Joder, ¿te parece normal, Hannah?

—¡Por eso no he dicho nada! —Las lágrimas me escuecen en los ojos mientras la desesperación, la frustración y el miedo forman un cóctel letal en mi garganta. Siento que voy a vomitar—. Lo último que quería era soltártelo de esta manera. Tenías la entrevista. Y antes de eso, fueron los premios. Y antes de eso, fue la postemporada.

—¿Lo sabes desde la postemporada? —Casi choca con una furgoneta que intenta incorporarse a nuestro carril. Las bocinas nos llaman la atención desde todas las direcciones mientras Garrett acelera y se cuela en el carril izquierdo—. Dios.

—No me grites.

—No te estoy gritando —gruñe con los dientes apretados—. Le estoy gritando al hecho de que me hayas ocultado esto durante meses.

—A estas alturas, me estoy arrepintiendo de haberte llamado —le respondo con un gruñido—. Debería haber ido sola. —Cuanto más alto habla y más indignación hay su voz mientras yo estoy sentada en una almohadilla, empapándola de sangre, más aumenta mi propia ira.

—Eso es un golpe bajo. —Maldice en voz alta—. ¡No puedo creer que lo hayas dicho!

—Me estás gritando otra vez —le digo acusadoramente. Podría estar perdiendo a nuestro bebé y este imbécil solo piensa en él, como si yo no estuviera aterrorizada.

—Este es exactamente el tipo de mierda que hace mi padre —responde Garrett—. Me manipula con información. Y se guarda cosas para sí mismo.

—¿Hablas en serio? —Estoy tan furiosa que me arden las manos de las ganas de darle una bofetada—. ¿Me estás comparando con tu padre?

—Dime que me equivoco.

—Hablando de golpes bajos. —No recuerdo la última vez que me enfadé tanto con alguien—. ¿Sabes qué, Garret? Si realmente quisieras sacarlo de tu vida, podrías ser sincero. Lo he dicho antes y lo vuelvo a decir: cuéntale al mundo el monstruo que realmente es y acaba con esto. Actúas como si tuvieras que guardar silencio sobre el abuso y proteger su legado. Pero has elegido callarte. Te torturas tú mismo.

Me mira con los ojos encendidos.

—¿Qué? ¿Debo ir a la televisión y anunciar al mundo que mi padre me pegaba? ¿Dar entrevistas a los periódicos y describir cada incidente para que puedan jadear sobre la jugosa primicia? Y una mierda.

—Entiendo que te dé vergüenza, ¿vale? Y sí, no es un tema agradable. Nadie quiere revivir su trauma. Pero quizá sea hora de que lo hagas.

No dice ni una palabra más, ni siquiera mira de reojo en mi dirección, hasta que llegamos al hospital y me registra en el mostrador. Para entonces, estoy relegada a un tercer plano mientras la enfermera hace preguntas y Garrett toma el mando. Protestaría más, pero no tengo fuerzas.

Finalmente, nos llevan a una sala de exploración donde me desvisto y me pongo una áspera bata de hospital. Ninguno de los dos dice una sola palabra. Ni siquiera nos miramos. Pero cuando la doctora entra con el ecógrafo, Garrett acerca una silla para sentarse junto a mi cama y me coge la mano, apretándola con fuerza.

—Todo saldrá bien —me dice con firmeza. Son las primeras palabras exentas de ira que me dice desde que hemos subido al coche.

—Así que, Hannah —dice la doctora mientras prepara la máquina. Es una mujer mayor, de unos cincuenta años, con ojos amables y mechas plateadas en el pelo corto—. La enfermera me ha dicho que has estado manchando y has tenido calambres. ¿Cómo está el sangrado ahora?

—Como un periodo de flujo medio —respondo con torpeza—. Era más ligero antes, pero ha empeorado alrededor de la hora de comer.

—¿Algún otro síntoma?

—Tuve náuseas durante un par de semanas. Luego, esta mañana, los calambres eran bastante fuertes.

Esperaba una ecografía abdominal como las que he visto en la televisión, pero la doctora se dirige a mí con una varita de aspecto fálico y me doy cuenta de que se trata de un examen totalmente diferente. Garrett mira al suelo, incómodo. Ninguno de los dos estaba preparado para este acontecimiento en nuestra relación, pero supongo que deberíamos haber pensado en ello antes de quedarme embarazada.

—Es normal que haya algo de sangrado y molestias —dice la doctora—. Pero vamos a verlo mejor.

Un montón de pensamientos horribles se agolpan en mi cabeza mientras contengo la respiración. No había decidido cuál sería mi siguiente paso, sobre todo porque no me había atrevido a decírselo a Garrett. Que me arrebaten esa decisión antes de que me haya hecho a la idea de todo esto me parece injusto. Como si me hubieran engañado. Los latidos de mi corazón se aceleran cuanto más examina la doctora lo que sea que esté viendo en la pantalla.

—Cuando el cuerpo se prepara para tener un bebé, experimenta una serie de cambios —me dice, con la mirada fija en el escáner—. El nuevo torrente de hormonas puede tener varios efectos, uno de los cuales son los cambios en el cuello del útero, que lo hacen más blando. En algunos casos, esto puede provocar una hemorragia. Las relaciones sexuales, por ejemplo, o ciertas actividades deportivas, pueden agravar esta situación. ¿Has realizado alguna actividad extenuante en los últimos días?

Me muerdo el labio tímidamente.

Garrett se aclara la garganta.

—Eh, sí. Tuvimos algunas, eh, relaciones sexuales vigorosas la otra noche. Varias veces.

—¿Relaciones sexuales vigorosas? —repito, volviéndome hacia él con un suspiro—. ¿De verdad? ¿No has encontrado una palabra mejor?

Arquea una ceja.

—Iba a decir que te follé a base de bien, pero he supuesto que la doctora no querría oír eso.

Siento que se me calientan las mejillas.

—Lo siento —le digo la doctora—. No le haga ni caso.

Ella parece que intenta no reírse.

—Me vale con relaciones sexuales vigorosas —dice; su mirada vuelve a la pantalla—. Y, como he dicho, un poco de sangrado no es inusual. Por sí solo, no es nada de lo que preocuparse.

—Entonces, ¿eso es todo? —pregunto, confundida—. ¿No pasa nada?

—Todo parece estar bien desde mi punto de vista. Parece que estás de diez semanas. ¿Te gustaría escuchar los latidos del corazón del bebé?

Y, de repente, oímos ese sonido húmedo, silbante, como debajo del agua. Como la banda sonora de una película de terror espacial. Escucho estupefacta mientras observo la mancha en la pantalla. ¿Cómo puede salir ese ruido de mi interior?

A mi lado, Garrett parece tan atónito como yo.

—Sin embargo, te sugiero que te tomes los próximos días con calma —me aconseja—. Deja que tu cuerpo descanse y se recupere. Por lo demás, no veo nada que sugiera un traumatismo. No tienes fiebre y no hay ninguna razón para sospechar que tengas una infección.

Reprimo una risa aliviada.

—Ahora me siento un poco avergonzada por haber venido a urgencias. Supongo que he exagerado.

—Has hecho lo correcto —me asegura—. Tú conoces tu cuerpo mejor que nadie. Si te parece que algo va mal, es mejor que te revisemos para asegurarnos.

La doctora nos dedica unos minutos para responder a algunas de mis preguntas e imprime una foto que le entrega a Garrett. Como el embarazo está todavía en una etapa muy temprana, no hay mucho que ver. Coge la ecografía sin decir nada. Imagino que todavía está enfadado.

Una vez que la doctora se va, me aseo rápidamente. Luego, mientras me visto, por fin me armo de valor para hacerle a Garrett la pregunta que flota en el aire cargado de tensión que hay entre nosotros.

—¿Qué quieres hacer al respecto?

CAPÍTULO 10

GARRETT

Hannah se pone los *leggings* de espaldas a mí mientras contemplo la fotografía monocromática que tengo en las manos. Mi bebé. Está creciendo ahí dentro. No tengo ni idea de quién es ni de lo que le espera aquí fuera. De momento solo es una cosa pequeña y pegajosa que está a punto de cambiar nuestras vidas para siempre.

—¿Qué quieres hacer? —repite, volviéndose lentamente hacia mí. Sus ojos verdes están llenos de cansancio.

Mi cabeza empieza a dar vueltas. ¿Cómo coño voy a mantener a este niño vivo? ¿Quién en su sano juicio me confiaría un ser vivo totalmente dependiente de mí para su supervivencia? Sin mencionar que lo puedo joder emocionalmente.

—Muy bien, entonces empiezo yo.

Mientras mi mente va a mil por hora, la voz de Hannah entra y sale de ella. Oigo vagamente que dice algo sobre que no estaré durante la temporada.

—No me entusiasma la idea de estar sola en casa, criando a un bebé.

De pronto, todo parece muy urgente, como un estruendoso reloj que marca la enormidad de esta nueva realidad. Un bebé. Nuestro bebé. ¿Cómo dejan que la gente haga esto? Joder, si yo he suspendido hasta el teórico del examen de conducir.

—Resulta intimidante —dice ella—. No estoy segura de estar preparada para apañármelas, ¿sabes? Es demasiado. Especialmente sin ningún apoyo familiar…

Empiezo a echar cuentas en mi cabeza. Pienso en la pretemporada y en las visitas al médico. En los viajes para los partidos fuera de casa. En el parto en mitad de la carrera hacia los *play-*

offs. A medida que el pánico empieza a atenazar mi estómago, desearía tener una familia funcional que me dijera cómo debo hacer todas estas cosas. Alguien que me enseñara.

—Bueno, al parecer estoy hablando sola. Vámonos.

Mi cabeza se eleva bruscamente, devolviéndome al presente. Hannah está de pie en la puerta, con su bolso. Sigo con la foto en la mano, intimidado.

Hannah está enfadada conmigo, y ahora me siento como un completo imbécil por haberme peleado con ella en el camino. No he sabido procesar tanta información de golpe, y estoy un poco agotado, si soy sincero.

—Lo siento. Yo solo... —No puedo seguir.

—Vámonos —dice de nuevo, alejándose de mí.

***

Aunque es temprano cuando llegamos a casa, Hannah dice que podemos hablar por la mañana y se va directamente a la cama. En lugar de seguirla, me siento en la mesa de la cocina con una cerveza y miro a mi hijo, preguntándome qué pensará él de mí. O ella. Podría ser una niña. Pero con mi suerte, será un niño. Un hijo que sacará a la luz todos los problemas que tengo con mi padre y me hará dudar de cada acción que yo mismo haga como padre, por miedo a joderlo. Me quedo sentado durante horas, imaginando todas las formas en las que podría meter la pata, y me despierto agotado a la mañana siguiente, sin apenas haber dormido.

Hannah sigue retraída mientras nos lavamos los dientes uno al lado del otro en el lavabo. Quiero arreglarlo, pero cuando cierro el grifo y abro la boca para hablar, ella sale del baño bruscamente. Mientras preparo café en la cocina, se queda sentada en la encimera comiendo una tostada, observándome. El silencio hace que me pique la nuca. De nuevo, estoy a punto de hablar cuando suena su teléfono y se dirige al estudio para contestar. Me pierdo gran parte de la conversación por el borboteo de la cafetera. Me asomo a la puerta y la veo anotar un número en un bloc de papel.

—¿Quién era? —le pregunto cuando vuelve a la cocina para terminar su desayuno.

Hannah se encoge de hombros, sin mirarme a los ojos.

—Nadie.

Se mete el último trozo de tostada en la boca, masticando rápidamente mientras coge el bolso y las llaves de la mesilla del otro lado de la habitación.

Me pongo alerta.

—¿A dónde vas?

—Tengo que coger algunas cosas del estudio si voy a trabajar desde casa los próximos días.

—¿Quieres que te lleve? —me ofrezco.

—No. —Se va por el pasillo hacia la puerta, hablando por encima del hombro—. Estoy bien.

Sí, claro. No está bien, ni mucho menos. Es como si no viera el momento de alejarse de mí. Es cierto que ayer me comporté como un imbécil, pero tenemos pendiente una conversación bastante seria. Me encantaría poder disculparme, si se quedara quieta el tiempo suficiente para escuchar.

Después de desayunar y recoger los platos, llamo a Logan. Mi mejor amigo es un desastre para dar consejos, pero, por Dios, estoy desesperado.

—Hola, G —dice—. Llamas en un buen momento. Acabo de volver de una comida rarísima con Grace y su madre. Josie nos ha llevado a una cafetería cerca de la Torre Eiffel donde todos los camareros eran, te lo juro, malditos mimos. ¿Puedes imaginar una pesadilla peor?

—Hannah está embarazada.

Eso lo deja en silencio.

—Espera, acabo de darme cuenta de cómo ha sonado —digo antes de que pueda responder—. No lo estoy usando como ejemplo de una pesadilla. Solo necesitaba decirlo y no quería seguir escuchando tu estúpida historia de mimos.

—En primer lugar: guau.

—Lo sé, ¿verdad? —Me paso la mano libre por el pelo—. Me dio la noticia bomba ayer.

—Cuando he dicho «guau» es porque mi historia no es estúpida.

No puedo evitar resoplar.

—En segundo lugar —continúa—, guau.

Se me escapa una carcajada en toda regla. Sé que no es el momento de reírse, pero me encantan mis amigos. Siempre me levantan el ánimo cuando necesito su apoyo.

—¿Esto es «guau» por mis noticias?

—Sí. Quiero decir, joder, G. Enhorabuena. ¿De cuánto tiempo está?

—Diez semanas. Ayer le hicieron la primera ecografía. En realidad, así es como me enteré. No se sentía bien y pensó que estaba perdiendo al bebé. Tuve que llevarla al hospital.

—Oh, joder. Lo siento. ¿Está bien?

—Sí, ya está mejor. Fue una falsa alarma. Pero no tenía ni idea. —La vergüenza me hace un nudo en la garganta—. Estaba en medio de esa horrible entrevista con mi padre cuando Wellsy llamó, así que ya estaba de mal humor. Entonces me soltó todo esto de golpe, y yo… —El remordimiento me ahoga. Me aclaro la garganta—: No reaccioné bien.

La voz de Logan se vuelve grave.

—¿Qué hiciste?

—Nada. Bueno, a ver, nos pusimos a gritar en el coche y puede que la comparase con mi padre.

Las palabrotas de Logan me retumban en el oído.

—Eso no está bien, tío. No puedes gritarle a una mujer embarazada.

—Ya, gracias. Pero me pilló por sorpresa.

Camino por la casa, tratando de quitarme de encima los nervios que se acumulan en mis músculos.

—Será mejor que te arrastres un poco —me aconseja—. Saca la tarjeta de crédito y ponte a ello.

—Sigue bastante enfadada. Se suponía que íbamos a hablar, pero básicamente me ha dejado plantado esta mañana.

—Bueno, es normal, idiota. Ha estado sola en esto y luego se asusta, te lo cuenta, ¿y a ti se te va la olla y le dices que es como tu padre? ¿Tu padre, que fue engendrado de la costilla de Satanás? Dios, tío. Se sentiría como una mierda, y tú lo empeoraste.

Tiene razón. Lo sé. Mientras me regaña por mi comportamiento, entro en el estudio y me fijo en el cuaderno en el que Wellsy ha escrito antes. Ni siquiera quería leerlo. Lo miro por casualidad y el nombre me llama la atención.

Reed Realty.

Me quedo paralizado. ¿Para qué demonios necesita Hannah un agente inmobiliario? ¿Y cuándo ha podido contactar con uno? Se fue directamente a la cama cuando llegamos a casa ayer…

… a las seis de la tarde, pienso. Y yo me senté en la cocina solo durante horas, perdido en mi propia y estúpida cabeza mientras mi novia embarazada estaba en el dormitorio. Quizá no se había ido a dormir, sino que se quedó despierta un rato. También dándole vueltas, pensando. Y tal vez le dio vueltas y vueltas hasta tomar una decisión.

Irse de aquí.

Se me hiela la sangre. Acaba de recibir ese cheque enorme de derechos de autor. No me necesita para mantenerlos a ella y al bebé. Y después de la forma en que la cagué ayer, tal vez no quiera mi apoyo.

Joder.

Con el cuerpo cada vez más débil, interrumpo a Logan a mitad de frase:

—Tío, tengo que dejarte.

CAPÍTULO 11

HANNAH

Nuestro ingeniero, Max, está en el estudio con Nice, afinando una pista con él, cuando llego para recoger mi disco duro. El séquito está acampado en el sofá de cuero, viendo un programa de ciencia ficción en un portátil. Quiero coger el disco y marcharme, pero cuando oigo a Nice improvisar en la cabina, no puedo evitar quedarme ahí, absorta.

Al micrófono, Nice recita algunas líneas que lee de su teléfono mientras Max prepara una nueva mezcla para el puente.

—¿Qué te parece? —pregunta, invitándome a entrar en la cabina con él—. Se me ocurrió anoche, mientras veíamos *Farscape*. ¿Has visto alguna vez esa serie? Es un viaje.

—Me gusta esa rima asonante —digo—. Pero ¿qué tal si la trasladamos al segundo verso y movemos esa primera parte al nuevo puente?

Max se escabulle un minuto mientras profundizamos en la letra. Como siempre, Nice y yo estamos absortos en el proceso, hasta que veo una figura que nos saluda a través del cristal. Al principio creo que es Max, pero luego parpadeo y me doy cuenta de que es Garrett.

Mi novio está de pie junto a la mesa de mezclas, murmurando en silencio palabras que no puedo discernir.

—¿Garrett? —suelto—. ¿Qué coño hace aquí?

Me mira a los ojos cuando oye mi voz a través de los monitores de su lado.

—Tienes que activar el intercomunicador —le digo, antes de darme cuenta de que no tiene ni idea de lo que estoy hablando—. Es el botón rojo junto al micrófono. En la mesa de mezclas.

Mira hacia la puerta, desesperadamente desconcertado por la cantidad de botones y reguladores, hasta que Gumby se acerca y se lo señala.

—Gracias —le digo a Gumby.

El grandullón se inclina hacia el micrófono.

—Un placer, tía. ¿Lo conoces?

—Es mi novio. —Frunzo el ceño en dirección a la ventana—. Y se supone que debería estar en casa.

Un tímido Garrett coge el micrófono. Lleva unos vaqueros desteñidos, una camiseta negra de Under Armour y una gorra de los Bruins; su aspecto de deportista destaca entre el séquito de hip-hop que hay detrás de él.

—He venido a decirte que lo siento.

Nice me interroga con la mirada. Mi cara se pone roja como resultado. Esto se pasa de poco profesional, dado que es su dinero el que paga el tiempo de estudio. Bueno, su sello discográfico. Pero da igual.

Me trago la vergüenza y vuelvo a mirar a Garrett.

—¿Podemos hablar en casa? De todos modos, estaba a punto de irme…

—No te vayas.

Parpadeo de nuevo.

—¿Del estudio?

En lugar de aclarármelo, sigue hablando a toda velocidad.

—Siento no haber reaccionado mejor a la noticia. Sé que fui un imbécil. Pero podemos solucionarlo. —Su voz ronca se quiebra un poco—. Dame otra oportunidad, Wellsy.

—¿No has traído flores ni nada? —le regaña Gumby desde el fondo, negando con la cabeza—. Como mínimo, deberías traerle flores. Conozco a un florista, si necesitas un contacto.

Nice se endereza en toda su estatura, agarrándome firmemente el codo.

—¿Este tío te ha hecho daño, Hannah?

Mis mejillas están ardiendo.

—No pasa nada. No te preocupes. —Me dirijo a Garrett con un tono insistente—. Hablaremos de ello más tarde, Garrett. Por favor. —Me siento más y más incómoda al airear todo esto en el trabajo.

Nice dirige sus ojos suspicaces a Garrett.

—¿Qué has hecho, tío? —pregunta con una voz de tipo duro que suena mucho mayor que la del chico que está a mi lado.

—He cometido, probablemente, el mayor error de mi vida —dice Garrett, ahora con toda la atención del séquito de Nice puesta en él—. Hannah, por favor. Déjame intentarlo. No te vayas de casa.

—¿Irme de casa? —La conversación da un giro brusco, y me pierdo—. ¿De qué hablas?

La tristeza en su rostro es inconfundible.

—He visto el número que anotaste de la llamada de antes. Era de un agente inmobiliario.

Suelto un suspiro cuando el enigma empieza a tener sentido. Luego entrecierro los ojos mientras mi indignación se dispara.

—Un momento, ¿pensabas que me iba a ir de casa? ¿De verdad tienes tan poca fe en mí? ¡Estaba llamando a la inmobiliaria por mis padres, idiota!

Nice suelta una carcajada.

—Quería ver la posibilidad de pagar su hipoteca, para que pudieran vender su casa y salir de esa ciudad —termino, enfadada—. Pensé que tal vez podríamos usar mi cheque de derechos de autor para lograrlo.

El alivio inunda su cara.

—¿No me vas a dejar?

—Por supuesto que no —gruño. A pesar de ello, empiezo a reírme—. ¿Por eso has venido hasta aquí?

—¿Qué otra cosa iba a hacer? ¿Dejar que te fueras sin decir una palabra?

Contengo una sonrisa. Es dulce por parte de Garrett venir corriendo para evitar que me vaya, ver el pánico en sus ojos cuando pensaba que me estaba perdiendo. Mi corazón se contrae con fuerza cuando me doy cuenta de que sigue dispuesto a luchar por nosotros, incluso con el bombazo que le he soltado.

—¿Este tío te ha puesto los cuernos? —pregunta Nice.

—No. —La sonrisa aflora—. Voy a tener su bebé.

—¡Oh, mierda! —grita Gumby desde la sala de control. Pasa un brazo por encima del hombro de Garrett y lo abraza—. Felicidades, hermano.

—¿Lo vamos a tener? —pregunta Garrett, completamente concentrado en mí—. ¿Vas a tener el bebé?

Me encojo de hombros, haciéndome la interesante.

—Bueno, si tú quieres.

—Sí —dice, sin dudar—. Cariño, me he pasado toda la noche mirando la ecografía, y a eso de las tres de la mañana me he dado cuenta de que no puedo imaginarme no criar a este niño contigo. Sé que la temporada y los viajes harán las cosas más difíciles, pero conseguiremos la ayuda que necesites. Joder, trasladaremos a tus padres aquí y les compraremos la casa de enfrente si eso es lo que quieres. Lo que sea.

—Oye, eres un tío legal —dice Nice, asintiendo con aprobación ante Garrett—. Te respeto.

Mi sonrisa es tan grande que podría partirme la cara en dos. Sí que es un tío legal. El mejor, de hecho. Y me doy cuenta de que, si hubiera encontrado la manera de decírselo antes, no habría sido un *shock* para él. Ver que entiende mis preocupaciones hace que, de pronto, todo el asunto parezca menos desalentador, como si pudiéramos resolver juntos cualquier desafío que se nos presente.

Con el corazón desbordado por la emoción, salgo de la cabina y entro en la sala de control, donde Garrett me recibe con un fuerte abrazo.

—Lo siento muchísimo —murmura, enterrando la cara en mi pelo—. Anoche dije cosas bastante horribles.

—Lo hiciste —coincido.

Se separa de mí, mirándome con sincero remordimiento.

—Necesito que sepas que no te pareces en nada a mi padre. Creo que la única razón por la que dije eso fue porque acababa de llegar de la entrevista y todavía estaba en mi mente. Te grité porque estaba enfadado con él, y tú estabas allí. Pero nunca, nunca debí haber dicho eso. Lo lamento.

Asiento lentamente.

—Sé que lo sientes. Y no pasa nada. También sé que no era tu intención.

—¿Estamos bien? —pregunta con brusquedad.

—Siempre. —Le beso con una cantidad de lengua poco profesional, ignorando la ruidosa reacción de los amigos de Nice.

Los dedos de Garrett se enredan en mi pelo. Se aparta un momento para encontrarse con mis ojos, mirándome fijamente con una expresión que nunca antes había visto.

Se me corta la respiración.

—¿Qué?

—Te quiero. Quizá más de lo que nunca lo he hecho.

—Vamos a tener un bebé —digo, sonriendo con emoción y a la vez con un poco de inquietud.

—Ya lo creo que sí.

CAPÍTULO 12

GARRETT

—Vuelve a la cama. Ya te lo traigo yo.

—Solo es un café —me dice Hannah a la mañana siguiente, de pie junto a la máquina de la cocina—. No voy a salir a limpiar los canalones.

—La doctora dijo que te lo tomaras con calma.

—No creo que hacer un poco de café descafeinado y verterlo en una taza sea pasarse de la raya.

Resulta que hacer que Hannah esté sentada o tumbada, en lugar de estar de pie, es casi imposible. Si logra trabajar más de dos días desde casa antes de volver al estudio, me sorprendería. Puedo prever lo difícil que será tratar con ella durante este embarazo.

Espero que nuestros amigos me apoyen y me ayuden a mantenerla bajo control. Anoche avisamos a todo nuestro círculo, compartimos la buena noticia y vimos cómo nos llegaban los mensajes de felicitación. Leer los divertidos mensajes le recordó a Hannah que no estamos tan solos en esto como se temía.

Grace ya está hablando de ayudar a Hannah a elegir los muebles de la habitación del bebé cuando vuelva de París. Sabrina también prometió ayudar, aunque puede que sea más difícil para ella, porque en ese mismo hilo de texto nos enteramos de que tanto ella como Tuck han aceptado sendos trabajos en Manhattan, y se irán de Boston a finales de verano. Me alegro por ellos, pero no puedo evitar sentirme desanimado, porque ya no tendré cerca a Tucker, el único padre que conozco.

—Estaba pensando... —dice Hannah mientras se lleva la taza a los labios—... que deberíamos casarnos.

Me estoy sirviendo un zumo de naranja y mi mano se congela a mitad de camino.

—Ah, ¿sí? —Mantengo un tono informal.

Ella toma un recatado sorbo de café y luego esboza una pequeña sonrisa.

—Si te apetece.

Es bastante difícil no tirar el vaso de zumo de naranja al suelo, quitarle la taza a Hannah de la mano con una patada voladora e ir a por ella.

—Sí, podría apetecerme.

—Genial.

—¿Quieres que te compre un anillo?

—Obviamente. Pero que no sea tan grande como el de Allie. No soy una psicópata.

Me muerdo la cara interna de la mejilla para no reírme.

—¿Eso es todo? ¿Esa es nuestra proposición de matrimonio?

—A ver, nos queremos y vamos a tener un bebé. ¿No es eso lo único que importa? ¿Quién necesita discursos?

Tiene razón.

—Quién necesita discursos —repito, sonriendo—. Ahora, por favor. —Cojo su taza de café y la guío hacia la escalera—. Vuelve a la cama. Y ni se te ocurra subir al tejado mientras yo no esté.

—¿Puedo al menos pasar el aspirador?

—Te juro que enviaré a Tucker y a Sabrina para que te aten.

—Me gustaría ver cómo lo intentan.

Riéndome, le doy una palmada en el culo para que suba las escaleras. Pero la sigo, porque todavía tengo que terminar de vestirme. Mientras ella se arrastra bajo las sábanas como una buena chica, yo busco una camisa limpia y me la pongo sobre los hombros. Los nervios suben lentamente desde el estómago hasta la garganta. No hay ninguna parte de mí que esté deseando lo que viene a continuación.

—No me has dicho a dónde vas —dice Hannah. Está sentada en la cama, cambiando de canal en la televisión.

—Voy a hablar con el productor de la ESPN —admito—. Salí corriendo del plató el otro día durante la grabación y no he hablado con nadie desde entonces. Landon ha organizado una reunión entre el productor y yo. Solo nosotros dos.

Ella me mira rápidamente.

—¿Qué vas a hacer?

—Lo que tengo que hacer.

***

Cuando llego al estudio, Stephen Collins me invita a pasar a su despacho. Rechazo una bebida de su asistente, tratando de dejar a un lado toda la adulación y centrarme en la razón por la que estoy aquí antes de encontrar una manera de convencerme a mí mismo de echarme atrás.

—Espero que no sea nada grave —dice el productor, sentado en el borde de su escritorio. A su espalda hay una pared de premios y recuerdos deportivos firmados—. Bryan y yo sentimos no haber podido terminar el segmento. Hemos sacado cosas muy buenas de la entrevista. Nos gustaría que tu padre y tú volvierais al plató en algún momento de esta semana, si os viene bien.

—Lo siento. No puedo hacerlo —digo claramente.

Su educada sonrisa flaquea.

—Si tenemos que retrasarlo una semana o así, supongo que…

—Tengo que retirarme del programa, Stephen. No quiero que lo emitan para nada. Ninguna parte.

—Imposible. Tenemos un contrato. Y ya hemos dedicado una importante inversión a grabar esto. Gente, equipo.

—Lo entiendo, y lo siento.

Me mira fijamente.

—¿A qué viene esto, Garrett? Dime cuál es el problema y lo solucionaré.

A lo largo de los años he imaginado cómo sería esta conversación. Cientos de veces. Cuándo destaparía, finalmente, esta farsa. En la universidad no era tan difícil, porque no me jugaba mucho. Pero ya no soy un desconocido jugador de *hockey* universitario. Estoy en el punto de mira nacional. Ahora, mi carrera y mi imagen están en juego. Y también el apoyo y el respeto de mis compañeros.

Así que, a falta de la forma correcta de decirlo, le suelto:

—Mi padre me maltrató cuando era niño.

La alarma aparece en los ojos de Collins.

—Oh —es todo lo que dice, y espera a que continúe.

A pesar de mi incomodidad, lo hago.

No estoy seguro de oírme a mí mismo mientras le explico cómo mi padre me pegaba, manipulaba y asustaba, apenas arañando la superficie de su crueldad. Es amargo y doloroso sacarlo a la luz. Pero como una astilla que has tenido clavada tanto tiempo que has olvidado que no debería estar ahí, el alivio es inmediato y abrumador.

Durante varios segundos, el productor permanece en silencio. Luego se levanta y toma asiento en la silla junto a la mía.

—Dios, Garrett. No sé qué decir. Esto es...

No respondo. No necesito su compasión o su lástima, solo su comprensión.

Pero, por supuesto, no estaría sentado al lado de alguien en la industria del entretenimiento si no tratase de darle la vuelta al asunto para su propio beneficio.

—¿Estarías dispuesto a abordar esto en una entrevista? Olvídate de lo que ya hemos grabado. Eso está descartado. Considéralo en la basura. —Collins inclina la cabeza—. Pero si es algo que te interese...

Suelto una carcajada seca.

—¿Que si me interesa contarle al mundo los escabrosos detalles de los abusos físicos de mi infancia? —Me siento mal solo de pensarlo.

Pero subestimo a Collins. Sí, definitivamente está tratando de usar esto para su beneficio profesional, pero la sugerencia podría no ser del todo egoísta, ya que suaviza la voz y dice:

—Tuve una experiencia similar cuando era pequeño. No con mi padre. —Su mirada se encuentra con la mía—. Con mi madre. Puedo decir que no era una buena mujer. Pero ¿quieres saber la parte más surrealista? Cada vez que uno de mis profesores llamaba a los servicios sociales y enviaban a alguien a nuestra casa para investigar, yo mentía. Encubría a mi madre, porque me daba demasiada vergüenza admitir que me hacía daño.

Dejo escapar un suspiro.

—Joder.

—Sí. —Se frota la barbilla—. En fin. Hoy en día, si tuviera la oportunidad, creo que diría algo. Pero no tengo una plataforma, y a nadie le importa una mierda quién soy. Tú, en cambio… —Se encoge de hombros—. Eres famoso y tienes una plataforma. Podrías tomar este pedazo de mierda de tu pasado y tratar de sacar algo bueno de él.

Sus palabras me hacen reflexionar. He protegido el legado de Phil Graham durante mucho tiempo, pero ¿por qué demonios debería seguir haciéndolo? ¿Por qué tengo tanto miedo de lo que el mundo pueda pensar?

¿Y qué diría de mí como padre si continuara guardando algo así? ¿Si no diera un mejor ejemplo a mi hijo, y algún día alguien le hiciera daño y él estuviera demasiado avergonzado para decírmelo?

Hay niños ahí fuera, adultos, que siguen viviendo con estas mismas cicatrices. Si puedo ayudar a algunos de ellos a superar sus miedos, entonces sí, puedo hacer el sacrificio y sufrir un par de horas frente a la cámara abriendo mis heridas.

—Sí. —Me humedezco los labios, repentinamente secos—. Hagámoslo.

—¿Estás seguro? —pregunta Collins, con un brillo de admiración en los ojos.

Asiento con la cabeza.

—Llama a Landon para fijar un día y una hora.

Que Dios me ayude, pero ha llegado el momento de cortar oficialmente mis lazos con el pasado.

***

Más tarde, en casa, después de darle la noticia a Hannah, está aún más sorprendida por mi decisión que yo mismo.

—No puedo creer que hayas accedido a hacerlo —se maravilla, con la cabeza en mi regazo mientras vemos la televisión en el sofá.

—Créeme, no me muero de ganas, pero me parece que es necesario. Tenías razón. Es el momento.

—¿Se lo vas a decir a tu padre?

—No.

—Bien.

Imaginarlo arrojando un vaso de *whisky* al otro lado de la habitación contra el televisor cuando se entere de lo que le espera hace que la idea me entusiasme más.

Hannah se sienta para acurrucarse en mi hombro.

—Esto es muy importante.

—Sí, más o menos.

—Estoy muy orgullosa de ti.

Beso la parte superior de su cabeza y la abrazo más fuerte.

—Muy orgullosa —repite.

Esas palabras significan para mí más de lo que nunca sabrá. La verdad es que no habría llegado hasta aquí sin ella. Hannah fue la primera persona que me ayudó a encontrar algún tipo de paz con mi pasado, y es con su apoyo que he encontrado el camino hacia el valor para enfrentarlo.

Me hace mejor hombre.

Y espero que también un buen padre.

EPÍLOGO

HANNAH

AGOSTO

Sabrina y Tucker aparecen en nuestra casa una media hora antes de que Garrett y yo nos tengamos que ir a la consulta de la doctora. Esta mañana me van a hacer una ecografía, y no tengo muchas ganas. No estoy segura de que me vaya a acostumbrar a que me traten como un barco hundido con un tesoro pirata perdido a bordo.

—¿Qué estáis haciendo aquí? —pregunta Garrett, sorprendido, pero parece feliz de verlos. Especialmente cuando se da cuenta de que Jamie acompaña a Sabrina.

—¡Gominola! ¡Ahh! Te he echado de menos.

Coge a la pequeña pelirroja y ella le echa los brazos al cuello.

—¡Holaaaaa! —exclama, feliz—. ¡Holaaaa!

Reprimo una carcajada. Esta niña es condenadamente adorable.

—Estábamos a punto de irnos. —Miro a Sabrina, que está tan guapa como siempre, con un vestido amarillo que resalta su bronceado veraniego. Lleva gafas de sol oscuras en la cabeza y una bolsa de playa de gran tamaño sobre el hombro.

—No te preocupes, solo nos quedaremos unos minutos. Vamos de camino a la piscina —dice Tucker. Lo que explica su bañador de rayas y sus chanclas. Me doy cuenta de que su camiseta gris está manchada de algo que parece rosa y pegajoso.

Sabrina capta mi mirada y resopla.

—La princesa pidió un helado de fresa de camino aquí y luego decidió que no le gustaba y se lo tiró a papá. Le dije a Tucker que no era buena idea.

También me doy cuenta de que Tucker lleva una bolsa de regalo muy grande.

—¿Qué es eso? —pregunto con curiosidad.

—Jamie ha elegido un regalo para vosotros —anuncia.

—¡¡¡Para vuestro bebé!!! —nos dice la niña, radiante.

Garrett entrecierra los ojos.

—Jamie lo ha elegido, ¿eh?

Sabrina y Tucker asienten. O están diciendo la verdad, o son los mejores actores del planeta.

—¿Podemos entrar o nos fundimos en tu porche? —El acento tejano de Tucker aparece mientras muestra su sonrisa de niño bueno.

—Entrad —digo a regañadientes.

Entramos y vamos a la cocina, donde Garrett deja a Jamie en el suelo. Luego, él y yo nos quedamos mirando la bolsa de regalos que Tuck coloca sobre la isla de mármol. Lo único bueno es que es imposible que sea ese horrible muñeco. En primer lugar, es demasiado grande para que sea Alexander. Y, en segundo lugar, Sabrina juró que ella y Tuck le habían dado sepultura en el mar.

—¡Ábrelo! —grita Jamie. Y sigue gritando—. ¡Ábrelo! ¡Ábrelo! ¡ÁBRELO!

—Oh, Dios —murmura Garrett—, ¿es esto lo que nos espera?

—Sin gritos, princesa —la regaña Tuck.

Sabrina sonríe.

—Será mejor que lo abráis antes de que le dé un aneurisma.

—De acuerdo. Sí. —Cojo unas tijeras y corto el trozo de cinta que sujeta la bolsa de regalo—. No os teníais que haber molestado, pero gracias.

—Muy amable de vuestra parte —asiente Garrett.

—Dadle las gracias a Jamie —dice Tuck con tranquilidad.

Introduzco la mano en el interior y saco una caja que parece lo suficientemente grande como para albergar un balón de baloncesto. Queda una idéntica en la bolsa, pero Sabrina dice que debo abrirlas de una en una.

La sospecha me corroe mientras corto más cinta para abrir la caja. No me fío de ellos. No sé por qué, pero no lo hago. Hay algo en todo esto que...

—¡Un muñequito! —grita Jamie cuando revelo el contenido de la caja—. ¡Un muñeco para tu bebé, tía 'Annah!

Retiro la mano como si me hubiera quemado con un fogón. Mi mirada traicionada vuela hacia Tucker y Sabrina, que sonríen inocentemente antes de asentir hacia su hija.

—Jamie vio a este adorable pequeñín en la maleta de Tuck cuando volvimos de St. Barth —dice Sabrina con retintín.

—¿Os podéis creer que volvió flotando a la orilla como si no pudiera soportar separarse de nosotros? —dice Tucker con voz aguda.

—Es como si supiera exactamente cuál es su lugar. —Sabrina asiente—. Al principio íbamos a dejar que Jamie se lo quedara...

Los miro fijamente. Eso es mentira. Nunca dejarían que su preciosa hija tuviera un contacto prolongado con un muñeco que albergara el espíritu del cadáver de Willie, el de la fiebre del oro. Jamás.

—... pero cuando le dijimos que la tía Hannah y el tío Garrett iban a tener un bebé, decidió que no podía ser egoísta y privar al nuevo bebé de este alegre regalo. ¿Verdad, pequeña?

—¡Cierto! —Jamie sonríe—. ¿Te gusta?

Miro fijamente la boca roja y sonriente de Alexander y el miedo me corroe las entrañas.

Luego, pongo una gran sonrisa falsa y me dirijo a la niña.

—Me encanta —le digo a Jamie.

Mientras, a mi lado, Garrett les dice a los padres de Jamie: «Estáis muertos», y se pasa el dedo por el cuello.

—¡Oh, espera, que hay más! —Tucker está disfrutando cada segundo de esta pesadilla.

Saca la segunda caja de la bolsa y mi estómago da una vuelta de campana que no tiene nada que ver con mi embarazo, pero sí con el nuevo horror que estamos a punto de experimentar.

Sabrina nos dedica una sonrisa maligna.

—El año pasado, Tuck y yo investigamos la historia de Alexander y descubrimos que era parte de una serie.

—Dios mío —gimo.

—No —dice Garrett, levantando la mano como si con eso fuera a conseguir algo.

Tucker retoma la narración:

—Este fabricante de muñecos en particular diseñó diez, cada uno hecho a medida, pero que formaban parte de la serie. Teníamos una alerta programada por si algún otro muñeco del lote salía a la venta. Y la semana pasada, ¡uno quedó disponible! Creo que a eso le llaman serendipia. Puede ser. No estoy seguro. Pero es de locos, ¿no?

Sabrina asiente con entusiasmo.

—De locos.

—Así que le dijimos a Jamie: «Oye, ¿qué es mejor que un muñeco para el bebé de la tía Hannah?». ¿Y qué respondiste, princesa?

—¡Dije que dos! —Jamie baila alrededor de las piernas de su padre. Es una pobre niña inocente cuyos padres la han reclutado para hacer su malévola voluntad. Saben que, si Jamie no estuviera aquí ahora mismo, estaría intentando meter a Alexander en el triturador de basura.

—Dos muñecos siempre son mejor que uno —asiente Tucker, y entonces saca una segunda pesadilla de porcelana y la sostiene en alto.

Esta es una niña, con rizos rubio platino que, oh, Dios, parece que podrían ser de auténtico pelo humano. Sus mejillas son como dos manzanas rojas, y sus labios rosados se estiran en una macabra sonrisa congelada. Lleva un vestido azul con una faja blanca y unos zapatos rojos brillantes como los de Alexander; es espeluznante y horrible, y me dan ganas de golpear a Tucker en la cara con ella.

—Se llama Cassandra —dice Sabrina, sonriendo ante mi expresión—. Y no te preocupes, viene con una biografía verificada. Está en la caja. Una lectura divertida para más tarde.

Tucker nos guiña un ojo.

—No queremos haceros *spoiler,* pero digamos que mientras Alexander y Willie atravesaban el Camino de California, Cassandra fue la maravillosa compañera de un niño en un manicomio alemán.

—¡Bieeeen! —Jamie empieza a aplaudir, claramente ignorante de lo que significan la mayoría de esas palabras.

—Bien —secunda Garrett débilmente.

Miro con furia a nuestros supuestos amigos.

—Nunca olvidaré esto.

—¡Maravilloso! —dice Sabrina, aplaudiendo también—. ¿Oyes eso, pequeña? Tía Hannah dice que nunca va a olvidar este regalo.

Miro a Garrett y suspiro. Necesitamos nuevos amigos.

* * *

Cuarenta y cinco minutos más tarde, estamos en la sala de reconocimiento, discutiendo sobre el destino de los dos muñecos embrujados que hemos dejado en casa. Yo voto por quemarlos, pero Garrett es demasiado supersticioso.

—Creo que tenemos que traer a alguien para que haga algún tipo de exorcismo antes de quemar nada —argumenta—. ¿Y si los espíritus de los niños muertos salen de los muñecos durante el incendio y luego rondan por casa?

—Ejem.

Nuestra atención se desplaza hacia la puerta, donde mi doctora está de pie, mirándonos con recelo.

—Ignore todo lo que acaba de oír —le aconsejo.

—En boca cerrada no entran moscas —añade Garrett con solemnidad, y enseguida le doy un puñetazo en el brazo.

—Ignore eso también —digo.

Riéndose, la doctora acerca el ecógrafo y me echa un montón de gel frío en el vientre. Apenas se me nota, pero al parecer eso es normal. Sabrina me había advertido de que con su embarazo apenas había tenido un bulto los dos primeros trimestres, hasta que a los seis meses se hinchó de repente. Aunque no es que pueda confiar en nada de lo que diga Sabrina James-Tucker.

—¿Estás preparada? —pregunta la doctora mientras Garrett me aprieta la mano.

—A la carga —respondo, y ella se ríe.

Garrett me besa los nudillos y mi anillo de compromiso capta la luz. Aunque no lo necesitaba, me sorprendió con una proposición de matrimonio formal hace unas semanas. Se arrodilló y todo. Nunca pensé que sería una de esas novias embarazadas, pero aquí estamos. Es curioso cómo funciona la vida a veces.

—¿Qué hay en la bolsa? —pregunto, al darme cuenta de que hay una pequeña bolsa de plástico al lado de la silla de Garrett.

Él sonríe.

—Mira esto. Lo vi en un escaparate el otro día.

Con una floritura, saca una pequeña camiseta de *hockey* de los Bruins con GRAHAM estampado en la espalda.

—Podría ser demasiado pronto para saber el sexo —le recuerdo—. No sabemos si es un niño. —Aunque él está convencido de que lo es.

—Es un maillot unisex —dice con suficiencia.

—Lo que pensaba —dice la doctora en voz baja.

Miro hacia arriba, ligeramente alarmada.

—¿Qué pasa?

—No estaba segura durante su última visita, debido a la posición del feto. Sin embargo, ahora está bastante claro.

Mi pulso se acelera.

—¿Va todo bien? —pregunta Garrett, inclinándose hacia delante mientras los dos miramos la pantalla.

—Enhorabuena —anuncia la doctora con una sonrisa—. Vais a tener gemelos.

—¿Gemelos? —repito estúpidamente.

—¿Habla en serio, doctora?

—¿Gemelos? —vuelvo a decir—. ¿Quiere decir dos bebés?

—Dos —confirma.

La cara de Garrett es un poema.

—Solo he comprado una camiseta.

—¿Puede distinguir los sexos? —pregunto, entrecerrando los ojos y mirando a la pantalla como si pudiera discernirlo yo misma.

—Todavía es un poco pronto. Sin embargo, por lo que veo, sí, creo que está claro. ¿Os gustaría saberlo?

Mi pulso se acelera cuando me vuelvo hacia Garrett. Nuestras miradas se cruzan y él asiente.

—Sí —le digo a la doctora—. Queremos saberlo.

—Vais a tener un niño… y una niña.

FIN

Sigue a Wonderbooks
en www.wonderbooks.es
en nuestras redes sociales
y suscríbete a nuestra *newsletter*.

Acerca tu teléfono móvil a los códigos QR y empieza a disfrutar de información anticipada sobre nuestras novedades y contenidos y ofertas exclusivas.